DEWIS

Ioan Kidd

DEWIS

Gomer

Cyhoeddwyd yn 2013 gan
Wasg Gomer, Llandysul, Ceredigion SA44 4JL
www.gomer.co.uk

ISBN 978 1 84851 548 2

Dymuna'r cyhoeddwyr gydnabod cymorth
Cyngor Llyfrau Cymru.

Argraffwyd a rhwymwyd yng Nghymru gan
Wasg Gomer, Llandysul, Ceredigion

I

Rhian Dwynwen

Diolch i Carol, Dafydd a Lowri am
eu cyngor a'u cefnogaeth ddiysgog ar
hyd y daith ac i Rhian, Aled a Steve
am eu hawgrymiadau a'u sylwadau
gwerthfawr. Diolch hefyd i Wyn am fod
mor barod i gynnig ei gyngor meddygol
a fu'n allweddol i ddatblygiad y nofel.
Yn olaf, diolch yn ddiffuant i Mair, fy
ngolygydd, am ei chraffter creadigol,
ei brwdfrydedd a'i chwmni difyr ac i
Wasg Gomer am y cyfle.

Hoffwn gydnabod cefnogaeth ariannol
Cyngor Llyfrau Cymru a'm galluogodd
i dreulio cyfnod amheuthun yn canol-
bwyntio ar ysgrifennu'r nofel hon.

2012

Diwrnod pen-blwydd
Mari'n 60 oed

'ANA'L DDOFN,' gorchmynnodd Michael yn chwareus a dala'r deisen siocled o flaen wyneb ei wraig. Arni roedd chwe channwyll yn llosgi: un ar gyfer pob degawd o'i hamser ar y ddaear hon.

'Maa-ri! Maa-ri!' llafarganodd y lleill i gyfeiliant eu curo dwylo rhythmig.

'Pidwch! Chi'n hala fi i wherthin,' dwrdiodd Mari ac edrych yn ffug-geryddgar ar ei theulu. Y gwir amdani oedd ei bod hi wrth ei bodd â'r sylw, ond yr hyn a'i gwnâi'n hapusach na dim oedd y ffaith bod pawb yno dan yr un to â hi yr eiliad honno, fel cynt, cyn i'r tylwyth ddechrau gwasgaru.

'Maa-ri! Maa-ri!'

Plygodd Mari ei phen tuag at y deisen odidog, yn barod i chwythu'r canhwyllau. Cawsai'r chwech eu trefnu o gwmpas llun bach du a gwyn ohoni'n blentyn a hwnnw wedi'i osod yn dwt o fewn siâp calon.

'Ble'n y byd gesoch chi'r llun 'ma? Mae golwg ofnadw arna i! Edrychwch ar 'y ngwallt i!' Yna tynnodd anadl hir a llwyddo i ddiffodd y fflamau ag un chwythad.

'Ieeee! W-hŵ!

'Mae'n dda 'da fi weld bod digon o wynt yn dy ysgyfaint di o hyd,' pryfociodd Michael a phlannu cusan ar foch ei wraig.

'Gallen i feddwl 'ny hefyd, y diawl bach. Chwe deg ydw i, cofia, nid cant. *Sixty's the new forty*, meddan nhw, ac mae 'da fi gynllunie mawr ar gyfer y blynydde nesa. Aros di.' Ar hynny, winciodd ar ei gŵr a'i bwnio'n ysgafn ar ei ysgwydd. 'Nawrte, ble mae Lili a Noa? Dewch fan hyn i helpu Mam-gu i hwthu'r canhwylle 'to. Odych chi'n moyn hwthu nhw 'to?'

Dringodd y ddau blentyn bach ar arffed Mari a phlygu yn eu blaenau'n llawn cyffro wrth i Michael ailgynnau'r canhwyllau melyn.

'Byddwch yn garcus nawr, chi'ch dou. Noa! Ti'n mynd i gwmpo,' rhybuddiodd eu mam.

'Nag yw, dyw e ddim. Mae e'n ddigon saff 'da Mam-gu, on'd 'yt ti, cariad? Manon, ymlacia wnei di, er mwyn Duw. Cer i gael sbliff neu rwbeth.' Edrychodd Mari'n ddiamynedd ar ei merch hynaf a eisteddai'n gefnsyth ar ymyl cadair esmwyth ym mhen draw'r lolfa fawr. Y plant canol oedd y rhai anodd, i fod, meddyliodd yn ddidaro, ond doedd hi erioed wedi cael munud o drafferth gydag Alys. Yna, trodd ei sylw'n ôl at ei hwyrion a'r fflamau disgwylgar. 'Un, dou, tri a mas â nhw. Hwthwch!'

Gwaeddodd yr oedolion eu gwerthfawrogiad er mawr ddifyrrwch i'r plant a oedd, bellach, wedi taflu eu breichiau am wddwg Mari a phlastro'i hwyneb â môr o gusanau gwlyb. Ffrwydrodd y corcyn o'r botel siampaen, a sgrechiodd pawb unwaith eto wrth i Michael ymgodymu â'r gwin pefriog oedd yn bygwth gorlifo dros ymylon y gwydrau tal.

'Ody pawb wedi ca'l diod?' holodd e ac edrych yn frysiog ar ei deulu mabwysiedig.

'Ifor, oes diod 'da ti?' gofynnodd Mari, ei llygaid yn gwibio i bob cornel o'r ystafell. 'Ble mae e? Roedd e 'ma eiliad yn ôl. Ifor!'

'Dere mla'n, Dad. Ni'n aros i gynnig llwncdestun i Mam,' galwodd Gwenno ac amneidio ar ei thad i ddod i eistedd ati. 'Ble ti 'di bod?'

'Tŷ bach,' atebodd hwnnw'n ymddiheurol cyn mynd i gwtsio yn erbyn ei ferch ifancaf ar y soffa drwchus.

'Michael, rho wydryn i Ifor,' gorchmynnodd Mari.

Croesodd Michael y llawr pren golau a dod i sefyll o flaen y dyn arall. Pwysai hwnnw'n ôl yn herfeiddiol yn y soffa heb wneud unrhyw ymdrech i wyro yn ei flaen er mwyn cymryd y gwydryn oddi arno. 'Dyma ti.'

Cyfarfu llygaid y ddau am hanner eiliad cyn i Ifor nodio'i werthfawrogiad a chydio yn y gwydryn. Trodd Michael i fynd yn ôl at y lleill. Ni fu fawr o Gymraeg erioed rhwng y gŵr a'r cyn-ŵr, a thros y blynyddoedd troesai dirmyg tawel yn ddifaterwch agored gan y naill a'r llall. Deallai'r ddau ei hyd a'i lled hi a dyma oedd y trefniant gorau er lles pawb.

'Bihafia!' sibrydodd Gwenno fel petai'n cymhennu bachgen drwg.

Fflachiodd gwên ddrygionus ar draws wyneb Ifor cyn iddo droi ei ben yn ôl at y llwncdestun a oedd ar fin cael ei gynnig. Doedd ganddo ddim ffefrynnau fel y cyfryw ymhlith ei dair merch, ond roedd e wastad wedi teimlo'n agos at Gwenno. Hi oedd ei fabi o hyd, er ei bod yn ddigon hen i fod â'i babi ei hun erbyn hyn.

'I Mari. Pen-blwydd hapus a hir oes,' cyhoeddodd Michael.

'I Mari,' atseiniodd y lleill ag un llais.

'Pwy sy'n moyn darn o deisen?' holodd Mari. Yn ei llaw dde daliai gyllell ddramatig o fawr.

'Fi! Fi!' atebodd Noa wrth benlinio o flaen y bwrdd coffi isel a chodi'i fraich denau'n syth tua'r nenfwd.

'A ti fydd y cynta i ga'l siâr, 'y nghariad i,' sicrhaodd ei fam-gu.

Ar hynny, gosododd flaen y gyllell ar y deisen a marcio dwy linell yn y siocled moethus, yn barod i dorri darn i'w hŵyr bach. Crynai ei llaw wrth iddi roi pwysau ar y carn ond, er gwaethaf ei dygnwch, ni allai yn ei byw beri i'r llafn dreiddio trwy'r meddalwch melys. Yn sydyn, llithrodd ei dwrn oddi ar y gyllell a phwnio'r deisen ben-blwydd yn grwn fel pelen ddur yn chwalu tŷ condemniedig. Syllai ar ei llaw mewn anghrediniaeth ac ar y siocled brown ar hyd ei bysedd. Y peth nesaf a glywodd oedd syndod torfol ei theulu ac yna chwerthin heintus Noa. Chwarddodd Mari hithau. Ni wyddai pam, ond ni wyddai beth arall i'w wneud.

'Damo! Y blydi ffŵl. Wy wedi strwo popeth,' meddai a'i llygaid yn saethu o'r naill wyneb i'r llall, gan chwilio am gydymdeimlad yn gymaint â maddeuant.

'Mam, plis!' cwynodd Manon a chodi'i haeliau i ddangos ei hanfodlonrwydd ynghylch ymadroddion lliwgar ei mam o flaen y plant.

'On'd yw Mam-gu'n dwp?' holodd Mari.

Ond rhethregol oedd ei chwestiwn ac, os daeth ateb, ni chlywodd ddim byd. Edrychodd o'r newydd ar y wynebau o'i chwmpas, ar y llygaid yn pefrio ac ar y cegau'n chwerthin, ond ni chlywodd yr un smic. Ni pharodd fwy nag eiliad neu ddwy ond teimlai fel oes, a hithau'n gaeth yn ei swigen ddisain ei hun fel petai polythen yn glynu'n dynn wrth ei chroen a'i mogi. Yn sydyn, ffrydiodd y rhialtwch yn ôl, yn goeth ac yn bur ac yn iach, fel ffrwydrad aml-liw. Panig drosodd. Ond rhywle'n ddwfn yn ei henaid, arhosodd yr anniddigrwydd lleiaf: digon i sarnu ei phen-blwydd yn drigain oed.

'Gad hwn i fi,' meddai Michael a mynd ati i rannu gweddill y deisen. 'Cer di i olchi dy ddwylo. Beth 'yt ti?'

Cododd Mari a gwenu'n lletchwith ar ei gŵr. Cerddodd yn ufudd i'r ystafell ymolchi a sefyll o flaen y sinc gwyn, llachar gan ddal ei dwylo o dan y dŵr cynnes am funudau lawer nes bod ei chroen yn binc ac yn llosgi. Anadlodd yn ddwfn ac yn rheolaidd, gan astudio'r bysedd twyllodrus trwy'r ager. Cyffyrddodd â'i modrwy briodas – ei hail fodrwy briodas. Byddai Michael wastad yn canmol ei dwylo, gan ddweud eu bod yn debycach i ddwylo menyw ifanc na mam-gu ganol oed. Ochneidiodd am ben eironi'r gymhariaeth a lledwenu'n wan. Michael annwyl. Yna, ysgubodd gudyn strae o'i gwallt pigog, lliw arian yn ôl oddi ar ei thalcen, cydiodd yn y tywel a hongiai ar y bachyn yn ei hymyl a chlôdd y drws. Aeth i eistedd ar ymyl y bath, gan sychu'r dagrau hallt a lifai ar hyd ei bochau.

'Sdim golwg ofnadw o bert arnyn nhw, mae arna i ofan,' rhybuddiodd Michael wrth estyn bob o ddarn o ddeisen i'w gynulleidfa eiddgar. 'Ond be wnei di os yw seren y sioe'n benderfynol o ddad-wneud dy holl waith caled mewn eiliad? Bues i wrthi drwy'r dydd ddoe yn neud y deisen 'ma. Ei ffefryn – teisen siocled. Caiff hi fynd i ganu'r flwyddyn nesa!'

Chwarddodd pawb ar ben ffug-brotestio dros ben llestri Michael.

'O, mae Michael yn pwdu!' pryfociodd Alys a chladdu ei

fforc yn y stecs siocledaidd a lenwai'r plât bach ar ei phen-glin.

"Yt ti'n synnu? Edrychwch ar eu golwg nhw. Sdim un darn wedi osgoi ei fandaliaeth. Shwt alle hi fod wedi llwyddo i fod mor drylwyr?'

'Fel 'na mae Mam. Dyw hi ddim yn deall ystyr "cymedroldeb". Dylet ti o bawb wbod 'na. Popeth neu ddim yw hi 'da honna. Eithafol tan y diwedd.'

Edrychodd Ifor ar draws yr ystafell ar ei ail ferch a gwenu'n feddylgar. Roedd Alys yn debycach i'w mam nag y tybiai, meddyliodd, ond doedd ei hasesiad ohoni ddim yn hollol gywir chwaith. Trwy gil ei lygad daeth yn ymwybodol bod Michael yn ei wylio, a thaflodd gip sydyn i'w gyfeiriad, er ei waethaf. Cyfarfu llygaid y ddau am yr eildro cyn i Ifor droi ei sylw at ei wyrion a eisteddai'n gyfleus wrth ei draed, eu bochau a'u bysedd eisoes yn llawn siocled. 'Ody'r deisen yn neis?' gofynnodd i Noa a rhwto gwallt melyn y bachgen bach ar yr un pryd. Nodiodd hwnnw ei ben yn awchus a dangos llond ceg o ddannedd siocledaidd.

'Noa, gwna di'n siŵr fod ti ddim yn trochi trowsus Ifi, dyna fachgen da. Mae dy ddwylo di'n fochedd,' dwrdiodd Manon. 'Cer i ga'l neisied 'da Tad-cu Michael er mwyn sychu dy fysedd.'

Cododd y bachgen yn ufudd a rhedeg ar draws y llawr pren tuag at Michael. Gwyliodd Ifor y sioe anghynnil ym mhen arall yr ystafell wrth i'r bachgen ddal ei ddwylo brwnt o flaen y dyn canol oed er mwyn i hwnnw eu sychu'n lân. Gallai oddef sioeau o'r fath yn weddol ddi-boen bellach. Wedi chwarter canrif a mwy o ymarfer, roedd e wedi perffeithio'r grefft o frathu ei dafod ac o gamu'n ôl fel tramgwyddwr euog a wyddai ei le o fewn ei deulu; roedd yn rhan o'i benyd parhaol. Ond yr hyn a'i brifai'n fwy na dim oedd mai 'Ifi' oedd e yn hytrach na 'Tad-cu'. Michael enillodd y teitl hwnnw er nad oedd yn dad-cu trwy waed. Hyd yn oed cyn i Lili gael ei geni roedd Manon wedi penderfynu mai fel Ifor y câi ei adnabod gan ei wyres, a thros y blynyddoedd trodd Ifor yn Ifi ar leferydd y ferch fach. Erbyn i Noa gyrraedd, roedd yr enw wedi cydio ac roedd gweddill y teulu'n ddiolchgar am ddiniweidrwydd plant.

'Wel, beth benderfynest ti yn y diwedd?' gofynnodd Gwenno i'w thad a rhoi ei phen i orffwys ar ei ysgwydd.

'Ynglŷn â beth?'

'Anrheg Mam. Beth gest ti iddi?'

'O, wel sa i wedi dod i benderfyniad terfynol 'to. Wy'n cadw fy opsiyne ar agor, ys gwedon nhw.'

'Mewn geirie eraill sdim clem gyda ti beth i' brynu iddi, nag o's e? Dad, achan! Heddi mae ei phen-blwydd, nage wthnos nesa. A heddi bydd hi'n moyn ei hanrheg. Blydi dynon, chi i gyd yr un peth.'

'Pan ofynnes iddi beth oedd hi'n moyn, wedodd hi fod popeth gyda hi. Do'dd angen dim byd arni. O'dd hi'n fodlon ei byd.'

'Wel, o'dd hi'n bownd o weud 'na, on'd o'dd hi? Ti'n gwbod shwt un yw Mam. Sdim gwir angen dim byd arni, ond nage dyna'r pwynt. Mae chwe deg yn garreg filltir. Dy le di o'dd dewis rhwbeth neis a drud a diangen iddi, a dod ag e gyda ti heddi. Ti'n anobeithiol!' Ar hynny, symudodd ei phen oddi ar ysgwydd ei thad a gwthio'i bysedd rhwng ei asennau.

'Aw! Mae hynna'n brifo.'

'Mae fod i frifo!' atebodd Gwenno a gwgu arno. Ond ni

pharodd ei dicter ysgafn yn hir cyn iddi blannu cusan ar ei dalcen a rhoi ei phen i orffwys ar ei ysgwydd fel cynt. Y gwir oedd bod dychymyg gwreiddiol ei thad yn ddiarhebol pan ddeuai'n fater o ddewis anrhegion i'r 'genod yn ei fywyd'. Byddai'n siŵr o gael rhywbeth hollol wych iddi. Gwyddai hynny'n iawn, ond doedd dim byd o'i le ar ddogn o gerydd weithiau, meddyliodd, er mwyn cadw'r olwynion teuluol i droi.

'A beth amdanat ti? Beth 'yt ti wedi'i brynu iddi gan dy fod ti mor berffaith?' gofynnodd Ifor, gan fwynhau'r cellwair.

'Gan dy fod ti mor fusneslyd, dwi ac Alys yn bwriadu mynd â hi am drêt i westy yn y Banne. Penwythnos cyfan o foethusrwydd pur mewn sba, iti gael gwbod. Bwyd da, *massage* a lot o faldod. Merched yn unig.'

'Merched yn unig! Mae hwnna'n swno bach yn *pervy*, os ti'n gofyn i fi.'

Trodd Gwenno ei phen i gyfeiriad y llais ym mhen arall y lolfa fodern, hir a rhythu'n ddirmygus ar Iestyn. Safai hwnnw y tu ôl i Manon, un llaw ar ei hysgwydd a'r llall yn gafael mewn potel o Beck's yn hytrach na'r siampaen a gawsai'r oedolion eraill. Byddai ei brawd-yng-nghyfraith wastad yn goc oen, meddyliodd.

'Wy'n siŵr dy fod ti, Iestyn, yn gwbod mwy na neb arall yn y stafell 'ma am bethe *pervy*, a tithe'n foi rygbi mawr.'

Edrychodd Gwenno'n syth i fyw ei lygaid fel y gwnaethai ddegau o weithiau yn y gorffennol mewn sgarmesoedd geiriol o'r fath. Nid ei bod hi'n eu mwynhau nhw, ond roedden nhw'n werth yr ymdrech dim ond i deimlo'r pleser pur o ddychmygu ei brawd-yng-nghyfraith yn ei dwyllo'i hun bod ganddi ddiddordeb ynddo.

'*Bring it on*! Mae hyn yn swno fel 'se fe'n mynd i fod yn dda. Dere inni ga'l clywed dy berle di, Gwenno, a tithe'n gymaint o arbenigwraig ar y natur ddynol.'

Yfodd Iestyn ddracht o'i Beck's cyn plygu yn ei flaen a phlethu ei ddwy fraich am ysgwyddau ei wraig, y botel yn hongian yn llac rhwng ei fynegfys a'i fys canol. Gorffwysai ei ên ar ei chorun a gwenai'n hyderus, ei lygaid awgrymog yn treiddio trwy edrychiad Gwenno. Trwy gydol ei berfformiad, gwrthododd Gwenno ostwng ei threm.

'Dychmyga'r senario: mae'r chwiban yng ngheg y dyfarnwr. Mae e'n ei hwthu ar ddiwedd gêm galed o rygbi. Pymtheg o ddynon cyhyrog yn llawn mwd, testosteron a chwys yn ymlwybro oddi ar y cae ag un peth ar eu meddylie – sefyll gyda'i gilydd dan y gawod boeth. Mae jest meddwl amdano fe'n hala fi'n . . . wel yr unig air yw "sâl", Iestyn! O, a gyda llaw, wna'th neb ofyn i ti am dy farn, os wy'n cofio'n iawn.'

'Mae rhwbeth am ferched tanllyd sy'n neud i fi . . .'

'Gad e fod, wnei di, cyn i fi hwdu. Ti yw'r blydi pyrf, a dylet ti fynd i ga'l help.' Ar hynny, tynnodd hi'r glustog o'r tu ôl iddi a'i rhoi'n fwriadus dros ei chôl.

'Be sy'n bod arnat *ti*? Dim ond tynnu dy go's mae e,' ymyrrodd Manon, ei holl osgo'n dibrisio safiad ei chwaer ieuengaf.

'O, madde i fi am bido sylwi. A dyna lle o'n i'n meddwl bo fi'n delio 'da rhwbeth llawer mwy ycha fi. Ond dim ond tamed bach o hwyl ddiniwed o'dd y cyfan. Wherthin . . . sa i'n gwbod ble mae dechre!'

'Wy 'di cael llond bola ar hyn. Mae'n digwydd bob tro. Pam bod rhaid iti wastad . . .'

'Hei! Be sy'n digwydd fan hyn? Wy'n troi 'nghefen am bum munud ac mae pobun yng ngyddfe ei gilydd.'

Trodd pawb eu pennau i gyfeiriad Mari a oedd newydd ymddangos wrth ddrysau dwbl y lolfa fawr. Ar ei hwyneb roedd hanner gwên ond yn ei llais roedd ôl anniddigrwydd. Roedd ei hymweliad â'r ystafell ymolchi wedi gwneud byd o les iddi, a nawr safai yn ei hesgidiau sodlau uchel glas a'i ffrog dynn o'r un lliw gan fynnu sylw ei theulu.

'Fi bia heddi, cofiwch. 'Y mharti i yw hwn a 'nghartre i yw e hefyd. Nawr pidwch! Ifor, gwêd wrthyn nhw. Ti yw eu tad nhw!'

'Be ti'n dishgwl i fi neud? Dy'n nhw erio'd wedi gwrando arna i a dy'n nhw ddim yn debygol o ddechre nawr.'

Dim ond nawr ac yn y man y byddai Michael yn teimlo'i fod e ar y cyrion. Gan mai digon anfynych a dibwys oedd yr achlysuron hynny, fel yr un roedd e'n dyst iddo'r eiliad honno, daethai i sylweddoli mai'r dacteg orau er mwyn dod drwy'r storom bob tro, oedd sefyll o'r neilltu a dweud dim. Gwyddai ble roedd y ffiniau. A chyn bo hir byddai'r cymylau'n pasio a byddai bywyd yn dychwelyd i'w drefn arferol. Achos mi roedd 'na drefn o ryw fath. Gwyddai hynny hefyd, a thros y blynyddoedd daethai pob un ohonyn nhw i dderbyn, i wahanol raddau, nad oedd eu trefniant arbennig hwythau byth yn mynd i fod yn berffaith. Rhywbeth i ffilmiau Hollywood oedd perffeithrwydd. Felly, dysgwyd sut i gyfaddawdu, sut i fod yn bragmataidd. Trefn oedd yr hyn a chwenychai o'r cychwyn cyntaf, erbyn meddwl – hynny a chariad – ac fe gafodd y ddau. Bellach, fe oedd hynafgwr y teulu, hyd yn oed os nad ei deulu e oedden nhw trwy waed oherwydd, gydag amser, enillodd ei blwyf . . . ac enillodd Mari.

Cilwenodd Michael, fel y gwnaethai lawer tro, wrth ystyried y gwirionedd hwnnw. Roedd gwybod hynny'n golygu y gallai fforddio ei rhannu ambell waith am mai fe fyddai'n aros a fe hefyd fyddai'n rhannu ei gwely ar ôl i'r parti ddod i ben.

'Anrhegion!' cyhoeddodd e a neidio ar ei draed.

'Wy'n gobitho bo chi ddim wedi hala gormod o arian arna i nawr. Gwastraff yw prynu anrhegion drud i rywun o'n hoedran i.'

'Gwrandewch ar wraig Methuselah!'

'Pwy ddiawl yw Methuselah?' gofynnodd Gwenno.

'Dyna sy'n dod o bido hala dy blant i'r capel pan o'n nhw'n fach,' cellweiriodd Michael.

'Mae digon o ffantasi yn eu penne fel mae.'

'Reit, pwy sy'n mynd gynta?' gofynnodd Michael ac anwybyddu sylw Ifor.

'Lili! Noa! Cerwch i roi'ch anrheg i Mam-gu. Dewch mla'n. Gofalus nawr, pidwch â gadel iddi gwmpo.'

Cerddodd y ddau blentyn yn araf tuag at Mari, y naill a'r llall yn gafael yn dynn yn y pecyn hirsgwar a gawsai ei lapio mewn papur streipiog, lliwgar. 'Pen-blwydd hapus, Mam-gu,' cydadroddodd yr wyrion.

'O, diolch! Beth yw e? Beth yw e?' gofynnodd Mari â dogn priodol o gyffro.

Gwenodd pawb ar ben y sioe eisteddfodaidd.

'Helpwch Mam-gu i rwygo'r papur,' cynigiodd Mari. 'O! Mae'n hyfryd!'

'Fi yw honna,' meddai Lili'n falch a phwyntio at y llun, gan adael ôl ei bys ar wydr y ffrâm.

'A fi yw hwnna,' ychwanegodd ei brawd bach rhag ofn bod unrhyw amheuaeth gan ei fam-gu.

'Wy'n gallu gweld 'ny, cariad,' ymatebodd Mari'n dyner. Ar hynny, tynnodd hi'r ddau tuag ati a'u dal ychydig yn rhy hir yn erbyn ei brest, ei llygaid yn llenwi.

'Dadi dynnodd y llun pan o'n ni yn Parc Astelix.'

'Parc Astérix!'

'Astelix,' mynnodd Noa.

'Wel, bydd raid inni fynd nôl i Barc Astelix i dynnu llun ohonon ni i gyd gyda'n gilydd,' meddai Mari. 'Ond nes bod hynny'n digwydd caiff hwn fynd fan hyn, a bob dydd bydda i'n gallu edrych ar y ddou ohonoch chi a hwthu cusan atoch chi,' ychwanegodd gan godi ar ei thraed a gosod y llun ar ben y silff lyfrau isel y tu ôl i Ifor a Gwenno.

'Mwy o siampaen?' cynigiodd Michael a mynd â'r botel hanner gwag o gwmpas yr ystafell. 'Fe agora i un arall yn y funud.'

'Sdim ots am 'ny. Beth 'yt ti, Michael, wedi'i brynu iddi?' gofynnodd Alys.

Ar hynny, cerddodd Michael draw at y cwpwrdd hir, pren golau rhwng y ffenest a drws y patio ac agorodd un o'r dreiriau. Gwyddai fod pob pâr o lygaid yn yr ystafell yn ei ddilyn. Gwyddai fod y disgwyliadau'n fawr ac mai dyma oedd uchafbwynt y rhoddion.

Tynnodd becyn bach allan a hwnnw wedi'i lapio mewn papur lliw arian ac arno flodyn papur, pinc. Cerddodd yn ôl at Mari a chyflwyno'r anrheg i'w wraig yn swil.

'Pen-blwydd hapus, cariad.'

Aeth Mari ati i agor yr anrheg yn ofalus, gan wneud ei gorau i beidio â rhwygo'r papur lapio drud a halogi ymdrechion gorchestol ei gŵr. Llwyddodd i ryddhau un pen a thynnodd y blwch tenau allan rhwng ei bys a'i bawd.

Darllenodd yr arysgrif ddwyieithog ar y blaen yn dynodi mai gwaith crefftwr o Gymru oedd e, ac yna cododd y clawr. Rhythodd ar y gadwyn arian, gain a orweddai'n dwt ar y leinin sidanaidd. Daliodd ei llaw at ei cheg heb godi ei llygaid oddi ar y gemwaith.

'O! Michael,' meddai ymhen ychydig.

'Wnaiff hi'r tro?'

'Mae'n wych, yn hollol wych. Shwt o't ti'n gwbod?'

'Ha, wel. Wy'n sylwi ar fwy na ti'n feddwl,' atebodd e dan wenu.

'Ond pryd? Michael, shwt o't ti'n gwbod . . . wedes i ddim byd yn y siop. O'dd hi ddim ar 'yn rhestr o gwbwl. Pryd est ti'n ôl i' phrynu hi?'

'Pa ateb ti eisie gynta?'

'O, dere 'ma!' Ar hynny, tynnodd ei gŵr ati a'i gusanu'n hir ar ei wefusau.

'Plis! Ddim o fla'n y plant,' galwodd Gwenno.

'Ycha fi, mae'n ffiaidd yn eu hoedran nhw,' ychwanegodd Alys.

'Ti eisie clatsien? Ti ddim yn rhy hen, ti'n gwbod!' saethodd Mari'n ôl yn fygythiol.

Chwarddodd pawb am ben y digrifwch derbyniol.

'Dere mla'n, gwisg hi,' anogodd Gwenno.

Tynnodd Mari'r gadwyn o'r blwch a'i byseddu'n dyner am eiliad neu ddwy cyn ei chodi at ei gwddwg. Ceisiodd ei chau o'r tu ôl, ond ofer fu ei hymdrechion i ymgiprys â'r clasbyn er mwyn ei wthio trwy'r ddolen fechan.

'Maen nhw'n neud rhain mor fach,' protestiodd hi wrth y lleill.

'Af i â hi'n ôl i'r siop 'te, ife?' pryfociodd Michael.

'Paid ti â mentro! Dere, helpa fi.'

Camodd Michael i'r bwlch rhyngddo fe a Mari a llwyddo i gyflawni'r dasg dan sylw.

'Mae'n hyfryd, Mam,' meddai Gwenno. 'Mae hi mor chwaethus ac mae'n dy siwto di i'r dim. Mae eitha steil 'da ti, Michael, whare teg.'

'Wrth gwrs bod. Fe briodes i dy fam. Cofio?'

'Dad, 'yt ti 'di rhoi dy anrheg dithe i Mam 'to?' gofynnodd Alys yn ddiniwed.

'Wy ddim wedi'i phrynu hi 'to,' atebodd Ifor yn lloaidd.

'O Dad! Ti'n bathetig. Heddi mae . . .'

'Paid ti â dechre hefyd. Wy newydd ga'l llond pen gan Gwenno.'

'Wel, 'yt ti'n synnu?'

'Esgusodwch fi, bawb. Wy'n mynd mas i ga'l awyr iach a sigarét,' cyhoeddodd Ifor gan godi ar ei draed a ffugio cael ei frifo. 'Mae'r ddwy 'ma'n ddigon i hurto dyn.'

∽

Safai Ifor â'i benelinoedd yn pwyso ar reilin y feranda bren, gan wylio'r mwg o'i sigarét yn ymdoddi i'r awyr lwyd. Byddai'n nosi cyn bo hir, meddyliodd, a châi fynd yn ôl yn llawen i'w fflat ym mhen arall y brifddinas heb boeni'n ormodol am wedduster a heb roi achos i neb godi aeliau. Yn ôl i'w ddewis fyd ac yntau wedi llwyddo i ddod trwy bennod deuluol arall yn weddol ddianaf. Nid bod achlysuron o'r fath yn dal i'w gleisio. Arferai fod yn annioddefol, pan oedd y merched yn fach a gwaed yr ysgariad heb orffen ceulo, ond dros y blynyddoedd daethai i weld bod amser yn gwella pob clwyf, hyd yn oed y rhai dyfnaf. Fe wellodd ei glwyfau yntau a rhai Mari ymhen hir a hwyr, a dysgodd y ddau sut i fwrw yn eu blaenau, ond bu'n poeni am hydoedd am y merched, yn enwedig Manon. Doedd hi byth wedi maddau iddo'n llwyr, os o gwbl, sylweddolodd Ifor.

Crwydrodd ei lygaid i lawr dros yr ardd ysblennydd o'i flaen a gorfu iddo gyfaddef, er ei waethaf, fod gwell golwg arni bellach na phan oedd yntau'n berchen arni. Fuodd e fawr o arddwr erioed. Maes Mari oedd yr ardd. Roedd e, Ifor, wastad yn rhy brysur gyda'i waith i dendio blodau ac i feithrin tyfiant. Efallai fod hynny'n arwydd cynnar o'i ddiffyg fel dyn teulu, erbyn meddwl. Caeodd ei lygaid a sugno'n ddwfn ar ei sigarét. Sawl gwaith roedd syniadau ffuantus o'r fath wedi cymylu ei ben? A sawl gwaith y daethai i'r casgliad diymwad fod angen mwy na gwely blodau yn y dyddiau cymhleth hynny i achub eu gwely priodasol? Ond ar ôl iddo godi'i bac a mynd, roedd y partner a ddaeth wedyn yn barotach i faeddu ei ddwylo yn y baw a oedd ar ôl. A bellach roedd y cyfan yn eiddo iddo fe.

Diffoddodd Ifor weddill ei sigarét â blaen ei esgid focasin, frown ac ystyried ei feddyliau diwethaf. Na, nid y cyfan, chwaith, penderfynodd. Ni châi hwnnw byth y cyfan.

'Helô, hync! Fan hyn ti'n cwato.'

Doedd Ifor ddim wedi clywed drws y patio'n agor na sŵn ei sodlau uchel yn agosáu ar hyd byrddau pren y feranda. Nawr, safai Mari wrth ei ochr, ei braich wedi'i bachu am ei fraich yntau a gwres ei chorff i'w deimlo'n amlwg trwy lawes ei grys gwyrdd golau, tenau. 'Be ti'n neud – arolygu dy eiddo?' gofynnodd hi a phwyso'i phen yn erbyn ei ysgwydd.

'Nage fi bia fe. Eich eiddo chi yw hwn i gyd.'

'Ti sy bia bron ei hanner e o hyd,' mynnodd hi.

'Na, rhoies i'r cwbwl i ti a'r merched, a ti'n gwbod 'ny'n iawn. Arian euogrwydd. Ti'n cofio?'

'Mae 'na ben draw i euogrwydd. Dyw e ddim yn para am byth, ti'n gwbod.'

'Mae'n dibynnu ar faint y drosedd, a ta beth dim ond y di-euog sy mewn sefyllfa i haeru hynny. Mae'n gallu bod yn ddedfryd o's.'

Yr herian ysgafn, y tynnu'n groes chwareus ond miniog: dyna y byddai Ifor yn ei golli'n aml. Dyna oedd rhan o'r apêl wreiddiol. Hynny a'i meddwl agored, ei hysbryd rhydd. Merch wyllt. Dyna oedd asesiad ei fam ohoni ond, yn ôl honno, roedd yntau'n fab gwyllt. Dim rhyfedd felly fod y ddau wedi darganfod ei gilydd. Roedd 'na frân i frân yn rhywle, medden nhw, ond bod un yn yr achos yma wedi gadael y nyth.

''Yt ti'n well ceidwad ar yr ardd na fi. Mae'n iawn taw ti sy bia hi.'

'Aaa . . . nawrte, mae hynny'n hollol wahanol. Ti'n gweud nawr 'mod i'n ei haeddu fe.'

''Yt ti'n joio dy barti arbennig?'

'Wrth gwrs 'mod i. Diolch i ti am ddod.'

'Fyddwn i ddim wedi'i golli fe am y byd.'

'Celwyddgi.'

'Wy'n gweud y gwir! Shwt allwn i golli pen-blwydd mawr yr unig fenyw wy erio'd wedi'i charu?'

'Beth am y merched? Smo ti'n eu caru nhw?'

'Am gwestiwn twp! Wrth gwrs 'mod i, ond merched y'n nhw – ein merched ni. Wy'n eu caru nhw'n wahanol. Os ei di mla'n yn y ffordd amhriodol 'na bydda i'n gorfod awgrymu dy fod ti'n rhoi dy enw lawr i ga'l therapi!'

Chwarddodd Mari a throdd ei chorff fymryn tuag ato, ei braich yn ei dynnu'n nes ati. Roedd hi'n ei garu yntau hefyd. Dyna'r gwir plaen amdani. Trwy gydol yr ysgariad a thrwy gydol y Blynyddoedd Anodd a ddaeth wedyn doedd hi erioed wedi rhoi'r gorau i'w garu. Ddim yn ddigwestiwn efallai, fel cynt, ond oedd, roedd hi'n caru Ifor ac ni allai ddychmygu bywyd heb bresenoldeb y dyn a oedd wedi'i swyno unwaith ac yna'i dryllio'n rhacs. Roedd hi'n briodol nad oedd e'n byw'n bell i ffwrdd, nad oedd e wedi ymddieithrio. Ond ni fyddai byth yn cymryd lle Michael. Yn yr un modd ag y carai hi'r merched, carai Michael hefyd. Yn ddigwestiwn.

'O's rhywun "sbeshal" gyda ti ar y funud?' gofynnodd hi'n ymddangosiadol ddidaro, gan wybod yr ymateb cyn i'r cwestiwn direidus adael ei cheg.

'A dyna lle o'n i'n meddwl dy fod ti wedi dod mas i ga'l sgwrs gall, fel dou oedolyn, yn hytrach na dod i glywed clecs am fywyd rhywiol dyn canol o'd sy'n dechre gwthio secs yn is ar ei restr o flaenoriaethe! Rwyt ti'n ofnadwy, ti'n gwbod. Gwarthus a digywilydd.'

'Wel?'

'Falle'n wir dy fod ti'n dathlu dy ben-blwydd mawr heddi, ond dwyt ti ddim o ddifri'n dishgwl i fi ddatgelu rhwbeth fel 'na? Dyw e'n ddim o dy fusnes di, madam. Dim holi, dim twrio – dyna'r cytundeb wnaethon ni, felly newidia'r pwnc neu af i'n ôl miwn at y teulu.'

'Dod fan hyn i ddianc rhag rheina wnest ti yn y lle cynta.'

'Nage ddim.'

'Ie.'

'Nage.'

Gwenodd y ddau am ben eu cecru diogel.

'Shwt mae'r gwaith yn mynd?' gofynnodd Mari ymhen ychydig.

'Dyna welliant. 'Yt ti'n ca'l holi am hynny, ond bod gyda fi ddim llawer i' weud. Sa i'n gwbod pam y'n ni'n boddran; mae'r diwydiant ar ei din. "Tsiêp" yw'r unig air maen nhw'n moyn glywed y dyddie 'ma. Rhaglenni tsiêp i hypnoteiddio'r Cymry . . . jest digon i' stopo nhw rhag cwyno. Sdim ots os taw coflaid o gachu yw'r syniad sy'n ca'l ei gynnig, cyhyd â'i fod e'n costi'r nesa peth i ddim ac yn llenwi awr o wylio. *Opium for the masses* ond bod opiwm y Cymry'n fwy tila.'

'Ti 'di troi'n hen sinig diflas yn dy henaint!'

'Gofalus nawr, 'yt ti chwe mis yn hŷn na fi, cofia.'

'Gwêd wrtha i, beth o'dd y busnes 'na rhwng Gwenno a Manon pan o'n i yn y stafell molchi?'

Erbyn hyn, roedd Mari wedi dadfachu ei braich oddi wrth ei fraich yntau, a nawr safai â'i chefn at yr ardd. Pwysai yn erbyn rheilin y feranda, gan edrych i fyw llygaid Ifor.

'Yr un peth ag arfer – y chwaraewr rygbi,' atebodd Ifor gan ysgwyd ei ben yn araf a chrychu ei dalcen. 'Mae e'n gymaint o goc oen. Sa i'n gwbod beth ddiawl mae Manon ni'n ei weld ynddo fe, nagw i.'

'Dere nawr, paid â bod yn rhy galed arno fe. Wedi'r cwbwl, fe yw tad dy wyrion di.'

'Rhaid inni neud yn siŵr 'te nad yw ei ddylanwad yn rhy drwm arnyn nhw. Sa i'n moyn i Noa droi mas fel hwnna. Mae'r crwt yn rhy dda i fod yn ystrydeb.'

'Dyna beth wy'n lico amdanat ti, Ifor Llwyd, y dyn sy'n herio ystrydebe tan y diwedd. 'Yt ti wastad wedi bod yn wahanol i bobun arall,' meddai Mari a'i bwnio'n ysgafn yn ei fol â blaen ei bys.

'Gwahanol i bobun arall? Gwahanol i bob dyn arall ti'n feddwl.'

'Dere nawr, sdim eisie mynd dros ben llestri. 'Yt ti ddim mor unigryw â 'na.'

'Ocê, gwahanol i'r rhan fwya ohonyn nhw 'te.'

'O's sigarét 'da ti?' gofynnodd hi ac anwybyddu ei sylw diwethaf.

'Nag o's! Ddim i ti beth bynnag. 'Yt ti wedi rhoi'r gore iddyn nhw ers blynydde a sa i'n mynd i fod yn gyfrifol am dy arwain di ar gyfeiliorn eto.'

'O dere mla'n. Paid â bod mor sodin hunangyfiawn. Dyw parchusrwydd ddim yn dy siwto di. Dechreuest ti smoco yn dy dridege pan o'dd pobun arall o dy oedran di wedi tyfu mas o wrthryfela. A ta beth, wy'n ca'l neud fel wy'n moyn ar 'y mhen-blwydd mawr. Dyna fydd dy anrheg i fi.'

'Ffag?'

'Dere, achan! Rho blydi sigarét i fi. Ambell waith mae'n rhaid bod yn bechadurus,' mynnodd Mari a gwthio'i llaw i boced ôl ei drowsus er mwyn cyrraedd y paced sigaréts. Ildiodd Ifor, er gwaethaf ei brotestiadau, gan iddo ddirnad y mymryn lleiaf o gysgod ar ei hwyneb, wyneb a oedd fel arfer yn gryf ac yn lân ac yn ddi-boen.

'Beth sy'n bod?' gofynnodd e wrth gynnau bob o sigarét iddyn nhw.

Sugnodd Mari'r mwg i'w cheg a throdd ei chorff i wynebu'r ardd fel cynt. Yn y pellter pell roedd sŵn car heddlu neu ambiwlans i'w glywed ond, fel arall, doedd dim heblaw am dawelwch Mari i darfu ar y llonyddwch maestrefol.

'Wel?'

'O, dim byd. Fi sy'n malu awyr,' atebodd hi gan ysgwyd ei

phen yn ddiamynedd i geisio bychanu ei sylwadau blaenorol. Ni lwyddodd, er hynny, i argyhoeddi ei chyn-ŵr.

'A ti'n dishgwl i fi lyncu hynna? Gwranda, ti'n siarad â fi, Ifor. Nawr beth sy'n bod?' gofynnodd gan roi ei law ar ei braich a'i hannog i droi tuag ato.

'Wy'n becso, Ifor.'

Edrychodd hi i fyw ei lygaid. Gwelsai Ifor yr edrychiad hwnnw o'r blaen ac adnabu'r ofnadwyaeth gyntefig yn wyneb yr anochel. Onid dyna oedd wedi'i blagio ers chwarter canrif? Gwelodd hithau ei lygaid yn ei harchwilio'n graff, yn rhy graff, a dechreuodd hi ddisgyn y grisiau pren a arweiniai o'r feranda at y lawnt hir. Dilynodd Ifor a chrwydrodd y ddau'n araf i ben draw'r ardd. Aethon nhw i eistedd ar y fainc yng nghysgod y goeden magnolia a oedd eisoes wedi dechrau colli'i phetalau sidanaidd lliw fanila ar hyd y borfa, ei sioe odidog bron â bod drosodd am flwyddyn arall. Ar y fainc honno y daethai hi i glywed ei gyhoeddiad a chwalodd ei byd amser maith yn ôl, cyn iddi lwyddo i gydio yn ei bywyd drachefn. Ceisiodd benderfynu a fyddai ei geiriau hithau nawr yr un mor ysgytwol, ond torrodd Ifor ar draws ei myfyrdodau cyn iddi gael cyfle i'w maldodi ei hun â chymariaethau barddonllyd, gorgyfleus.

'Iesu, ti'n theatrig. Wy'n gwitho 'da actorion amaturaidd bob dydd.'

'Paid, Ifor. Plis.'

'Sori.'

Crwydrodd golygon Mari yn ôl i gyfeiriad y tŷ hardd. Roedd rhywun newydd gynnau'r golau yn y lolfa. Gwelodd hi bennau'n mynd a dod o flaen y ffenest, a gwenodd yn wan.

'Ti'n cofio busnes y deisen gynne pan wnes i shwt ffŵl o'n hunan o fla'n pawb?' dechreuodd hi.

'Smo ti'n mynd i ad . . .'

'Gwranda, wnei di! Mae pethe rhyfedd fel 'na wedi bod yn digwydd i fi ers tro . . . ers cwpwl piwr o fisoedd os dwi'n onest . . . ond heddi o'dd y gwaetha. O'dd shwt gywilydd arna i, o fla'n y plant a phopeth. Ac o'dd Michael wedi mynd i'r fath drafferth.' Sugnodd y mwg o weddillion ei sigarét cyn taflu'r stwmpyn ar y gwair yn ymyl ei thraed. 'Ti'n gweld, nage damwain o'dd hi . . . o'dd hi'n fwy o batrwm na damwain. Wy wedi mynd 'mod i'n ffilu neud y pethe bach symla withe. O'n i'n gafel yn y gyllell ond o'dd dim nerth 'da fi, Ifor. Dim rheolaeth. O'n i'n ffilu rhoi pwyse arni, a 'na pryd llithrodd 'yn llaw.'

Rhoddodd Ifor ei law ar ei llaw hithau wrth weld ei llygaid yn dechrau llenwi, ond tynnodd hi'n rhydd a sychu'r deigryn a oedd yn bygwth gorlifo ar hyd ei boch.

'Sori', meddai.

'Paid â bod yn dwp nawr.'

'Ac ar 'y mhen-blwydd hefyd. Dyw pobol ddim i fod i lefen ar eu pen-blwydd nag y'n nhw?' Ar hynny, cnodd ei gwefus a chronnodd y dagrau yn ei llygaid drachefn.

'Ti'n gweud bod pethe rhyfedd yn digwydd iti. Beth yn gwmws ti'n feddwl? Pa fath o bethe?'

'O, sa i'n gwbod . . . gwendid yn 'y mreichie, yn 'y nwylo, y math yna o beth.'

'Ie, ond dy oedran yw hwnna. Wy'n llawn blydi gwynegon. Wy'n ffilu mynd i bisho heb deimlo bod nodwydde'n dod mas o 'mhidyn i. Pwy wedodd bod cyrraedd dy bumdege'n hwyl? Ac rwyt ti'n hŷn o lawer na fi!'

Gwenodd y ddau ohonyn nhw am ben ysgafnder diog Ifor, ond doedd dim pleser yn eu gwên.

'Dyna'r peth. Sdim poene 'da fi, ti'n gweld . . . jest y gwendid mwya ofnadw . . . fel wedes i, yn 'y mreichie a nwylo. Ddechre'r wthnos, er enghraifft, o'n i wedi mynd i'r dre i whilo am ffrog newydd ar gyfer heddi. Wel, erbyn i fi gyrraedd nôl fan hyn o'n i'n shwps. Yr holl ffordd adre o'n i'n gorfod brwydro i droi llyw y car. 'Sen i ddim yn gweud llai tase fe wedi stopid man'na, ond wedyn o'n i'n siglo gormod i roi'r allwedd yn nhwll y clo er mwyn dod miwn i'r tŷ. O'n i'n teimlo fel blydi alci.'

Cadwodd Ifor ei olygon tua'r llawr drwy gydol adroddiad Mari. Ceisiodd dreulio difrifoldeb ei geiriau ac ar yr un pryd eu hwfftio, gan ddadlau y byddai eglurhad digon syml maes o law. Roedd e am gredu'r neges a ddeuai o'i galon, ond yr eiliad honno roedd yr hyn a ddywedai ei ben yn drech.

'Mae ofan arna i, Ifor.'

'Wel, mae eisie iti fynd i weld y doctor er mwyn tawelwch meddwl. Dyna'r peth cynta sy angen ei neud. Ody Michael yn gwbod?'

'Nag yw. Sa i 'di sôn wrth neb ond ti.'

Cyfarfu llygaid y ddau am eiliad cyn i letchwithdod eu gorfodi i ostwng eu trem.

'Wy heb ga'l cyfle 'to. Rhwng y parti a phopeth arall . . . Tan heddi wy wedi mynnu hwpo unrhyw amheuon i gefen 'y meddwl. Ond pan ddigwyddodd busnes y deisen gynne . . . wel o'n i'n gorfod derbyn y galle fod 'na rwbeth mwy yn bod . . .'

'Ie, "galle fod", ond ddim o reidrwydd. Sdim eisie mynd o fla'n gofid, Mari,' torrodd Ifor ar ei thraws.

'Dyna'n gwmws fyddet ti'n neud, a paid â trio gwadu'r peth.'

'Nage sôn amdana i y'n ni nawr. Gwranda, cer i weld y doctor. Bethan Jones yw dy feddyg o hyd, ontefe? Mae hi'n dda. Fe wnaiff hi wrando a dy hala di am brofion. Gei di weld, byddi di fel y boi cyn iti droi rownd. Nawr paid â becso. Iawn?'

Closiodd Ifor ati a rhoi ei fraich amdani. Eisteddon nhw felly am funudau lawer, y ddau'n hollol ymwybodol o arwyddocâd y weithred ddi-ddweud. Dan amgylchiadau eraill, byddai Ifor wedi ildio i'r demtasiwn oedd wedi'i daro sawl gwaith dros y blynyddoedd ers yr ysgariad i ystyried petai a phetasai eu perthynas od, ond yr eiliad honno roedd pethau mwy trwblus ar ei feddwl.

'Dere, awn ni'n ôl at yr hwyl?' cynigiodd Mari'n goeglyd.

'Well inni neud, sbo. A fory bydd raid iti weud wrth Michael.'

1985

*Diwrnod pen-blwydd priodas
Mari ac Ifor*

EISTEDDAI IFOR ar erchwyn y gwely pantiog, y cynfasau gwyn yn cuddio hanner isaf ei gorff noethlymun. Roedd blys cyntefig neithiwr wedi hen ildio i'r euogrwydd a fyddai wastad yn ei lethu ar ôl sesiwn o'r fath. Euogrwydd ac edifeirwch. Yr un fyddai'r patrwm bob tro: cyffro'r heliwr ar ddechrau helfa a'r posibiliadau'n ddi-ben-draw bryd hynny. Yna'r adrenalin cyfarwydd a'r tywys diwrthwynebiad, dros gyfnod o ddyddiau weithiau, i fannau dirgel, tywyll y dychymyg. Byddai'n amhosib ymwrthod ag apêl y wefr waharddedig honno unwaith y cydiai ynddo, ond doedd dim ots tra bo'r cwrso'n bodoli yn y pen yn unig, o olwg pawb a heb berygl o frifo neb. Erbyn iddo wynto chwys ei brae byddai'n rhy hwyr, ac ymlaen yr âi yn ddyfnach i'r goedwig nes bod yr erlidiwr a'r erlidedig yn un ar lawr. Ar wely. Dyna oedd grym ac anian rhyw, fe sylweddolodd, waeth sut a ble y digwyddai.

Taflodd gip i gyfeiriad y dieithryn a safai ar ganol y carped patrymog llwyd, coch a du prin hyd braich oddi wrtho. Gwthiai hwnnw gwt ei grys i'w drowsus tynn cyn cau botymau ei gopis yn ddeheuig. Merfyn oedd ei enw, meddai fe, ond roedd Ifor yn ddigon bydol i wybod bod cyfrwystra partneriaid siawns fel hwn yn ddiarhebol wrth geisio gwarchod eu rhyw anhysbys, yn enwedig a hwythau'n Gymry Cymraeg. Gwlad fach oedd Cymru, wedi'r cyfan. Onid dyna pam roedd e wedi dewis y gwesty hwn ar gyrion Caer i chwarae oddi cartref? Roedd croesi'r ffin yn haws i'r dynion hynny oedd yn chwilio am gyfle i groesi ffiniau, ac roedd hi'n haws anghofio ar ôl croesi'n ôl.

'Rhaid imi 'i heglu hi o 'ma'n reit handi, 'sti. Dwi'n gorfod bod yn Llangefni erbyn un ar ddeg, a bydd y traffig yn uffernol, fel arfar. Mi fasa fo'n beth da tasan nhw'n cychwyn gweithio ar y ffycin twnnel maen nhw'n ei addo i ni wrth ymyl Penmaen-bach, wir Dduw. Maen nhw'n sôn am dyllu un newydd ers cyn co. A'r un fath yn ardal Conwy. Ond ble maen nhw?'

Ar hynny, sodrodd Merfyn ei ben-ôl ar droed y gwely a gwthio'i draed i'w esgidiau swêd cyn mynd ati i glymu'r careiau â'i fysedd chwim. Aros yn dawel wnaeth Ifor heb ymateb i'w gwyno di-ddim. Ymhen munud, fe âi drwy'r drws a diflannu o'i fywyd am byth, siŵr o fod, oni bai yr awgrymai gwrdd eto, ond doedd hynny ddim yn debygol, ac roedd yn siwtio Ifor.

'Reit ta. Dwi'n mynd,' cyhoeddodd Merfyn gan godi ar ei draed a chydio yn ei siaced.

'Iawn. Wel, gyrra'n ofalus. Gwell hwyr na hwyrach.'

Gwingodd Ifor wrth glywed y geiriau ystrydebol yn gadael ei geg mor rhwydd. Roedd ei gyngor ffwrdd-â-hi'n ymylu ar fod yn wawd, meddyliodd. Dal i fynd am y drws a wnâi Merfyn, fodd bynnag, heb ddangos unrhyw arwydd ei fod e'n dal dig, ond cyn mynd trwyddo trodd yn ei ôl ac edrych i fyw llygaid ei gariad unnos.

'Mi fydd hi'n anodd i chdi fod yn ffyddlon i'r ddau, 'sti. Rhaid dewis yn y pen draw: hogia 'ta genod.'

Ar hynny, camodd allan i'r coridor a chau'r drws ar ei ôl.

Pwysodd Ifor yn ôl yn erbyn y gobennydd a geiriau'r dyn arall yn chwyrlïo yn ei ben. Sut y gwyddai? A oedd e mor amlwg â hynny, mor hawdd gweld trwyddo? Efallai fod cegau dynion priod oedd yn cysgu gyda dynion eraill yn eu bradychu am nad oedden nhw'n mynd i'r mannau iawn. Os felly, rhaid bod yr un cegau'n eu bradychu wrth garu gyda'u gwragedd hefyd. Tynnodd Ifor y cynfasau tenau dros ei gorff ac ystyried ei resymeg fyrfyfyr. Roedd e'n sicr nad oedd Mari'n gwybod.

Caeodd ei lygaid ac yna eu hagor yn syth er mwyn alltudio'r llun a saethodd i'w feddwl. Doedd dim lle i Mari na'r merched yn yr ystafell hon: lleoliad ei dwyll. Ei fyd yntau oedd hwn a doedden nhw ddim yn perthyn iddo. Yn sydyn, ciciodd y cynfasau'n ôl oddi arno a neidio ar ei draed. Teimlai'n chwil. Gallai ddirnad y rhimyn lleiaf o chwys oer ar ei dalcen ac ar ei wddf. Dyna'r tro olaf, penderfynodd. Roedd gormod i'w golli. Crwydrodd yn ddiarwybod at y ffenest ym mhen arall yr ystafell a phwyso'i dalcen yn erbyn y llenni coch, trwm. Oedd, roedd e'n sicr nad oedd Mari'n gwybod. Ond sut y gallai fod mor sicr? Sut y gallai fod mor wirion?

Ymsythodd ac agorodd y llenni ryw fymryn, mewn pryd i weld cefn Merfyn yn plygu i fynd i mewn i'w Volvo Estate yn y maes parcio islaw. Tybed yng ngwely pwy y byddai'r gwerthwr offer amaethyddol yn cysgu heno? Gwyliodd y car yn cefnu ar draws y graean cyn troi a diflannu trwy'r allanfa mewn cwmwl o lwch. Roedd Merfyn yn rhydd i gysgu gyda phwy bynnag y mynnai, fe dybiodd. Doedd yntau ddim. Gadawodd Ifor i'r llenni syrthio'n ôl o flaen y ffenest a throdd i wynebu caethiwed yr ystafell unwaith eto.

Agorodd e'r drws i'r ystafell ymolchi a chulhau ei lygaid wrth i'r golau rhy olau fownsio oddi ar y teils pinc a'i ddallu. Aeth draw at y sinc a llenwi gwydryn â dŵr oer. Yfodd y dŵr ar ei ben a chroesawu'r effaith iachusol. Rhythodd ar ei wyneb yn y drych. I bawb a'i hadwaenai roedd e'n ŵr priod llwyddiannus ac yn dad i dair merch fach. Ond roedd gan y gŵr priod hwn gyfrinach dywyll. Am faint yn rhagor y gallai barhau â'r celwydd? Er ei les ei hun ac er lles Mari. Gwthiodd y llen blastig o flaen y bath yn ei hôl a throi tap y gawod ymlaen. Dringodd yn fecanyddol o dan y ffrwd gynnes, gan adael i'r dŵr lifo dros bob rhan o'i groen a'i wallt melyn, trwchus. Roedd e am gael gwared â'r sawr. Roedd e am olchi ôl y dyn arall oddi ar ei gorff. Cydiodd yn y sebon a dechrau rhwto'n galed, fel petai trylwyredd y weithred honno'n mynd i leihau ei anffyddlondeb. Achos dyna oedd e, er gwaethaf ei barodrwydd i'w dwyllo ei hun fel arall pan oedd yr helfa ar ei hanterth. Gwyddai hynny'n iawn a gwyddai na fyddai bar o sebon yn ei olchi i ffwrdd. Ond a oedd 'na raddfeydd o anffyddlondeb? Doedd e erioed wedi bod gyda menyw arall ers priodi Mari, ac ni fyddai byth yn gwneud am ei fod e'n caru ei wraig â'i holl galon. Beth oedd neithiwr, felly? A oedd e'n llai o beth? A oedd modd cyfiawnhau'r twyll, diddymu'r anffyddlondeb? Aeth geiriau Merfyn rownd yn ei ben fel mwydyn meddw. *Hogia 'ta genod*. Petai ganddo ddewis mi fyddai wedi bwrw ei goelbren ers tro byd. Ond roedd e, Ifor Llwyd, yn perthyn i'r ddwy ochr a doedd e ddim yn perthyn i'r un. Fel lleiafrif o fewn lleiafrif. Roedd ei siort e'n fwy gwrthun na neb yng ngolwg y llwyth – boed hetero neu hoyw. Diffoddodd y dŵr cynnes ac ymestyn am dywel glân. Eisteddodd ar ymyl y bath gan adael i'r dagrau lifo ar hyd ei fochau garw.

∾

Pwysai Mari ei chefn yn erbyn y gadair bren wrth ford ý gegin olau, dysglaid o goffi yn y naill law a sigarét yn y llall. Gwyliai'r mwg ysgafn yn codi i'r nenfwd fel fêl priodferch yn cael ei chwythu gan yr awel. Roedd hi'n difaru weithiau na wisgodd hi fêl. Bu ei mam a'i modryb yn ymbil arni ddigon i briodi yn Horeb, fel y gwnaethai merched eraill y fro ers cenedlaethau, ond un annibynnol fu'r gyn-Annibynwraig erioed, a gwyddai ei mam mai ofer fyddai ceisio'i pherswadio i ddilyn y dorf. Swyddfa gofrestru amdani, felly, gerbron teulu agos ac un neu ddau ffrind. Doedd gan wasanaeth crefyddol fawr o apêl iddi hi nac i Ifor chwaith. Ond fe wisgodd hi ffrog wen, blaen hyd at ei thraed a chylch o flodau bach gwyn yn ei gwallt, ac ar ôl rhybuddio'i ferch am ddyddiau lawer y byddai hi'n 'dishgwl fel blydi hipi', pan welodd ei thad hi ar fore ei diwrnod mawr, gorfu iddo gyfaddef taw hi oedd yn iawn.

Sugnodd fwg y sigarét i'w hysgyfaint cyn ei ryddhau'n herfeiddiol i'r awyr. Byddai'r gwynt twyllodrus wedi hen ddiflannu o'r tŷ erbyn i Ifor a'r merched ddod adref, a fyddai neb damaid callach. Nid bod ganddi ots mawr petai e'n dod i wybod ei bod hi'n smygwraig ddirgel, achlysurol; ni fyddai'n ddiwedd y byd. Câi siom, ond ni thorrai'r fath ddatguddiad galon neb. Gwenodd yn fodlon wrth ystyried ei chyfrinach

i gredu y byddai unrhyw gyfle i wyro oddi ar lwybr tendo babis am beth amser eto a bod yn oedolyn llawn. Ond un benderfynol oedd Gwenno fach, fel ei mam, ac ni allai ddeall pam na châi hithau hefyd fynd i'r ysgol fel ei chwiorydd hŷn. Derbyniodd Mari'r stranciau a'r sterics boreol â gras y Fam Teresa gan wybod yn iawn y byddai ei merch ddwyflwydd oed yn sicr o fod wedi cwympo i gysgu yn ei bygi erbyn iddyn nhw gyrraedd adref, gan y byddai wedi ymlâdd ar ôl llefain yr holl ffordd yn ôl i'r tŷ. Ac felly y bu, yn amlach na pheidio. Fiw i Mari geisio gwneud unrhyw waith tŷ gwerth sôn amdano bryd hynny, gan y byddai'n dihuno'i phlentyn ifancaf a fyddai bywyd ddim yn werth ei fyw. Dyna'i hesgus beth bynnag. Felly dysgodd sut i weithio rownd ei theulu, a daeth i weld bod modd cadw talp ohoni hi ei hun yn ôl ac nad oedd bod yn fam o reidrwydd yn gyfystyr ag ildio'r cyfan oll. Dyna pam roedd hi mor gyndyn o dderbyn gwahoddiadau'r mamau eraill i fynd am goffi canol bore hyd yn oed ar ôl i Gwenno ddechrau yn yr uned feithrin. Gwyddai o brofiad mai'r unig destun siarad dibynadwy fyddai plant a mwy o blant. Er cymaint ei chariad at ei phlant ei hun, doedd Mari ddim yn fodlon ildio iddyn nhw gorff ac enaid bedair awr ar hugain y dydd, yn enwedig ar ôl darganfod ei hawr arbennig.

Gwell ganddi ei chwmni a'i choffi ei hun a chrwydro yn ei dychymyg i fannau pellennig a welsai droeon ar y teledu ac mewn ffilmiau, gan addunedu codi ei phac ac ymweld â nhw ryw ddydd. Breuddwydwraig fu hi erioed, er yn blentyn bach. Breuddwydio er mwyn dianc rhag cyffredinedd magwraeth a chymdeithas nad oedd â digon o blwc i gwestiynu'r drefn. Gwg a dirmyg oedd y norm i atal neb rhag bod yn rhy wahanol. Yna, daeth Ifor i'w byd a'i harwain ar gyfeiliorn gogoneddus, ac roedd hi'n fwy na pharod i gael ei harwain gan y llanc penfelyn, pedair ar bymtheg oed a oedd, fel hithau, â'i fryd ar dorri ei gwys ei hun.

Gwenodd Mari wrth gofio'u sesiynau caru crasboeth yn y dyddiau cynnar hynny yn Aberystwyth a'r ffordd y bydden nhw'n aros ar ddi-hun drwy'r nos ambell waith i falu awyr. Siarad er mwyn siarad am eu bod nhw'n cael. Yfed. Smygu sbliff. Caru eto. Byddai diwedd pob tymor coleg yn annioddefol, ac er bod llai na hanner can milltir rhwng ei chartref di-ffôn a di-gar hithau yng Nghwm Tawe a chartref Ifor yng Nghaerdydd, anaml y bydden nhw'n gweld ei gilydd nes iddyn nhw fynd yn ôl i'w bywyd ger y lli. Priodon nhw pan aeth hi'n rhy anodd celu'r gwir rhag ei rhieni: eu bod nhw eisoes yn byw fel gŵr a gwraig heb sêl bendith gweinidog na darn o bapur swyddogol. Parodd eu mis mêl fis cyfan. Mis o deithio diamcan ar InterRail yn cysgu ar lawr trenau yn Iwgoslafia ac ar draethau yng Ngwlad Groeg. Agorwyd y llifddorau yn ystod y mis hwnnw cyn i feichiogrwydd cynnar a chewynnau brwnt eu cau'n glep naw mis yn ddiweddarach. Naw mis gawsan nhw cyn i Manon gyrraedd. Pan dorrwyd y newyddion i'w rhieni ei bod hi'n disgwyl, codi'i haeliau ac edrych yn henffasiwn arni wnaeth ei mam cyn brysio i roi brechdan corn-bîff arall ar ben yr un oedd eisoes ym mocs bwyd ei thad, am fod hwnnw ar fin gadael i weithio shifft ddwbl ym melin boeth gwaith dur Port Talbot. Ond doedd dim ots gan Mari; doedd hi ddim yn disgwyl gwell. Roedd hi ac Ifor ar ben eu digon.

'Babi? Ni'n mynd i ga'l babi?'

Cofiodd chwerthin am ben ei olwg anghrediniol, syn. Nodio i gadarnhau ei chyhoeddiad a wnaeth Mari a gwenu'n dawel wrth weld llygaid ei gŵr yn llenwi. Safai'r ddau'n wynebu ei gilydd ar ganol llawr y lolfa yn y fflat llwm yn Claude Road yn y Rhath, gan geisio dod i delerau ag anferthedd eu cyfrifoldeb newydd. Camodd Ifor tuag ati'n araf a'i dal hi'n dynn yn erbyn ei gorff llencynnaidd, ei wyneb wedi'i gladdu yn ei gwallt tonnog, du a'i ysgwyddau'n codi ac yn disgyn i rythm ei lefain aneglur.

'Bydd yn garcus! Mae babi miwn man'na,' rhybuddiodd hi, gan ei wthio i ffwrdd yn chwareus a phwyntio at ei bol.

'Sori. Wnes i ddim meddwl. *Shit*, fydd e'n iawn?' gofynnodd e'n lloaidd a sychu ei lygaid â llawes ei grys ar yr un pryd.

'Pwy sy'n gweud taw "fe" yw hi?'

'Mari, wyt ti'n berffaith siŵr fod ti'n disgwyl?'

'Wrth gwrs 'mod i'n siŵr.'

'Ond . . . ti'n gwbod . . . pryd digwy . . ?'

'Wel, os nag 'yt *ti*'n gwbod! Pryd ti'n feddwl?'

Ei wrywdod cadarn oedd i gyfrif, meddai fe. Ei stamina rhywiol. Doedd e'n synnu dim ac yntau â sberm mor iach. Roedd e'n hanu o linach hir o ddynion nwydwyllt.

'Cocwyllt ti'n feddwl, Ifor Llwyd, neu ddynion sy'n siarad lot o goc.'

Gwenodd Mari wrth gofio'r olwg ffug-glwyfedig ar ei gŵr y prynhawn di-blant hwnnw. Byddai'n meddwl yn aml yn ystod ei boreau tawel fel hyn beth fyddai wedi digwydd iddi petaen nhw heb gwrdd. Doedd hi erioed wedi bod gyda neb arall. Ifor oedd y cyntaf. Yr unig un. A heddiw roedden nhw'n dathlu union naw mlynedd o briodas, dwy yn fwy na'r saith diarhebol.

Byseddodd y paced sigaréts ar y ford o'i blaen cyn ei wthio i ffwrdd yn benderfynol. Roedd un sigarét bob hyn a hyn yn hen ddigon, dywedodd wrthi ei hun. Yna, cododd yn ddisymwth a mynd â'i chwpan a soser i'w golchi yn y sinc. Roedd ganddi awr arall cyn y byddai'n gorfod mynd i hôl Gwenno o'r ysgol feithrin, awr arall cyn y deuai ei rhyddid i ben am weddill y dydd. Dwrdiodd ei hun yn syth am adael i'r fath feddyliau garlamu trwy ei phen. Y gwir amdani oedd ei bod hi'n gwbl fodlon ei byd. Testun syndod bythol iddi oedd y ffordd y cofleidiodd ei rôl newydd, achos yr eiliad y daeth Manon i'w bywyd gwyddai Mari ei bod hi wedi gwireddu breuddwyd nad oedd ganddi tan yr eiliad honno. Y bwriad oedd mynd yn ôl i'w swydd fel athrawes gelf ar ôl ei chyfnod mamolaeth a derbyn cynnig rhieni Ifor i helpu gyda'r un fach, ond pan ddaeth Alys gwta flwyddyn yn ddiweddarach, cafodd hi reswm i gyhoeddi bod ei gyrfa ar ben am y tro, a chafodd Ifor reswm i frolio am ei sberm o'r newydd.

Doedd hi ddim yn gweld eisiau dysgu, meddyliodd, ond roedd hi'n gweld eisiau ei chysylltiad â chelf. Ambell waith yn ystod ei hawr arbennig byddai'n twrio yn ei chist arlunio, gan fyseddu ei phensiliau cain neu'r tiwbiau paent. Ar adegau prin, pan fyddai'r awen yn llifo, byddai'n ymgolli mewn rhyw greadigaeth hunanfaldodus nes i anghenion Gwenno ei llusgo'n ôl i realiti. Ond fel arfer, ni wnâi fwy na'r hyn a wnaethai'n barod heddiw, sef sipian coffi a smygu sigarét ac ystyried ei lwc dda.

Dihunwyd Mari o'i synfyfyrio pan ganodd y ffôn. Hanner rhedodd drwodd i'r cyntedd i'w ateb, gan anghofio nad oedd angen iddi frysio rhagor i geisio atal y sŵn rhag deffro un o'r plant.

'He-lô, Mr Llwyd!' meddai'n hwyliog pan glywodd lais ei gŵr ar ben arall y lein. '*Happy Anniversary!*'

Roedd Ifor wedi mynd trwy bob sgwrs debygol sawl gwaith yn ei ben cyn ffonio Mari, gan ymarfer y celwyddau a chan ddewis ei eiriau er mwyn ei gwarchod rhag gwybod am y twyll a fyddai'n ei chwalu'n rhacs. *'Happy Anniversary!'* Hongiai ei geiriau yn yr awyr, yn sgrech fyddarol y mudandod a'u gwahanai. Iesu Grist. Iesu ffycin Grist. Ar ben-blwydd eu priodas. Beth oedd e wedi'i wneud?

'Wel, yr hen fasdad. Ti wedi anghofio, on'd 'yt ti?' pryfociodd Mari o gyntedd eu cartref cysurus yng Nghaerdydd.

Roedd e'n suddo. Gwyddai ei fod e'n suddo i ryw ddüwch diwaelod lle na fu erioed o'r blaen. Pwysodd ei law yn erbyn y pared er mwyn ei sadio'i hun. Dim ond cyfaddefiad allai ei achub nawr. Chwydu'r cyfan yn y fan a'r lle ac osgoi damnedigaeth dragwyddol.

Yna, clywodd ei llais o'r newydd yn ei dynnu'n ôl.

'Dyna beth wy'n ga'l am dy ddiodde di am naw mlynedd o lân briodas, ife? Reit, setla i am fwnshad o flode, y diawl bach.'

'Sori?'

'Bwnshad o flode . . . i neud yn iawn am dy gamwedd.'

'Camwedd? Be ti'n . . ?'

'Ifor! 'Yt ti'n feddw neu rwbeth?'

'Nagw, na . . . newydd ddihuno ydw i,' atebodd yn dila a throi ei gorff yn fwriadol fel bod ei gefn at y gwely anniben. Teimlodd ei frest yn tynhau. Rhedodd ei law yn ôl ac ymlaen yn ddiarwybod ar hyd gwifren gyrliog y ffôn.

'Blydi hél, mae'n braf ar rai. Wy 'di bod ar 'y nhra'd ers whech o'r gloch 'da Gwenno ni.'

'Pam? Sdim byd yn bod, o's e?'

'Welcome to my world. Rhag ofan nag 'yt ti wedi sylwi,

dadi annwyl, dyna pryd wy'n cwnnu bob bore tra dy fod ti'n troi drosodd i ga'l awr fach arall ym mharadwys cwsg!'

'Sori, wy bach yn slo bore 'ma. A'th hi'n hwyr neithiwr rhwng popeth.'

Byddai'n rhaid gwneud yn well na hynny. Roedd y fenyw ddeallus hon yn haeddu gwell perfformiad. Y ffycin ffŵl ag e! Ceisiodd gofio'r sgript a baratôdd cyn codi'r ffôn. Roedd e'n gorfod glynu at y sgript. Roedd ei feddwl ar garlam yn sydyn reit. Gallai grafu ei ffordd yn ôl o hyd. Pe llwyddai i ddod trwy hyn, câi amser i ystyried ei gam nesaf.

'Shwt a'th y ffilmo?'

'Da. A'th hi'n dda iawn ar y cyfan ond, fel wedes i, a'th hi mla'n braidd. Yr un hen broblem ffindo Cymry Cymraeg sy'n gallu rhoi hanner dwsin o eirie at ei gilydd i weud rhwbeth call, ond daethon ni i ben yn y diwedd.'

Roedd e'n dechrau baldorddi eto. Atgoffodd ei hun i lynu at y sgript. Osgoi manylu.

'Ble 'yt ti nawr?'

'Dal yn y gwesty.'

'Wy'n gwbod 'ny, ond ble mae'r gwesty, achan?'

'Ar bwys Wrecsam . . . rhwng Wrecsam a Chaer.'

''Yt ti ar fin gadel neu beth?'

'Ydw, pam?'

'Achos mae dy fam a dy dad wedi cynnig gwarchod heno. O'n i 'di meddwl mynd i'r pictiwrs. Mae *Amadeus* mla'n yn y dre. Ti'n ffansïo nosweth mas gyda dy wraig? Ti wastad yn conan bod ni byth yn mynd i unman. Gallen ni gymryd mantais go iawn a mynd am rwbeth i' fyta wedyn. Bydd Eirwen a Neville wrth eu bodd yn ca'l rhoi maldod i'r wyrese. Be ti'n feddwl?'

Y gwir oedd na wyddai Ifor beth i'w feddwl. Roedd e'n dal yng ngafael neithiwr. Ceisiodd anwybyddu gwynder gormesol y gwely wrth ei ochr, ond bob tro yr edrychai i ffwrdd, tynnid ei lygaid yn ôl. Roedd y *duvet* wedi'i wthio dros yr ochr a'i hanner yn gorweddian ar y carped, gan amlygu'r cynfasau blêr, arena ei dwyll.

'Iawn, os ti'n moyn. Ble awn ni? Penderfyna di a ffona i gadw bwrdd. Faint o'r gloch?'

'Mae'r ffilm yn dechre am hanner awr wedi saith . . . so dylen ni fod mas cyn deg.'

'Ydy deg yn rhy hwyr i feddwl am fynd i fyta?' gofynnodd Ifor yn awgrymog, gan obeithio y byddai Mari'n cytuno. Roedd meddwl am eistedd gyferbyn â'i wraig wrth fwrdd bach i ddau ac esgus bod popeth fel y boi yn fwy nag y gallai ei oddef. Roedd yn rhy fuan, yn rhy fyw. Yn y sinema, o leiaf câi lapio'r tywyllwch amdano a gadael i ffantasi'r ffilm wneud ei gwaith heb orfod poeni am fân siarad. Câi amser i roi'r celwydd y tu ôl iddo. Câi gyfle arall.

'Ble mae'r rafin briodes i naw mlynedd yn ôl? Y boi 'na sy wastad wedi hala ofan ar ei fam-yng-nghyfraith am ei fod e bach yn wyllt a di-ddal. A nawr mae e'n cyfadde bod deg o'r gloch yn rhy hwyr iddo!'

'Ha blydi ha, ond bydd y boi gwyllt 'na wedi bod ar y ffordd drwy'r dydd, cofia!'

'Digon teg. Wel, mae lan i ti. Gwêd di be ti'n moyn neud. Dwyawr o Mozart . . . a gwely cynnar gyda dy wraig falle? Neu 'yt ti'n rhy hen ar gyfer hynny hefyd? Reit, bydda i'n aros yn eiddgar amdanat ti. Paid â gyrru'n rhy glou. Gwell hwyr na hwyrach. Caru ti.'

∾

Gwenodd Ifor wrth wylio'r crwt bach penfelyn yn chwarae mig ag e wrth y bwrdd gyferbyn. Penliniai'r bachgen ar y fainc ddwfn, gan godi ei gorff yn araf nes bod ei lygaid gyfuwch â thop cefn y sedd ffug-ledr, goch. Arhosai felly am eiliad neu ddwy, gan ddal llygaid Ifor, cyn plymio o'r golwg â sydynrwydd afanc a chodi eilwaith er mwyn pwyso a mesur ei gydchwaraewr dieithr. Weithiau cuddiai Ifor ei wyneb yntau y tu ôl i'w ddwylo a'u hagor, yn araf iawn i ddechrau, ac yna'n ddisymwth er mwyn datgelu ei wyneb cyfan, a byddai'r crwtyn yn morio chwerthin. Cofiodd sut y byddai'r gêm ddiniwed yn llwyddo'n ddi-ffael i ddiddanu Gwenno am hydoedd. Roedd y crwtyn hwn yn iau na Gwenno, dyfalodd e. Jason oedd ei enw. Clywodd Ifor gymaint â hynny bob tro y byddai ei fam yn cydio yn ei fraich denau a'i annog i droi i wynebu'r blaen er mwyn eistedd yn dawel gyda hi a'r dyn hirwallt a rannai'r bwrdd â hi. Ni allai weld wyneb hwnnw'n iawn am fod cefn y fam yn y ffordd, ond roedd hi'n deg tybio mai uned deuluol oedden nhw: tad, mam a mab.

Aeth y gêm yn ei blaen ac roedd Ifor yn falch o'r difyrrwch dros dro. Cuddiodd ei wyneb y tu ôl i'w ddwylo fel cynt cyn eu hagor yn araf bach, ac yna'n sydyn, nes cyrraedd uchafbwynt ei gamp. Chwarddodd y bachgen chwerthiniad heintus a chwarddodd Ifor yntau, gan beri i un neu ddau o'u cydfwytawyr yn y Little Chef hanner gwag daflu cipolwg beirniadol i'w cyfeiriad. Chwerthin yn fwy a wnaeth Ifor wrth weld eu gwg, ond daeth yr hwyl i ben yn ddramatig o sydyn pan glywodd e slap uchel, amlwg. Croen yn taro croen. Llaw yn taro coes. Dechreuodd y crwt grio'n afreolus, sŵn ei udo'n llenwi'r tŷ bwyta. Cododd y fam ar ei thraed yn grac ac edrych yn ddiamynedd ar y dyn a oedd gyda hi.

'You can't take 'im nowhere. I'm bloody sick and tired of 'im,' cwynodd hi yn ei hacen Birmingham, ond doedd y dyn ddim yn gwrando.

Yna, sgubodd hi'r bachgen i'w breichiau, gafaelodd yn ei bag a dechrau mynd am y drws. Cyfarfu ei llygaid â llygaid Ifor am chwarter eiliad wrth iddi hwylio heibio iddo'n sarrug. Cododd Ifor ei law ar y crwt bach a thynnu wyneb doniol mewn ymgais i rannu ei gydymdeimlad ac i ymddiheuro o bell am iddo'i arwain ar gyfeiliorn, ond ni chafodd fawr o effaith am fod hwnnw wedi ymgolli yn annhegwch yr hyn a oedd newydd ddigwydd iddo. Yn y sioc greulon. Eiliadau'n ddiweddarach, roedden nhw wedi mynd, gan adael y dyn hirwallt i dalu.

Chwaraeodd Ifor â gweddillion ei ginio â blaen ei fforc cyn gwthio'r plât oddi wrtho ar draws y ford. Doedd fawr o chwant bwyta arno mwyach. Teimlai'n euog ac yn gyfrifol am gosb y bachgen bach. Dylai fod arwydd mawr yn hongian am ei wddf, meddyliodd, i rybuddio pawb a ddeuai o fewn canllath iddo fod Ifor Llwyd yn difetha bywydau pobl. Caeodd ei lygaid ac ochneidio. Gwibiodd wyneb y fam sarrug drwy ei feddwl ar unwaith. Er na pharodd ei hedrychiad fwy nag amrantiad pan gerddodd heibio iddo funud ynghynt, roedd yn ddigon i Ifor allu gweld ei dirmyg. Gwelsai'r un edrychiad yn llygaid y fenyw bowdraidd, a oedd yn golur ac yn aur i gyd, yn nerbynfa'r gwesty gynnau wrth iddo roi allwedd ei ystafell ar y cownter ac aros am y bil. Y cyfan a gawsai ganddi oedd 'good morning' di-wên: digon iddi fedru gwadu unrhyw gyhuddiad nad oedd hi'n gwrtais yn ei gwaith, ond digon hefyd i adael iddo wybod ei bod hi'n ymwybodol o'r hyn a ddigwyddai y tu ôl i ddrysau caeëdig ystafelloedd ei gwesty parchus.

Roedd Ifor wedi bod yn falch o gael mynd at ei gar a gadael i'r gwesty ar gyrion Caer fynd yn llai ac yn llai gyda phob milltir; gwthio'r hyn a ddigwyddodd yno yn ddwfn i gist ei gof a'i adael yno dan glo i bydru. Dechrau o'r newydd. Ond yn wahanol i droeon cynt, aros wnaeth y trymder fel cydwybod sedd gefn, gan ei wawdio dros ei ysgwydd a chan redeg ei dafod yn awgrymog dros ei wefusau yn y drych. Roedd Ifor Llwyd yn hoffi coc. Y basdad ffiaidd ag e ac yntau'n briod! Roedd e'n haeddu cael damwain erchyll a threulio gweddill ei oes fel cabatsien mewn cadair. Pam lai? Roedd gwell pobl na fe'n gweld dioddefaint bob dydd. Pwy oedd yn penderfynu pa drueiniaid oedd i fod i ddioddef ta beth? Duw? Allah? Rhagluniaeth? Ha ffycin ha! Dywedwch hynny wrth y Palestiniaid. Wrth blant bach newynnog Ethiopia oedd yn gorfod dibynnu ar gyngerdd roc i lenwi eu boliau.

Ni sylwodd Ifor pan groesodd e'r ffin. Fel arfer byddai'n chwilio am yr arwydd sbel cyn ei gyrraedd, ond heddiw gwibiodd heibio iddo a doedd e ddim yn gwybod ei fod e'n ôl yn ei wlad ei hun nes iddo ddarllen enw comig o hir Rhosllannerchrugog wrth ochr y ffordd. Roedd e'n hyrddio tua thre i'w wynebu ei hun. I wynebu Mari. Funudau'n ddiweddarach, croesodd yn ôl i Loegr drachefn.

Mewn a mas, mewn a mas.

Yn sydyn, cododd Ifor ar ei draed a brasgamu am y til wrth y drws. Talodd am ei fwyd a gadawodd y Little Chef ar gyrion Croesoswallt. Roedd e'n sicr bod Jason a'i rieni di-ddim – achos dyna oedden nhw – wedi hen anghofio amdano erbyn hyn. Jason druan. Tybed sut fywyd oedd o flaen y crwtyn penfelyn, ac yntau wedi'i dynghedu i flynyddoedd o orfod brwydro'n erbyn diffyg uchelgais ymddangosiadol ei fam a'i dad. Pam gafodd crwt mor annwyl a llawn bywyd ei roi gyda'r ddau yna, o bawb? Lwc? Anlwc?

Roedd y cyfan mor fympwyol. Ynteu a oedd 'na ryw gynllun rhagordeiniedig, personol i bob enaid byw? A oedd e yno o'r dechrau cyn inni ddod i'r byd? A beth amdano fe, Ifor Llwyd, gŵr Mari a thad cariadus Manon, Alys a Gwenno? Cilwenodd Ifor ac ysgwyd ei ben yn araf. Swniai fel y math o deyrnged a welid yng ngholofnau marwolaethau *Y Cymro* neu'r *Western Mail*, meddyliodd. *Gedy wraig a thri o blant.* Ni allai gofio pryd y dechreuodd e deimlo'r hyn a deimlai, pryd y dechreuodd e deimlo'r angen i groesi'r ffin. A oedd e ynddo er dydd ei eni, gan fudlosgi trwy gydol ei blentyndod a'i arddegau? Os felly, pam na ddaethai i'r amlwg cyn iddo gwrdd â Mari, cyn iddyn nhw gael plant? Ni allai gofio dewis. Pan oedd e gyda Mari, roedd hynny'n dda, ond bob hyn a hyn roedd e angen y llall. Bob hyn a hyn, byddai'r cyfle'n codi a'r helfa'n ei rwydo.

Arafodd Ifor y car a thynnu i mewn i gilfan rywle yng nghanol cefn gwlad gyfoethog y Gororau. Diffoddodd yr injan a gorffwys ei dalcen yn erbyn y llyw. Doedd dim hwyl i'w chael o gael ei ddenu i ddau gyfeiriad, meddyliodd. Pam fe? Pwy benderfynodd ei fod e'n ddeuryw? Deuryw. 'Na fe, roedd e mas. Roedd e wedi meiddio ffurfio'r gair yn ei ben. Roedd Ifor Llwyd yn ddeuryw! Roedd e wastad wedi cysylltu pethau da â dau neu ddwy o bopeth am fod dau yn well nag un fel arfer: dwyieithog, dwylo, deuddyn . . . deuryw.

Roedd twyll yn y gair.

Weindiodd y ffenest ar agor a chroesawu'r awel ar ei wyneb. Trodd radio'r car ymlaen a chwiliodd am orsaf hawdd

Diffoddodd Ifor y radio ac agorodd ddrws y car mewn llesmair. Camodd allan ar wythiennau'r tarmac craciog a phwyso'i benelinoedd ar do'r cerbyd. Edrychodd draw dros y caeau o'i flaen, ond ni welodd y stribed tenau o dai na thŵr yr eglwys wledig yn y pellter. Ni welodd y gwartheg difater yn cnoi'r gwair gwyrdd tywyll yn y cae cyntaf na'r ffarmwr a'i was yn rheoli'r pentwr o sbwriel amaethyddol a losgai mewn cornel tua'r chwith. Y tu ôl iddo, roedd bwystfil o lori'n crafu trwy'r bwlch a adawyd rhwng ei gar yntau a'r berth a wahanai'r gilfan rhag y ffordd fawr. Bob hyn a hyn taflai'r gyrrwr gipolwg cas ar Ifor o ddiogelwch ei gab, gan fwmian cyfres o regfeydd dan ei wynt mewn protest yn erbyn diffyg cydweithrediad y dieithryn hwn a oedd yn sefyll â drws ei gar ar agor ac yn ddall i'w ymdrechion glew i fynd heibio iddo. Ymhen tipyn, daeth car du i stop ryw ddecllath i ffwrdd, a rhuthrodd tad ifanc a'i ferch fach draw at y berth. Safai'r tad y tu ôl i'r ferch a'i chysgodi rhag unrhyw ddarpar gynulleidfa wrth iddi chwydu ei chinio ar ben y gwair a'r mieri wrth ei thraed. Ond ni welodd Ifor ddim un o'r digwyddiadau hyn. Dim ond pan laniodd y dafn cyntaf o law ar ben to'r car y daeth e'n ôl o'i lesmair. Gostyngodd ei lygaid a gweld un arall ac yna un arall yn araf droi'r paent coch, llychlyd yn goch glân a sgleiniog, fel smotiau o waed. Rhythodd ar y smotiau'n mynd yn fwy ac yn fwy niferus nes iddyn nhw redeg i'w gilydd a throi'r cyfan yn goch llachar. Yn goch heintiedig.

Plygodd Ifor ei ben i fynd yn ôl i mewn i'r car. Caeodd y drws a thanio'r injan. Dilynodd ei lygaid y llafnau'n symud yn ôl ac ymlaen, yn ôl ac ymlaen, wrth i'r glaw cynyddol bwnio'n erbyn y ffenest flaen. Dechreuodd y car gripad heibio'r lori a oedd wedi'i pharcio yn ei ymyl, ac ailymunodd yn araf â'r ffordd fawr. Yn sydyn, roedd ei feddwl yn gwbl glir. Daethai'r penderfyniad yn syndod o hawdd yn y diwedd, meddyliodd, am nad oedd ganddo fawr o ddewis yn y pen draw. Roedd popeth wedi newid ers y bwletin newyddion hwnnw. Roedd y byd wedi newid. Ond ni sylweddolodd Ifor yn llawn hyd nes iddo barcio'r car ar y graean lliw mêl o flaen y tŷ a rannai â Mari a'r merched na allai adael iddo'i hun gysgu yn y tŷ hwnnw byth eto.

2012

Cymylau'n mynd a dod

ROEDD MARI'N gyfarwydd â wynebu argyfyngau ar ei phen ei hun. Felly pan gynigiodd Michael fynd gyda hi i'r feddygfa y bore hwnnw, daeth ei gwrthodiad yn ail reddf iddi.

'Na, na, bydda i'n iawn, wir iti,' mynnodd hi a dal ei braich gryfaf allan i dderbyn y ddysglaid foreol o de gan ei gŵr.

Roedd Michael wedi dod â phaned iddi yn y gwely bob bore ers iddyn nhw briodi ac eithrio pan oedd e'n sâl, neu fel arall, os oedd hithau wedi cael ei galw i wely un o'r merched pan oedden nhw'n iau. A phob nos wrth fynd i'r gwely byddai hi, Mari, yn gwasgu'r pâst dannedd ar ei frwsh yntau yn ogystal â'i brwsh dannedd ei hun, hyd yn oed os oedd e wedi penderfynu aros ar ei hôl yn y lolfa i orffen gwylio rhywbeth ar y teledu. Roedd yn rhan o'u trefn bellach. Rhywsut byddai peidio â gwneud yn temtio ffawd, yn gwahodd trallod. Sawl gwaith roedd hi wedi darllen yn y cylchgronau poblogaidd, sgleiniog am famau oedd yn difaru eu henaid eu bod nhw wedi gadael i un o'u plant fynd i'r ysgol heb gymodi ar ôl rhyw ffrae wirion o gwmpas y bwrdd brecwast? Ar y ffordd yno byddai anffawd ofnadwy wedi'i daro a byddai'r fam wedi colli'i phlentyn yn ogystal â'r cyfle i wneud yn iawn, ac yn eu lle ennill galar ac euogrwydd am weddill ei hoes. Roedd ei phatrymau bach priodasol hi a Michael wedi'u gwreiddio'n ddyfnach nag ofergoelion ac erthyglau arwynebol cylchgronau sgleiniog. Ni allai lai na theimlo pwt o ryddhad, er hynny, wrth sylweddoli nad oedd hi wedi anghofio cyflawni defod y pâst dannedd neithiwr.

'Gwranda, wy'n mynd i ffono'r swyddfa i weud y bydda i bach yn hwyr. Sdim cyfarfodydd 'da fi tan y prynhawn 'ma. Galla i fynd â ti lawr yn y car . . . a ta beth, wy'n moyn bod yno gyda ti. Dyna'i diwedd hi.'

'Michael bach, sdim eisie ffwdanu. Galla i fynd ar 'y mhen 'yn hun yn hollol rwydd. Dyw gwendid bach yn 'y mraich ddim yn golygu 'mod i'n ffiledig.'

Cyfarfu llygaid y ddau am eiliad cyn i Mari ganolbwyntio ar gymryd llymaid o'i the. Gwyddai ei bod hi wedi'i frifo. Fel hithau, roedd e'n poeni, er nad oedd hi wedi dweud hanner y gwir wrtho am y ffordd y teimlai go iawn. Doedd ei dirywiad ddim yn gyflym nac yn ddramatig, ond dirywio roedd hi. Doedd dim dwywaith am hynny.

'Wir, bydda i'n iawn, gei di weld. Nawr cer i ddatrys probleme cynllunio'r blydi ddinas 'ma. Dyn a ŵyr, mae eisie i rywun neud, cyn i deulu diniwed arall orfod diodde misoedd o bwno a drilo bob awr o'r dydd oherwydd trachwant eu cymdogion. Achos 'na beth yw e. Mae pobol yn amal yn neud cais i godi estyniad diangen jest i lenwi gwacter. Cusan plis! Nawr cer i dy waith.'

Gorfododd Mari ei hun i wenu wrth i Michael blygu i blannu cusan ar ei gwefusau. Chwarter awr yn ddiweddarach, clywodd ddrws y ffrynt yn cau a sŵn injan y car yn tanio, a chododd yn araf i baratoi at dderbyn newyddion drwg.

Nawr fodd bynnag, wrth iddi ddisgwyl ei thro yn ystafell aros y feddygfa foethus, roedd hi'n difaru na ddaethai Michael gyda hi wedi'r cyfan. Hunanoldeb fu wrth wraidd ei stoiciaeth flaenorol; ymgais enbyd i sicrhau parhad yn wyneb yr anorfod. Petai Michael wedi dod hefyd, byddai hynny wedi rhoi cydnabyddiaeth i ddifrifoldeb tybiedig ei chyflwr, meddyliodd. Byddai wedi bod yn gyfystyr ag ildio i'r amheuon fu'n ei phlagio ers misoedd. Trwy ddod ar ei phen ei hun, roedd hi'n gohirio bod yn ystadegyn arall yng nghofnodion oeraidd y Gwasanaeth Iechyd Gwladol am ychydig eto. Roedd hi'n cadw'r gobaith yn fyw. Ond doedd hi ddim yn dwp.

Edrychodd Mari ar y sgrîn plasma hirsgwar a grogai ar y pared gwyn gyferbyn â hi. Newidiai'r lluniau mud ar y sgrîn yn ôl ac ymlaen bob rhyw ddeg eiliad rhwng hysbysebion meddygol di-ddim a phenawdau newyddion difater. Yn gwylio'r cyfan â syndod tawel roedd dyn oedrannus, Asiaidd yr olwg, a eisteddai yn y rhes tua'r chwith iddi. Pwysai ymlaen yn ei sedd goch-melyn-a-gwyrdd, streipiog gan orffwys ei ddwylo arthritig, un ar ben y llall, ar ei ffon. Beth bynnag oedd ei reswm dros ddod i'r fath le, doedd e ddim fel petai ar frys i symud o'r fan. Edmygai Mari ei amynedd urddasol. Draw yng nghornel yr ystafell roedd merch fach yn chwarae â'r teganau lliwgar a lenwai'r gofod a neilltuwyd yn unswydd i geisio cadw plant yn dawel yn ystod y disgwyl hir cyn iddyn nhw a'u rhieni gael eu galw i weld y meddyg. Bob hyn a hyn, byddai hi'n taflu'r brics plastig allan o'r gorlan a byddai ei mam, a oedd yn disgwyl babi arall unrhyw ddiwrnod, yn ôl anferthedd ei bol, yn gorfod eu cicio'n ôl i mewn rhag i rywun faglu a glanio'n gas ar y teils caled, llwyd a dwyn achos yn erbyn y feddygfa neu'r fam, neu'r ddwy. Yn y cefndir chwaraeai cerddoriaeth ysgafn. Roedd y cyfan yn debycach i gyntedd gwesty pum seren na meddygfa, meddyliodd Mari, nid ei bod hi erioed wedi aros mewn gwesty pum seren. Rhyw ddydd, efallai, rhyw ddydd.

Canodd y ffôn yn ysgafn yn ardal y dderbynfa. Trodd Mari ei phen yn reddfol tuag at y llechen hir o ddesg a llwyddo i weld corun y dyn ifanc a weithiai yno'n symud lan a lawr fel corcyn ar ddŵr wrth iddo ymateb i'r llais ar ben arall y lein. Edrychodd hi ar ei watsh. Roedd hi wedi bod yn aros am dros dri chwarter awr yn barod.

Sleidiodd y drws gwydr mawr ar agor ac ymddangosodd menyw tua'r un oed â hi. Dilynodd llygaid Mari'r newydd-ddyfodiad wrth iddi frasgamu'n sionc at sgrîn yn ymyl y drws a mewnbynnu ei henw er mwyn rhoi gwybod i'r peiriant ei bod hi wedi cyrraedd. Cododd Mari ei braich er mwyn ei gorffwys ar fraich y gadair fel cynt, ond tynnodd wep yn ddiamynedd wrth deimlo'r gwendid, a bu'n rhaid defnyddio'i braich arall i roi help llaw i'r un wan. Ar adegau fel hyn y byddai'n poeni fwyaf. Roedd hi'n dal i allu ei thwyllo'i hun nad oedd dim byd mawr yn bod arni tra bo pethau fwy neu lai'n gweithio'n iawn, ond roedd y pethau hynny'n methu fwyfwy yn ddiweddar. Ei braich chwith oedd y broblem fwyaf, ond roedd y llall yn wannach nag y bu, a ddoe ddiwethaf gallai dyngu ei bod hi wedi teimlo pinnau bach yn ei throed chwith, rownd y pigwrn. Yn sydyn, roedd llond twll o ofn arni.

Pan glywodd lais Dr Jones dros yr uwchseinydd yn gofyn iddi fynd i 'consulting room six', bu bron i Mari golli'i hanadl. Yn lle codi'n syth, arhosodd yn ei sedd ychydig yn hwy nag arfer er mwyn cael ei gwynt ati a thawelu ei nerfau. Fel rheol, byddai wedi bod yn ddig am na ddaethai'r cyhoeddiad yn Gymraeg, gan feddyg Cymraeg i glaf Cymraeg, ond heddiw roedd ei pharhad hi ei hun yn pwyso'n drymach arni na pharhad iaith a oedd yn prysur fynd â'i phen iddi er gwaethaf cyndynrwydd rhai selogion i ddiffodd y peiriant cynnal bywyd. Clywodd sŵn ei hesgidiau'n taro'n uchel yn erbyn y teils wrth iddi groesi'r cyntedd eang, fel petai rhywun yn ei chlatsio'n galed yn ei hwyneb gyda phob cam. Cnociodd yn ysgafn ar y drws a disgwyl am ganiatâd i fynd i mewn.

'Mrs Benjamin! Bore da. Dewch i ishta fan hyn,' anogodd Bethan Jones a throi yn ei chadair fel ffrind mynwesol yn barod i gael gwd clonc. Roedd y meddyg ddeng mlynedd a mwy'n iau na Mari, ond roedd ganddi'r sicrwydd a'r hyder a fabwysiadai unrhyw weithiwr a berthynai i alwedigaeth nad oedd eto wedi gweld erydiad llwyr o'i statws, hyd yn oed os oedd parch at ei haelodau'n fwy simsan nag y bu. Mynnai meddygon gynnal eu harwahanrwydd yn wyneb pob rhyw ddrycin, boed yn economaidd neu broffesiynol. Roedd yn wir am gerddorion clasurol hefyd, meddyliodd Mari. Efallai mai sicrwydd a hunanhyder oedd y wobr a ddeuai am gysegru blynyddoedd mawr i ddysgu crefft. Ynteu rhywbeth cynhenid oedd e? Rhywbeth a etifeddwyd? Tybed a ellid dweud yr un peth am ddarpar arlunwyr fel hi oedd yn digwydd bod yn athrawon hefyd? Go blydi brin. Ond rhoi blynyddoedd o'i bywyd i fagu plant a wnaethai hi ac, er iddi fynd yn ôl i ddysgu, eilbeth oedd gyrfa a chrefft.

'Shwt y'ch chi'n teimlo?' gofynnodd Dr Jones.

Caeodd Mari ei llygaid a gwenu'n wan cyn eu hagor eto. 'Wel,' mentrodd, 'shwt alla i weud? Wy wedi bod yn well.'

'Wrth gwrs, wrth gwrs.'

Sylwodd Mari fod llais y fenyw arall wedi gostwng ryw fymryn a bod ei thôn wedi troi'n feddalach yn sydyn reit, yn union fel lleisiau'r mamau wrth glwydi'r ysgol gynradd mewn oes arall, pan aeth y gair ar led fod Ifor a hi wedi gwahanu. Roedd hon yn ymylu ar fod yn dirion, meddyliodd Mari, a phenderfynodd nad oedd hynny'n arwydd da.

'Shwt mae'r hen fraich?'

'Rhwbeth yn debyg. Mae'n wan uffernol. Dyw hi ddim gwaeth . . . ddim fel 'ny ta beth . . . ond dyw hi ddim yn well chwaith. Wy'n colli amynedd withe achos wy'n ffilu neud rhai o'r pethe o'n i'n arfer neud o'r bla'n . . . chi'n gwbod?'

'Wrth gwrs, wrth gwrs,' meddai Dr Jones am yr eildro o fewn llai na hanner munud. 'A beth am y na'll . . . y fraich arall?'

Daliodd Mari lygaid y meddyg ac ystyried cyffredinedd ymddangosiadol ei chwestiwn. Perthynai rhyw agosatrwydd i'r modd y gofynnwyd e, eto roedd yn gwestiwn digon plaen a di-lol. Roedd hi'n twrio ac yn cydymdeimlo ac yn awgrymu ar yr un gwynt. Roedd hi'n amau rhywbeth.

'Mae'n iawn hyd yn hyn. Mae'n gryfach na'r un yma,' atebodd a phwyntio at ei braich chwith.

Trodd Bethan Jones yn ei chadair er mwyn darllen y nodiadau ar ei chyfrifiadur. Dechreuodd glicio'r llygoden â'i llaw dde er mwyn newid y testun o'i blaen, ond ni ddywedodd yr un gair am rai eiliadau. Mari a dorrodd y mudandod yn y diwedd, yn rhannol am na allai oddef rhagor o'r lletchwithdod oedd wedi disgyn rhyngddyn nhw eu dwy, ac yn rhannol am ei bod yn teimlo'n flin dros y fenyw arall. Roedd yn amlwg iddi fod honno'n cael gwaith ymdopi â gonestrwydd ei chlaf er gwaethaf ei hyder blaenorol. Doedd ganddi ddim atebion cadarnhaol i'w rhoi iddi. Dyna'r gwir amdani. Roedd hi, Mari, wedi gwneud ei gwaith ymchwil ei hun – oriau o ymchwilio – tra oedd Michael yn y swyddfa. Ac er na chredai bopeth a ddarllenai ar y we, roedd hi'n ddigon call i gydnabod presenoldeb eliffant pan oedd un o'r rheiny'n eistedd ar stepen ei drws.

'Wy'n mynd i ddala'n llaw mas nawr, ac wy'n moyn ichi wthio'ch dwrn mor galed ag y gallwch chi yn ei herbyn,' cyhoeddodd y meddyg.

Ufuddhaodd Mari i'w chais, gan gadw ei llygaid ar y fenyw arall drwy gydol yr arbrawf syml.

'Mmmm . . . a'r un arall nawr. Mor galed ag y gallwch chi. Dyna fe.'

Pan ddaeth yr ymarfer i ben, teipiodd Bethan Jones ei sylwadau i mewn i'r cyfrifiadur heb yngan gair. Dal i edrych arni a wnâi Mari.

'Mae 'da fi syniad go lew beth sy'n bod arna i. Dyw'r we ddim hanner mor garedig â chi, Dr Jones fach,' meddai a chynnig hanner gwên.

Roedd Mari wedi darllen y geiriau droeon, gan rythu arnyn nhw ar sgrîn ei chyfrifiadur gartref nes eu bod wedi'u serio ar ei meddwl. Ar ôl goresgyn y sioc gychwynnol, cawsai ei thynnu'n ôl i'r un gwefannau'n feunyddiol bron, gan ymwthio'n ddyfnach ac yn ddyfnach i'r goedwig seiber. Yr hyn a'i trawsai ar y dechrau oedd pa mor ddiarth y swniai'r enw Cymraeg; roedd e fel cyfieithiad trwsgl o'r Saesneg, ond mwyaf yn y byd y rhythai ar y tri gair, mwyaf cyfarwydd y tyfai'r term. Gwyddai Mari o brofiad personol fod modd dysgu sut i dderbyn pob rhyw derm a phob rhyw sefyllfa newydd gydag amser, waeth pa mor anodd yr ymddangosai hynny ar y pryd.

'Dyw'r we ddim hanner mor garedig a dyw hi ddim hanner mor saff chwaith. Ga i'ch cynghori chi i bido whilo am atebion meddygol ar-lein, Mrs Benjamin. Wir i chi, mae'n ddanjerus iawn. Mae'n neud mwy o ddrwg nag o les. Wy'n gwbod bo chi'n colli amynedd, ond nage trwy whilo ar y we y cewch chi atebion.'

Gwelodd Mari fod Dr Jones wedi adennill pob gronyn o'i hunanhyder bellach . . . ac ychydig yn fwy. Penderfynodd, er hynny, beidio â herio'r cerydd bach am iddi farnu ei bod yn ei haeddu, i ryw raddau.

'Nawrte, dewch inni ga'l gweld. Mae pob un o'r profion wnaethon ni wedi dod nôl erbyn hyn. O'dd dim byd anghyffredin yn eich dŵr. Felly mae hwnna'n iawn. Mae'r gwaed yn iawn . . . a'r afu. Reit, wel mae'r rheina'n gweud tipyn wrthon ni. Maen nhw'n helpu i ddangos be sy *ddim* yn bod ta beth. Ond licswn i'ch hala chi am fwy o brofion i ga'l gwell golwg ar bethe. Beth wy'n mynd i' awgrymu yw bo chi'n mynd i weld niwrolegydd. Mae niwrolegydd yn gallu treiddio'n ddyfnach. Fe sortwn ni'r hen freichie mas i chi whap.'

Ar hynny, trodd yn ei chadair a phlygu ymlaen fymryn mewn ymgais i gau'r bwlch rhyngddi hi a'i chlaf. Ond ni welodd Mari'r arwydd bach cynnil yma o garedigrwydd proffesiynol am ei bod yn dal i chwarae'r tri gair yn ei phen, fel tâp oedd wedi mynd yn sownd. Ffurfiai bob un yn unigol yn ei meddwl fel y gwnaethai bob dydd ers mis a mwy.

'Mrs Benjamin . . . Mari? Odych chi'n moyn i fi ofyn i'ch gŵr ddod miwn?'

Dihunodd Mari o'i synfyfyrio ac edrych ar y fenyw arall fel petai'n ddieithryn hollol.

'Nagw, diolch,' atebodd hi gan fyseddu ei modrwy briodas yn ddiarwybod. 'Dyw e ddim 'ma.'

'Popeth yn iawn. Reit, fe hala i bant yn syth ar ôl ichi fynd nawr i neud apwyntment ichi weld y niwrolegydd. Ond gair o rybudd: fe gymeriff hi dipyn o amser . . . cwpwl o fisoedd walle cyn ichi ga'l eich galw. Wy'n moyn ichi ddod nôl i 'ngweld i cyn diwedd y mis er mwyn i fi gadw golwg arnoch chi. Da chi, pidwch â becso nawr. Fe sortwn ni hwn.'

Cododd Bethan Jones ar ei thraed a gwnaeth Mari'r un fath. Eiliadau'n ddiweddarach, roedd hi'n mynd am y drws.

'Os y'ch chi'n moyn holi rhwbeth, chi'n gwbod ble ydw i,' ychwanegodd y meddyg cyn i Mari gamu allan i'r coridor, 'ond cadwch draw o'r hen gyfrifiadur 'na.'

'Diolch. Bore da.'

Roedd Mari eisiau holi pob math o bethau, ond gwyddai yn ei chalon nad gan Dr Jones y câi'r atebion. Cerddodd yn araf ar hyd y coridor nes cyrraedd y cyntedd pum seren. Dal i eistedd ar ei gadair streipiog, yn union fel o'r blaen, a wnâi'r dyn oedrannus. Efallai nad oedd dim byd mwy yn bod arno na rhyw gymhelliad anorchfygol i ddod i mewn o'r stryd i wylio'r teledu, meddyliodd, i fynnu talp o ddiwylliant y Gorllewin. Gwenodd wrthi ei hun wrth ddychmygu'r fath beth. Dyna oedd yn braf ynghylch byw mewn dinas: roedd yn gartref i fywyd yn ei holl ogoniant. Cerddodd heibio'r dderbynfa a'r dyn ifanc a oedd yn dal i siarad ar y ffôn y tu ôl i'r ddesg uchel, a chamodd allan i'r haul.

Bu'n haf melltigedig o wlyb hyd yn hyn, fel pob haf bellach, ond bod yr un cyfredol wastad yn wlypach na'r un cynt. Felly, pan welodd Mari'r darnau mawr o awyr las rhwng y cymylau gwlanog – y math a geid mewn llyfrau arlunio i blant – fe gododa ei chalon yn syth. Âi'n ôl ar ei hunion i'r tŷ ar y bws a mynd i eistedd yn yr ardd am awr neu ddwy, meddyliodd. Efallai y câi ysbrydoliaeth i fod yn greadigol, hyd yn oed. Wedi'r cwbl, roedd ganddi ddigon o ddeunydd! Ac roedd angen prosiect arni.

Wrthi'n cael blas annisgwyl ar baratoi ei phrynhawn roedd hi pan ganodd ei ffôn. Cododd ei llaw at ei cheg mewn syndod wrth sylweddoli ei bod hi wedi treulio dros awr yn y feddygfa heb ei ddiffodd. Yna, twriodd yn ei bag anniben a llwyddo'n wyrthiol i ddod o hyd iddo cyn iddo stopio canu a chyn i'r neges arferol ei rhybuddio ei bod hi newydd golli galwad. Gwelodd taw Gwenno oedd yno.

'Helô, cariad, 'na syrpréis hyfryd!'

'Haia Mam! Wy newydd ffono'r tŷ a gadel neges ar y peiriant ateb. Ble 'yt ti? Mas yn hala ffortiwn 'to, ife?'

'Os yw talu punt fach am bapur newydd yn golygu 'mod i'n hala ffortiwn, 'yt ti'n iawn,' heriodd Mari, gan fwynhau pryfocio direidus ei merch ifancaf. Fel mae'n digwydd, roedd hi wedi hanner meddwl galw mewn siop i brynu papur ar ei ffordd i ddala'r bws adref, felly argyhoeddodd ei hun nad oedd ei hateb yn rhy gelwyddog, ond roedd hi'n benderfynol na châi Gwenno wybod yr holl wir chwaith. Ddim eto. 'Mae bywyd 'yn hunan gyda fi, cofia. Sa i'n ishta bwys y ffôn drw'r dydd yn aros i ti a dy chwiorydd ffono. Mae 'da fi ormod o hunan-barch. Ta beth am hynny, ble 'yt *ti*?'

'Ar y llwybr seiclo ar bwys yr afon. Wy ar 'yn ffordd i gwrdd ag Alys am ginio yn y caffi bach awyr agored 'na ym Mharc Bute . . . ti'n gwbod, yr un wrth ochor y castell.'

'O, 'na neis.'

'O'n i'n gwbod byddet ti'n gweud 'na, a dyna pam wy'n ffono. Dyma fi'n meddwl: Gwenno, pwy ti'n nabod sy â digon o amser i' fradu, sy wastad yn whilo am rwbeth i' neud i lenwi'r orie o ddiflastod yn ei bywyd ac sy'n ddigon cyfoethog i dreto'i dwy ferch i ginio? A daeth yr ateb fel llucheden – Mam!'

'Y diawl bach ewn! Aros di! Pan ti'n cyrraedd 'yn oedran i, y plant sy fod i dalu dros eu rhieni!'

'Ie, ond mae gyda ti . . . wps! Aros eiliad . . . *Sorry about that! Is he OK?* Sori, Mam, o'n i bron â bwrw ci lawr!' cyhoeddodd Gwenno'n ddidaro a chwerthin yr un pryd.

'Smo ti ar gefen beic ac yn siarad ar y ffôn 'run pryd, gobitho? Ti'n anghyfrifol!' dwrdiodd Mari a gwenu wrth ddychmygu ei merch ifancaf yn ochrgamu rhyw anifail anwes yn ogystal â thafod drwg ei berchennog.

'Beth amdani 'te?' gofynnodd Gwenno gan ochrgamu cerydd ei mam y tro yma.

'Ond wy ar fin . . .'

'Welwn ni ti ymhen hanner awr. Cadwn ni sêt yn dwym i ti,' torrodd Gwenno ar ei thraws.

Yr eiliad nesaf, aeth y lein yn farw. Chwarddodd Mari wrth roi ei ffôn yn ôl yn ei bag. Roedd gallu anhygoel Gwenno i wneud yr union beth iawn ar yr union adeg iawn wastad wedi'i rhyfeddu. Wrth iddi fynd i aros am y bws, gallai dyngu bod ei cherddediad ychydig yn fwy sionc nag oedd e pan adawodd hi'r feddygfa bum munud ynghynt.

∾

Gwyliai Mari ei dwy ferch yn siarad bymtheg y dwsin wrth ddisgwyl eu tro yn y rhes i archebu bwyd, ac fe'i llenwyd â balchder.

Roedden nhw wedi blodeuo'n ddwy fenyw hardd a deallus, a doedd bywyd ddim wedi gwasgu'r afiaith allan ohonyn nhw eto, meddyliodd. Fel 'na roedd hithau'n arfer bod yn ei thridegau cynnar hefyd, fe gofiodd. Fel 'na roedd hi o hyd pan oedd bywyd yn caniatáu, ond bod y caniatâd yn anos cael hyd iddo ambell waith. Roedd hi eisoes yn fam i dri o blant a hanner ffordd trwy ysgariad erbyn cyrraedd eu hoedran nhw. Edrychodd ar Gwenno. Roedd cymaint o'i thad yn ei chylch. Roedd yn wir am Alys hefyd, o ran hynny. Roedd gan y ddwy y gallu i swyno a diddanu ac i ddal eu tir. Roedd hynny'n beth amheuthun y dyddiau hyn, meddyliodd. Byddai wastad yn cyfrif ei bendithion na adawodd busnes yr ysgariad ormod o'i ôl arnyn nhw. Roedd Manon druan fymryn yn hŷn a mymryn yn fwy agored i'r elfennau pan ffrwydrodd y storm deuluol. Roedd hi hefyd yn fwy sensitif. Fe gariai'r euogrwydd am Manon gyda hi i'r bedd.

'O'dd dim *paninis* ar ôl gyda nhw, so ordres i *baguette* tiwna a tamed bach o salad i ti,' cyhoeddodd Alys ac eistedd gyferbyn â Mari wrth y bwrdd pren dan gysgod ymbrelo mawr. 'Ody hynna'n iawn?'

'Perffaith, cariad. Wel, mae heddi wedi troi'n ddiwrnod bach i'r brenin on'd yw e? Dyna hyfryd bod y tair ohonon ni'n gallu cwrdd fel hyn. Prynhawn wrth 'yn hunan yn yr ardd o'dd yn 'y ngwynebu cyn i Gwenno ffono, ond mae hyn gymaint yn well. Trueni bod Manon yn ffilu bod gyda ni hefyd.'

'Shwt mae Manon? Ti wedi clywed wrthi?' gofynnodd Gwenno i'w mam.

''Sa i 'di siarad â hi ers tro. Mae siŵr o fod pythewnos ers iddi ffono ddwetha, ond 'na fe, mae'r un mor rhwydd i finne gwnnu'r ffôn ag yw e iddi hi; sdim hawl 'da fi gonan.'

'Ie, ond os ffoni di Manon walle atebiff Testyn a bydd raid iti siarad â fe wedyn!'

'Testyn?'

'Mr Testosteron. Testyn – Iestyn.'

'Gwenno, 'na ddigon!' ceryddodd Mari, ond gallai Gwenno weld nad oedd gormod o gerydd ym mhrotest ei mam.

'Pa glecs sy 'da chi 'te?' gofynnodd Mari mewn ymgais i lywio'r sgwrs oddi wrth ei mab-yng-nghyfraith yn gymaint â dim. 'O's 'na ryw ddyn ar y sîn 'da un ohonoch chi?' holodd hi gan edrych yn ymddangosiadol ddiniwed ar Alys yn gyntaf ac yna ar ei chwaer iau.

'Mam, ti'n ofnadw!'

'Dim ond holi. Dangos diddordeb iach ym mywyde 'mhlant, 'na gyd.'

'Diddordeb afiach ti'n feddwl. Clecs bach ycha fi.'

'Wel?'

'Wel, fel mae'n digwydd bod,' dechreuodd Alys, 'wy wedi cwrdd â rhywun.'

'Wwww!' ebychodd y ddwy arall gyda'i gilydd a gwyro ymlaen yn eu cadeiriau.

'Ei enw fe yw Peredur ac mae e . . .'

'Peredur! Mae e'n swno fel rhwbeth mas o'r Oesoedd Canol,' meddai Gwenno ar ei thraws.

'Haisht, Gwenno!'

''Yt ti eisie gwbod, neu beth?' gofynnodd Alys yn ddiamynedd.

'Odyn!'

'Wel byddwch dawel 'te! Ei enw fe yw Peredur. Mae e'n enedigol o Borthmadog, mae e'n gwitho i gwmni yswiriant . . . ymmm beth arall? Mae e'n dri deg tri . . . ac mae e'n foi neis iawn iawn.'

'Peredur o Borthmadog!'

'Ble gwrddoch chi?' holodd Gwenno'n wên o glust i glust.

'Mewn parti.'

'Pa barti?'

'Sdim ots pa barti.'

'Ers faint y'ch chi'n gweld eich gilydd?'

'Mis . . . pump wthnos walle.'

'Wel, ti 'di cadw hyn yn dawel, on'd 'yt ti?' meddai Mari ac edrych yn henffasiwn ar ei merch ganol.

'Tybed pam? Ti'n gweld bai arna i?'

'Pryd y'n ni'n ca'l ei weld e?'

'Chi ddim.'

'Be ti'n feddwl, *chi ddim*?'

'Dychmygwch e! Bydde'r pwr dab yn rhedeg bob cam nôl i'r gogledd 'se chi'ch dwy'n ca'l gafel arno fe! Byddech chi wedi'i holi fe'n dwll cyn iddo fe ddod trwy ddrws y ffrynt.'

'Wel, mae croeso iti ddod â fe lan i'r tŷ unrhyw bryd . . . pan fyddi di'n barod ontefe,' meddai Mari. 'Wnawn ni ddim ei fyta fe.'

'Ody e'n . . . ti'n gwbod?' gofynnodd Gwenno'n awgrymog ac edrych i fyw llygaid ei chwaer.

'Ody e'n beth?'

'Ti'n gwbod . . . Ody e'n . . . shwt alla i weud . . . heini?'

'Blydi hél! A ti'n dishgwl i fi ddod ag e i gwrdd â'r teulu? Dim sodin gobaith! Mae rhwbeth yn bod arnoch chi . . . bob un ohonoch chi. Wy'n teimlo withe 'mod i'n perthyn i deulu afiach.'

'Mae'r bwyd yn cyrraedd,' cyhoeddodd Mari'n gymodlon a thynnu ei sbectol haul o'i bag.

Bu tawelwch am ychydig funudau wrth i'r tair lenwi eu cegau a threulio ffrwydrad geiriol Alys. Ac Alys, yn y diwedd, a dorrodd y mudandod dros dro.

'Weles i Dad gynne,' meddai'n hamddenol.

'A shwt o'dd e?' holodd Mari yn yr un cywair.

'Sa i'n gwbod, wnes i ddim siarad ag e, ond o'dd e i' weld yn ddigon hapus. Ar y bws o'n i ar 'yn ffordd i gwrdd â chi'ch dwy, a weles i fe drw'r ffenest. O'dd e'n cerdded ar hyd Albany Road gyda rhyw fenyw.'

'O,' oedd unig sylw Mari.

'Mae'r salad 'ma'n ffein, yn enwedig y saws. Mae fel se nhw wedi cymysgu mêl neu rwbeth yn yr olew. Ti'n moyn trio peth?' cynigiodd Alys, ond parhau i fwyta'i bwyd ei hun a wnaeth Mari heb ymateb.

'Tam' bach o *goss* i chi,' dechreuodd Gwenno. 'Es i draw i fflat Siwan Gwilym ddydd Sul, a gesiwch beth? Mae dyn newydd gyda hithe hefyd: boi o Batagonia . . .'

Ond ni chlywodd Mari weddill clecs ei merch ifancaf. Roedd hi'n dal i ystyried y pwt o newyddion a glywsai gan ei merch arall eiliadau'n gynharach. Doedd y boen ddim hanner mor gignoeth ag y bu ond roedd yn dal i frifo. Pigo'n fwy na brifo. Eto, doedd chwarter canrif o ddygymod ac ymddieithrio gofalus ddim wedi'i dileu'n llwyr. Roedd y dynion a'r menywod anhysbys, diwyneb ym mywyd Ifor yn dal i adael eu hôl arni.

'Mae 'di dechre cymylu,' meddai a thynnu ei sbectol haul oddi ar ei thrwyn a'i rhoi'n ôl yn ei bag. 'Edrychwch ar yr awyr hwnt man'na. Mae'r hen haf 'ma'n prysur droi'n ffradach a dim ond mis Mai yw hi.'

1989

Dysgu trin lliwiau

GWTHIODD MICHAEL ddrws stemllyd y gawod ar agor a
chamu allan ar y teils oer, gan lowcio aer diager gweddill yr
ystafell ymolchi'n ddwfn i'w ysgyfaint. Yn lle troi'r deial er
mwyn gostwng tymheredd y dŵr pan aeth i sefyll gyntaf o
dan y ffrwd anarferol o boeth, penderfynodd adael iddo fod a
wynebu'r canlyniadau; ei mentro hi, mynd gyda'r llif. Ambell
waith, dyna oedd raid. Wrth estyn am y tywel moethus roedd
Mari wedi'i adael iddo, sylwodd ar ei raser yn eistedd ar y silff
wydr uwchben y sinc. Edrychai'n anghydnaws yng nghanol yr
holl drugareddau benywaidd ym mhobman arall, ond roedd
Mari wedi mynnu ei fod e'n ei chadw yno gyda'u pethau nhw.
Aethai ddim i ddadlau â hi, gan dybio bod hynny'n gadarnhad
o'i hawydd i'w weld e'n dod i aros eto. Dechreuodd sychu ei
wallt ac yna'i ysgwyddau a'r blewiach tywyll ar ei frest cyn
gweithio'i ffordd i lawr at y blewiach mwy trwchus o gwmpas
ei bidyn. Roedd yr awgrym lleiaf o ôl eu caru neithiwr i'w
deimlo o hyd a lledwenodd yn hunanfoddhaus wrth asesu ei
berfformiad, a hynny wedi misoedd o lwyrymwrthodiad a
chanlyn pwyllog.

Un pwyllog fuodd e erioed, rhy bwyllog o lawer. Gwyddai

hynny bellach. Ond pa ryfedd ac yntau'n hanu o stoc a roddai bwys mawr ar wyleidd-dra ac ystyriaeth i gyd-ddyn, hyd yn oed os nad oedd y cyd-ddyn hwnnw bob amser yn ei haeddu? Pobl neis oedd ei rieni, yn neis i'w gilydd, a'r ddau'n ofalus i beidio â gwthio'u hunain ar y naill na'r llall. Byddai mymryn yn fwy o angerdd diofal wedi bod o fudd i bawb yn lle'r cwrteisi llwydaidd a fu'n gymaint rhan o'i flynyddoedd cynnar, meddyliodd. Efallai mai dyna oedd i gyfrif am ei statws fel unig blentyn! Ond dros y blynyddoedd, daeth i sylweddoli mai tarian, mewn gwirionedd, oedd dyngarwch ei fam a'i dad, ac er iddo wneud ei orau glas i ymgaledu rhag eu hathroniaeth hawdd gydol ei ugeiniau, roedd cysgod ei fagwraeth yn drwm. O'r herwydd, pur anfynych fyddai unrhyw garwriaethau gwerth sôn amdanyn nhw. Ond trwy gyd-ddigwyddiad, pan lwyddodd fwy neu lai i oresgyn y blinder teuluol hwnnw o'r diwedd ac yntau wedi cyrraedd blynyddoedd olaf ei dridegau ac yn syllu'n sobor ar ddyfodol dibartner yn ymestyn o'i flaen, fe gerddodd Mari i ganol ei fyd.

Roedd e wedi cyrraedd yn gynnar, yn syth o'r gwaith, am ei bod hi'n ormod o drafferth rhuthro'n ôl i'w fflat am hanner awr i aildwymo gweddillion y *chilli con carne* o'r diwrnod cynt cyn ei gwân hi am y dosbarth nos ym mhen arall y ddinas. Doedd ganddo fawr o ddiddordeb go iawn mewn arlunio ond, fel cynifer o bobl yn yr un sefyllfa ag e, gorfododd ei hun i feithrin diddordeb o ryw fath am fod hynny'n well na gwylio oriau o deledu ar ei ben ei hun neu yfed ei ffordd i ebargofiant y tu ôl i ddrysau caeëdig ac o olwg pawb. A doedd teithio i bellafion byd ar ei ben ei hun erioed wedi mynd â'i fryd. Dosbarth nos amdani felly.

'*Shit*,' meddai llais o'r tu ôl iddo.

Trodd Michael i ffwrdd oddi wrth y ffenest y bu'n edrych drwyddi a gwenu ar y fenyw hardd oedd newydd ffrwydro trwy ddrws y dosbarth.

'Oh, I'm sorry. I didn't mean to say that, but you gave me such a fright standing there. I wasn't expecting anyone so early. I'm Mari, your teacher.'

'Chi'n swno fel 'sech chi'n siarad Cymraeg.'

'Odw, shwt o'ch chi'n gwbod?' atebodd Mari a rhoi ei bag boliog ar y ddesg o'i blaen a thynnu ei siaced goch llachar.

'Yr enw a'r acen. Chi'n gallu gweud yn syth, nag y'ch chi'n meddwl? Mae fel *gaydar* siaradwyr Cymraeg.'

'*Gaydar*?'

'Ie, yn yr un ffordd ag mae pobol hoyw'n nabod ei gilydd, mae Cymry Cym . . .'

'O, fi'n gweld! *Gaydar*. Ody e'n gwitho bob tro i chi 'te?'

'Sori?'

'Eich *gaydar* chi.'

'Sdim un gyda fi.'

'O, o'n i'n meddwl . . . gan eich bod chi'n . . . chi'n gwbod.'

'Beth?'

'Wel, yn siarad mor awdurdodol . . .'

'O'ch chi'n meddwl 'mod i'n . . .'

'Reit, wel . . .'

'Fi yw Michael,' a chynigiodd ei law iddi, gan hanner chwerthin am ben ei lletchwithdod amlwg.

Dros yr wythnosau dilynol, doedd dim angen unrhyw fath o radar ar Mari i ddirnad mai digon cyfyng oedd doniau arlunio ei disgybl cyntaf, ond bu'n gefnogol iddo ac yn anogol drwy gydol y tymor, ac ni allai Michael fod wedi disgwyl mwy. Eto i gyd, mwy gafodd e. Dim byd amlwg, ond ato fe y byddai hi'n dod i sefyll gyntaf, a phaned yn ei llaw, bob amser egwyl cyn i un o'r lleill, Fran Lawley-Reece fel arfer, ei dwyn hi er mwyn ceisio barn ei hathrawes ynghylch ei champwaith diweddaraf mewn olew. Ond cyn diwedd y chwarter awr byddai Mari'n gwneud ei gorau glas i sleifio'n ôl ato, fe sylwodd. Efallai nad oedd dim byd mwy ynddi na'r ffaith bod y ddau ohonyn nhw'n Gymry Cymraeg, ynteu a oedd ei chamddealltwriaeth ogoneddus ar ddechrau'r tymor wedi'i gadw un cam ar y blaen i weddill y dosbarth yn ei golwg? Beth bynnag oedd y rheswm, roedd e'n hoffi'r sylw a gâi. Ar fwy nag un achlysur, daethai o fewn trwch blewyn i ofyn iddi fynd am ddiod gydag e ar ôl y wers, ond bob tro byddai'r felltith deuluol yn drech nag e, er iddo'i dwyllo'i hun ei fod e wedi'i choncro. A phan ddysgodd e, o dipyn i beth, am ei hysgariad ac am ei thair merch ifanc, penderfynodd Michael fod y fenyw liwgar hon yn rhy ddiddorol o lawer i rywun o'i anian e. Buan y daeth yn amlwg taw fel arall roedd Mari'n gweld pethau. Hi awgrymodd eu bod nhw'n rhannu tacsi a mynd gyda'i gilydd i ginio Nadolig y criw arlunio yn y bwyty Eidalaidd newydd ar Cowbridge Road East ddiwedd y tymor.

'Wel mae'n dwp bod ni'n ordro bob o un, achos bydda i fwy neu lai'n mynd hibo gwaelod dy stryd di ar y ffordd,' oedd ei hunion eiriau.

'Ond shwt 'yt ti'n gwbod ble wy'n byw?'

'Fe synnet ti,' atebodd hi a thapio ochr ei phen yn chwareus.

'Ond shwt?'

'Achos bod dy gyfeiriad gyda fi ar gofrestr y dosbarth i bawb ga'l gweld. Paid â bod mor ddrwgdybus, Mr Benjamin.'

Pan ddywedodd hi wedyn ble roedd hithau'n byw, cafodd Michael drafferth atal y syndod ar ei wyneb rhag troi'n wên o glust i glust.

'Beth? Smo ti'n meddwl fod e'n syniad da 'te?' gofynnodd hi ac edrych i fyw ei lygaid â diniweidrwydd merch yn derbyn ei chymundeb cyntaf.

'Gwych. Mae'n syniad da iawn,' oedd ei ateb yntau, ond gwyddai taw dim ond gyrrwr tacsi mwyaf twyllodrus y brifddinas fyddai'n teithio i Dreganna drwy fynd heibio gwaelod ei stryd e yn Rhiwbeina ar ôl cychwyn o'i chartref hithau yn Llandaf! Gwyddai ymhellach fod ei athrawes arlunio'n gwybod hynny'n berffaith. Yr hyn na wyddai ar y pryd oedd taw'r siwrnai dacsi honno fyddai dechrau aml i siwrnai i'w chartref dros y misoedd i ddod.

Gwthiodd Michael ei draed i'w esgidiau a chlymu'r careiau'n sydyn. Roedd y gawod boeth wedi'i ddadebru ac roedd e'n barod am ei frecwast cyntaf yn nhŷ Mari. Cawsai swper ganddi sawl gwaith, ond neithiwr oedd y tro cyntaf iddo aros dros nos. Crwydrodd ei lygaid o gelficyn i gelficyn yn yr ystafell wely fodern nes cyrraedd y bwrdd bach isel wrth ochr y gwely. Sylwodd fod arno nofel Saesneg drwchus gan awdur nad oedd e erioed wedi clywed sôn amdani. Wrth ei hochr gorweddai mwclis arian a modrwy ag arni garreg las. Gallai wynto'r awgrym lleiaf o'i phersawr ar y clustogau. Doedd e erioed wedi treiddio mor ddwfn i'w thiriogaeth, meddyliodd. Roedd yn deimlad rhyfedd ar un olwg, eto teimlai'n hollol normal ar yr un pryd. Gallai glywed sŵn ffraeo plentynnaidd i lawr llawr, a gwenodd. Bob hyn a hyn byddai llais Mari'n codi uwchlaw lleisiau'r merched a byddai'r dadlau'n cael ei ddisodli gan sŵn rhyw gartŵn ar y teledu cyn i'r herian a'r ffraeo gychwyn o'r newydd. Fel hyn roedd e wedi dychmygu ei deulu ei hun lawer tro, ond plant dyn arall oedd y rhain a gwraig dyn arall fu eu mam ar un adeg. Beth oedd yn bod ar y basdad gwirion yn mynd a'u gadael?

Pan holodd e Mari unwaith, yr unig ateb roddodd hi oedd nad oedd fawr o ddewis ganddo. Penderfynodd beidio â thwrio ymhellach pan welodd yr arlliw o gysgod ar ei hwyneb. Digon am y tro oedd derbyn nad popeth oedd i fod i gael ei ddeall ar yr olwg gyntaf. Onid oedd dosbarthiadau Mari wedi dangos iddo fod lliwiau mewn darlun ôl-fodernaidd weithiau'n dwyn ystyr wahanol iawn i'r hyn a dybid? Cododd ar ei draed a mynd am y grisiau.

Pan gyrhaeddodd e'r gegin, roedd Mari'n siarad ar y ffôn. Amneidiodd hi arno i'w helpu ei hun i frecwast ac yna trodd ei chefn, gan adael iddo chwilio yn y cypyrddau ac yn yr oergell am rywbeth addas i lenwi ei fol. Daeth hi'n amlwg ymhen byr o dro â phwy y siaradai. Swniai ei llais yn flinedig fel petai wedi llefaru'r un geiriau droeon o'r blaen.

'. . . a dy le di o'dd bod fan hyn. O'n nhw'n dishgwl mla'n gymaint. Maen nhw 'di gweld mwy na'u siâr o anhrefn fel mae . . . Gwranda, Ifor, wy ddim eisie gwbod, reit . . . rhyntot ti a dy bethe . . .'

Neithiwr, pan ddaeth hi'n amlwg ar y funud olaf un na fyddai hwnnw'n dod i gasglu ei ferched er mwyn mynd â nhw i gysgu dros nos yn ei fflat, yn unol â'r trefniant, aeth hi'n grac i ddechrau. Pan awgrymodd e, Michael, y gallai ddod i aros rywbryd eto ac nad oedd gohirio pethau am benwythnos arall yn ddiwedd y byd, plygodd hithau ei phen a chnoi ei gwefus. Eiliadau'n ddiweddarach, cyhoeddodd ei bod hi'n bryd i'r merched ddechrau dygymod â gweld dyn arall yn y tŷ yn amlach, ac felly arhosodd e.

Prysurodd Michael i arllwys dogn o greision ŷd i bowlen ac ychwanegu llaeth ar ei ben. Daeth o hyd i lwy a mynd drwodd i'r lolfa, gan adael i Mari ddal pen rheswm â'i chyn-ŵr.

'Haia,' meddai'n siriol a suddo i glydwch cadair esmwyth wrth ochr un o'r ffenestri, ond dal i wylio'r rhaglen deledu a wnâi Alys a Gwenno. 'Be chi'n wylio?'

'Hafoc.'

'Ody hi'n dda?'

'Ody.'

'Beth yw'r peth gore amdani?'

'Jeifin.'

'Beth?'

'Fe, Jeifin Jenkins,' atebodd Alys o'r diwedd a phwyntio at y sgrîn.

'Mae e'n ddoniol,' cynigiodd Gwenno. ''Yt ti'n lico Jeifin hefyd?'

'Odw. Mae e'n hala fi i wherthin,' atebodd e'n gelwyddog.

Tan yr eiliad honno, doedd ganddo ddim syniad pwy yn y byd oedd Jeifin Jenkins, ond penderfynodd nad oedd hi'n werth poeni ynghylch celwydd mor ddibwys ac yntau wedi llwyddo yn y diwedd i ennyn ymateb mor huawdl yn wyneb cystadleuaeth lem o du'r bocs. Bedwar mis yn ôl, fyddai ganddo ddim clem hyd yn oed sut i gychwyn sgwrs â phlentyn nawmlwydd oed heb sôn am ennyn ymateb. Rhaid ei fod e'n gwella, meddyliodd. Hanner gwenodd wrtho'i hun, ond cydnabu fod ganddo sbel i fynd cyn y gallai hawlio ei fod e'n arbenigwr ym maes cyfathrebu â phlant. Llyncodd Michael gegaid o'i frecwast. Dros rimyn y bowlen gallai weld bod Manon wedi ymgolli mewn rhyw brosiect arlunio ym mhen arall yr ystafell fawr. Eisteddai yn ei phyjamas pinc ar gadair esmwyth arall, ei choesau wedi'u plygu o dan ei phen-ôl. Ar ei harffed roedd llyfr tynnu lluniau a rhwng ei bys a'i bawd daliai ddarn o siarcol. Trwy gydol ei ymdrechion i dynnu sgwrs â'i chwiorydd, wnaeth hi ddim codi'i phen unwaith, fe sylwodd. Cawsai rybudd wedi'i lapio mewn hanner ymddiheuriad sawl gwaith gan Mari ers iddo ddechrau dod i'r tŷ fod Manon yn fwy o dalcen caled na'r ddwy arall. Fe ddeuai gydag amser. Llyncodd weddill ei frecwast heb ddweud yr un gair arall wrth yr un o'r tair. Codi a disgyn wnâi sŵn y teledu yn y gornel a chwarddai Alys a Gwenno bob hyn a hyn mewn ymateb i'r adloniant anghynnil. Edrychodd e o'r newydd i gyfeiriad Manon, a hithau wedi ymgolli o hyd yn ei phrosiect arlunio. Perthynai rhyw hunanhyder iddi a oedd yn ymylu ar fod yn ddirmyg, meddyliodd.

Eto, roedd 'na rywbeth bregus yn ei chylch. Roedd yn gymysgfa ddiddorol, penderfynodd Michael, ond yn ddigon i'w anesmwytho fymryn. Yna'n sydyn, cododd hi ei golygon a chyfarfu llygaid y ddau am hanner eiliad. Gwenodd Michael arni, gan farnu mai dyna oedd y peth priodol i'w wneud, ond gostwng ei phen yr un mor sydyn a wnaeth Manon heb gydnabod ei foesgarwch.

'Reit, dewch mla'n, siapwch hi,' gorchmynnodd Mari wrth gamu trwy ddrws y lolfa. 'Bydd Dadi 'ma mewn llai na hanner awr. Dewch mla'n. Glou, glou.'

Ar hynny, aeth at y teledu a'i ddiffodd i gyfeiliant cwyno disgwyliedig gan y ddwy ifancaf.

'Wel, 'na groeso chi'n roi i Michael, druan. Un â'i phen mewn llyfr arlunio a'r ddwy arall yn sownd wrth y teli, a neb yn gweud gair wrtho fe. Fydd e ddim moyn dod 'ma 'to. Sori, Michael, o'n i ddim yn gwbod bod plant anghwrtais 'da fi.'

'Ond mae Jeifin yn fwy o sbort, on'd yw e, ferched?' atebodd Michael a gwenu.

'Reit, pwy sy'n mynd gynta? Manon? Mae 'da ti bum munud i wmolch a newid mas o dy jamas. Der mla'n, mae Dadi ar ei ffordd.'

Cododd merch hynaf Mari ar ei thraed a chau ei llyfr arlunio. Wrth iddi gerdded at y drws, cododd Gwenno hithau a mynd draw i sefyll o flaen Michael.

'Michael, 'yt ti'n mynd i briodi Mami fi?' gofynnodd hi.

'Gwenno, gad lonydd i Michael! Nawr cer lan i roi dy ddillad yn barod tra bo Manon yn wmolch.'

Edrychodd Mari arno'n ansicr gan geisio mesur ei ymateb cyn troi ei sylw at Alys a oedd yn dal i eistedd ar y soffa. Trwy gil ei lygaid gallai Michael weld bod Manon wedi stopio yn ei hunfan wrth glywed cwestiwn ei chwaer ond, pan drodd ei ben i edrych arni'n iawn, y cyfan a welodd oedd ei chefn yn diflannu trwy'r drws.

⚘

Tynnodd Ifor i mewn rhwng y fan wen y tu ôl iddo a'r Peugeot 405 coch a oedd wedi'i barcio y tu allan i'w gyngartref. Diffoddodd yr injan a chamu allan ar darmac y stryd swbwrbaidd gan felltithio'r holl gerbydau diarth a lenwai'r ddwy ochr i'r ffordd. Doedd hi ddim yn arfer bod felly, meddyliodd, ond roedd hi fel petai'n mynd yn waeth gyda phob ymweliad bellach; roedd y trigolion gwreiddiol yn prysur gael eu gwthio allan gan yr holl newydd-ddyfodiaid.

Hwpodd allweddi'r car i boced ei siaced ledr frown, cerddodd at ddrws y ffrynt, heibio i gar Mari a eisteddai ar y graean lliw mêl o flaen y tŷ, a chanu'r gloch. Gwelodd ei siâp hi'n nesáu at y drws trwy'r gwydr barugog ac ymbaratôdd am lond pen arall. Ond pan agorodd hi'r drws, aflonydd oedd hi yn hytrach nag oeraidd.

'Maen nhw'n barod,' meddai. Ar hynny, trodd ei phen a galwodd ar hyd y cyntedd llydan. 'Dewch mla'n, chi'ch tair, mae Dadi 'ma!'

'Odw i'n ca'l dod miwn 'te?' gofynnodd ac amcanu i groesi'r trothwy. Ond yn lle camu naill ochr er mwyn gadael iddo fynd heibio iddi, arhosodd Mari lle roedd hi a galw ar eu merched drachefn.

'Mae Dadi'n aros. Nawr dewch!'

Eiliad yn ddiweddarach, carlamodd Gwenno tuag at ei thad a neidio i'w freichiau. Gwasgodd Ifor ei ferch ieuengaf yn erbyn ei gorff a'i dal hi yno cyn plannu clamp o gusan ar ei boch.

'Dadi, dere i weld. Mae pysgodyn newydd 'da fi,' cyhoeddodd a llithro o'i afael. 'Dere!'

Yn hytrach na dilyn Gwenno drwodd i'r cyntedd cyfarwydd, craffodd Ifor ar ei gyn-wraig a disgwyl am ei chaniatâd. Llwyddodd yntau i godi gwên ansicr, ond gostwng ei lygaid tua'r llawr wnaeth Mari. Roedd hi heb edrych arno'n iawn ers iddo gyrraedd, fe sylweddolodd. Gwywodd ei wên wrth i lif o amheuon ruthro i'w ben a deffro'i synhwyrau. Roedd rhywbeth yn bod a doedd ganddo ddim llais yn y mater. Deallai'r fenyw a safai o'i flaen yn well na neb, hyd yn oed ar ôl popeth oedd wedi digwydd, a'r neges ddigamsyniol a gâi ganddi'r eiliad honno oedd bod rhywbeth o'i le. Cododd ei law a'i phwyso'n erbyn brics coch y tŷ i'w sadio'i hun.

'Ifor, mae 'da fi rwbeth i' weu'tho ti,' dechreuodd hi.

'Sdim byd yn bod, o's e? Mari, gwêd wrtha' i. Ody'r plant yn . . .'

'Mae'r plant yn iawn. Ond o'n i ddim moyn iti glywed gan neb arall.'

Ac yna, fe ddeallodd. Gwelodd yr hyn y bu'n ei arswydo er y diwrnod yr aeth trwy'r un drws bedair blynedd ynghynt a'u priodas yn deilchion ar lawr y lolfa. Doedd e ddim wedi'i weld e'n dod chwaith, er iddo ymarfer ar ei gyfer sawl tro. Onid oedd patrwm y flwyddyn neu ddwy ddiwethaf wedi setlo? Er y gwyddai yn ei ben, os nad yn ei galon, na allai bara am byth, doedd hynny ddim yn golygu ei fod e'n barod eto i ddatod y clymau i gyd.

'Dadi, dere!' galwodd Gwenno o grombil y tŷ.

Edrychodd Ifor i gyfeiriad y llais.

'Well iti ddod miwn,' meddai Mari.

Camodd Ifor dros y trothwy heb dynnu ei lygaid oddi ar ei hwyneb. Ni wyddai am beth y chwiliai mwyach. Yn lle bwrw yn ei flaen ar hyd y cyntedd golau yn ei ffordd arferol, safodd ar y llawr *parquet* yn ymyl y drws fel unrhyw ymwelydd arall ac aros iddi ei dywys trwy'r cartref y buon nhw'n ei rannu unwaith. Teimlodd ei frest yn tynhau a gorfododd ei hun i anadlu'n ddwfn a rheolaidd. Clywodd e Mari'n cau'r drws y tu ôl iddo cyn ei basio fodfeddi i ffwrdd, ond ni theimlodd ei llaw yn cau am ei benelin ac ni welodd y mân symudiadau yn y cyhyrau bach o gwmpas ei cheg. Roedd e ar dir nad oedd e wedi ei droedio ond yn ei funudau tywyllaf. Roedd pethau'n symud yn gyflym nawr. *Dadi, dere!* Dilynodd e Mari'n ddyfnach i'r tŷ am nad oedd dewis arall ganddo.

'Edrych, yr un gwyrdd yw e.'

Cydiodd Gwenno yn llaw ei thad a'i arwain yn syth at y tanc bach lle nofiai rhyw hanner dwsin o bysgod amryliw i mewn ac allan rhwng y planhigion gwelw, yn ddi-hid i'w cynulleidfa. Plygodd Ifor o flaen y tanc a ffugio diddordeb. Roedd yr abswrdiaeth yn bygwth ei lorio.

'Mae'n un bach pert, on'd yw e? Pwy brynodd hwnna i ti?' gofynnodd e mewn ymgais i argyhoeddi ei ferch o'i ddiffuantrwydd.

'Michael.'

'Ifor,' meddai llais Mari o'r tu ôl iddo, 'dyma Michael.'

Ni fyddai neb arall wedi sylwi ond, yn lle troi'n syth, gorfododd Ifor ei hun i oedi am eiliad. Ai diawlineb ar ei ran oedd hynny, ynteu ymdrech gyntefig i'w warchod ei hun? Dirmyg hyd yn oed? Ymsythodd yn araf a pharatoi i wynebu'r dyn newydd yn ei fywyd.

'Shwmae Ifor, mae'n dda 'da fi gwrdd â chi.'

Nodio'i ben yn unig a wnaeth Ifor i gydnabod geiriau'r dyn arall. Ceisiodd ddarllen ei wyneb. Am beth yn hollol, ni wyddai. Ceisiodd dynnu llun sydyn a'i storio yn ei gof. Ond y cyfan a welodd oedd ei law ar ysgwydd Mari a'r ddau'n sefyll gyferbyn ag e fel drws caeëdig. Cymerodd hanner cam tuag at Gwenno cyn rhoi ei ddwylo ar ei hysgwyddau o'r tu ôl a'i dal hi o'i flaen.

'Wnest ti ddiolch i Michael am brynu'r pysgodyn i ti?' gofynnodd iddi, ond Michael atebodd ar ei rhan.

'Do, mae wedi diolch i fi sawl gwaith, on'd 'yt ti, Gwenno? Gallwch chi fod yn browd iawn o'r tair ohonyn nhw. Mae plant hyfryd gyda chi,' meddai gan gyfeirio'i sylwadau at Gwenno yn hytrach na'i thad.

Ond doedd Ifor ddim yn gwrando mewn gwirionedd ac ni ddywedodd yr un gair yn ôl. Ofnai y byddai ei lais yn diffygio, y byddai'n colli'i urddas o flaen y dieithryn hwn. Pe collai hwnnw fe gollai'r cyfan, ac roedd ei golledion eisoes yn rhy fawr. Cawsai lond bol ar eu ffalsio. Roedd e'n dyheu am gael mynd i lio'i friwiau fel anifail clwyfedig, i ymdrybaeddu mewn sesiwn ddwys o hunangasineb, o olwg pawb. Ond cyn hynny, roedd e'n gorfod bod yn dad am y dydd ac esgus o flaen ei blant nes dod â nhw adref at ddyn arall.

'Reit! Cer i weud wrth Manon ac Alys bod ni'n dou'n barod i fynd. Mae lot 'da ni i' neud heddi,' meddai'n ffug-hwyliog.

'Lot 'da chi i' neud? Mae hyn yn swno'n ddiddorol. Well iti fynd i' hôl nhw glou,' meddai Mari yr un mor ffug-hwyliog.

Ildiodd Gwenno i anogaeth ei mam a rhedeg i chwilio am ei chwiorydd, gan adael y tri oedolyn i sefyllian fel pileri toredig wrth y tanc pysgod.

'Ifor,' dechreuodd Mari a rhedeg ei llaw drwy ei gwallt, ond gwywodd ei geiriau am na wyddai beth arall i'w ddweud. Onid oedd popeth eisoes wedi'i ddweud? Roedd hi wedi blino'n lân. Safai Michael wrth ei hochr, ond nawr trodd hwnnw heb godi ei lygaid a mynd drwodd i'r lolfa, o'r ffordd. Edrychodd Mari ar y dyn a briododd amser maith yn ôl a rhoddodd ganiatâd iddi'i hun i'w garu o hyd. Nawr, fodd bynnag, roedd hi'n bryd symud yn ei blaen am mai dyna oedd yn iawn. Trodd oddi wrtho a mynd drwodd at Michael a'r plant.

'Alys, ble mae dy got?'

'Ond Mam, sa i'n moyn gwisgo cot.'

'Cot!'

'Pam?'

'Am fod pam yn bod a bod yn pallu – dyna pam. Dere, mae Dadi'n aros.'

'Ble ni'n mynd?'

Ar hynny, ymddangosodd Ifor wrth ddrws y lolfa.

'Mae Alys yn moyn gwbod ble ti'n mynd â nhw,' meddai Mari.

'Do, fe glywes i. Nawrte, dere weld,' meddai a rhoi ei fraich am ysgwyddau ei ferch ganol. ''Yt ti'n . . . 'yt ti'n lico arbrofion?'

'Arbrofion?'

'Ie, arbrofion. Odych chi'n neud arbrofion yn yr ysgol?'

'Odyn.'

'Ac odyn nhw'n gwitho bob tro?'

'Sa i'n gwbod,' atebodd Alys a chrychu ei thrwyn. Dechreuodd chwerthin am ben cwestiynau ei thad.

'Achos nage pob arbrawf sy'n llwyddo, ti'n gweld. Maen nhw'n methu ambell waith.'

Er mai ateb ei ferch a wnâi, edrychai Ifor ar Michael a hwnnw'n eistedd ar y soffa ar ei ben ei hun, gan wylio'r sioe deuluol o'r cyrion. Cyfarfu llygaid y ddau ddyn am eiliad cyn i Michael ildio a gostwng ei drem.

'Maen nhw'n llwyddo os 'yt ti wedi paratoi'n ddigon da ar eu cyfer,' saethodd Mari yn ôl. 'Mae cymaint yn dibynnu ar y deunydd crai.'

'Wel, wy'n mynd â chi i rwle lle mae arbrofion wastad yn llwyddo,' parhaodd Ifor gan anwybyddu ebychiad Mari. 'Ry'n ni'n mynd i . . . Techniquest!'

'Ieee!' gwaeddodd Alys a Gwenno gyda'i gilydd. 'Ni'n-mynd-i-Techniquest. Ni'n-mynd-i-Techniquest,' canodd y ddwy.

Cymerodd hi sbel cyn i neb sylwi bod Manon wedi ymuno â nhw. Sleifiodd i mewn i'r ystafell fawr tra bod ei chwiorydd yn neidio lan a lawr o flaen eu tad. Nawr, safai yn y drws yn ei phyjamas pinc, a daliai'r llyfr arlunio yn ei llaw fel cynt.

'Manon, ti byth wedi 'gwisgo. Ti fel heddi a fory, ferch. Nawr siapa hi!' dwrdiodd Mari'n ddiamynedd.

'Sa i'n mynd,' cyhoeddodd a dechrau croesi llawr pren y lolfa olau.

'Ond mae Dadi'n mynd â chi i Techniquest.'

'Sa i'n moyn mynd.'

'Ond rwyt ti'n dwlu ar Techniquest. Beth sy'n bod arnat ti?' mynnodd Mari.

'Wy'n aros fan hyn.'

Ar hynny, eisteddodd Manon ar fraich y soffa wrth ochr Michael a dal y llyfr arlunio at ei chorff. Gwibiodd llygaid Michael yn ôl ac ymlaen rhwng mam a thad y ferch yn ei ymyl.

'Ond be ti'n mynd i' neud fan hyn drwy'r dydd gyda ni'n dou? Gei di lot mwy o hwyl 'da Dad.'

Edrych ar Ifor wnaeth Manon yn hytrach nag ar ei mam. Gwelodd hi'r loes ar ei wyneb ac yn ei osgo, ac roedd yn gas ganddi. Roedd hi'n casáu ei hunandosturi.

'Wy'n mynd i dynnu llun o Michael,' meddai.

2012

Negeseuon

Caeodd Michael ei law am law Mari a cherddodd y ddau gyda'i gilydd, ond yn eu bydoedd ar wahân, ar hyd y coridor gwag cyn ymuno â'r afon o bobl a wibiai i bob cyfeiriad yn yr ysbyty prysur.

'Paned?' awgrymodd e.

'Ie, ond ddim fan hyn. Wy'n moyn mynd i rwle iach.'

Gwenodd Michael arni a gwasgu ei llaw. Gwenodd Mari'n ôl.

'Ble awn ni 'te?'

'Beth am fynd lan i'r Tŷ Newydd ar Fynydd Caerffili? Mae eu sgons nhw'n hyfryd.'

Roedd Mari wedi treulio aml i brynhawn yn y gwesty crand hwnnw yn ystod yr wythnosau diwethaf. Mynd ar ei phen ei hun fyddai hi ac eistedd mewn cornel dawel wrth un o'r ffenestri tal, gan adael i'w llygaid grwydro i lawr dros y ddinas a Môr Hafren yn y pellter. Byddai'n eistedd yno am oriau weithiau a rhyfeddu at yr olygfa. Waeth beth fyddai'r tywydd, boed law neu hindda, yr un mor swynol fyddai hi bob tro. Bob hyn a hyn byddai rhywbeth yn pefrio allan ar y dŵr gan fynd â'i sylw, neu byddai hofrennydd yn rhwygo trwy'r awyr, ond o'r man lle'r eisteddai ni chlywai ddim byd. Dim ond edrych o bell megis gwylio byd arall trwy len denau. Ei hoff ran o'r darlun o ddigon oedd y ddwy ynys: Echni a Ronech – Ronech ac Echni. Ar y dechrau, arferai gymysgu rhwng yr enwau am eu bod mor debyg. Gwyddai fod y naill yng Nghymru a'r llall yn Lloegr, ond roedd hi'n anodd dweud pa un oedd agosaf. Roedd twyll mewn pellter. Aeth adref un tro a mynd yn syth at y cyfrifiadur i ddarganfod mwy. Cau pen y mwdwl unwaith ac am byth. Gwglodd am oriau a dysgodd mai o Echni yr anfonwyd y neges radio gyntaf erioed dros y môr mawr. 'Wyt ti'n barod?': dyna oedd y neges ond yn Saesneg, wrth gwrs, gan mai yn yr iaith honno roedd pob peth o bwys, medden nhw. Saesneg oedd iaith y niwrolegydd gynnau. Saesneg rhyfedd, anghyfarwydd yn llawn termau a geiriau diarth. Ond roedd hi'n barod am yr hyn a ddywedodd. Onid oedd hi wedi Gwglo er mwyn darganfod mwy?

'Aros di fan hyn tra bo fi'n mynd i ôl y car,' meddai Michael pan gerddon nhw drwy ddrysau llydan yr ysbyty a chamu allan i'r heulwen wan.

'Jiw, i beth? Wy ddim yn gwbl ffiledig eto, ti'n gwbod.'

'Sneb yn gweud dy fod ti'n ffiledig, ond sdim eisie i'r ddou ohonon ni gerdded yr holl ffordd lan i'r maes parcio, do's bosib. Beth 'yt ti'n trio'i brofi? Wy'n gwbod fod ti'n gallu cerdded.'

'Fe ddaw digon o amser iti deimlo trueni drosto' i pan fydda i'n ffili rhoi un dro'd o fla'n y llall, ond tan hynny . . .'

'Tan hynny, caea di dy ben, Mrs Benjamin. 'Yt ti'n gallu bod mor stwbwrn withe! Nawr cer i ishta man'na ar y fainc fel merch dda, a tria bido cwmpo mas 'da pawb sy'n cerdded hibo. Pum munud fydda i.'

Trodd Michael oddi wrthi a dechrau mynd am y maes parcio, gan fwmial rhyw gerydd ysgafn dan ei wynt. Lledwenodd Mari wrth ei wylio'n ysgwyd ei ben mewn rhwystredigaeth *macho*, dros ben llestri. Felly, roedd y ffugio eisoes wedi dechrau, meddyliodd. Ai dyna fyddai'r norm bellach: cyfres o berfformiadau bach bwrlésg er mwyn eu llusgo ill dau o ddydd i ddydd? Esgus ac osgoi'r amlwg am fod gwneud fel arall yn ormod i'w ddioddef. Michael druan. Roedd e wedi'i hachub unwaith, ond roedd e allan o'i ddyfnder y tro hwn, reit i wala. Fe'i gwyliodd e'n cerdded ar hyd y pafin a mynd yn llai ac yn llai nes iddo gyrraedd y gornel yn y pen draw a diflannu o'r golwg.

Pwrpas niwronau motor, meddai'r niwrolegydd, oedd cludo negeseuon, ar ffurf ysgogiadau trydanol, o'r ymennydd i'r cyhyrau, gan droi meddyliau'n weithrediadau. Aethai Mari ddim i ddadlau ag e. Wedi'r cyfan, fe oedd yr arbenigwr a fe, o bawb, ddylai wybod. Ond wrth eistedd wrth ochr Michael yn y swyddfa fodern, Sgandinafaidd yr olwg, cofiodd feddwl taw dyna oedd y tro cyntaf i neb o'r byd meddygol grybwyll niwronau motor wrthi yn ystod yr holl fynd a dod dros y pum mis diwethaf. Roedd ei ragymadrodd yn un cynnil a bu bron iddi golli'i ergyd, ond llwyddodd i weld trwy'r cynildeb am ei bod hi'n barod amdano. Roedd hi wedi gwneud ei gwaith cartref ac roedd hi'n gwybod ers tro. Roedd Michael, fodd bynnag, heb adael iddo'i hun fynd mor bell, a phan glywodd eiriau'r niwrolegydd, roedd y sioc gymaint yn fwy. Roedd 'na ddau fath o niwron motor, parhaodd hwnnw: rhai uwch a rhai is. Rhedai'r rhai uwch o'r ymennydd ar hyd llinyn y cefn nes cyrraedd man yn agos i'r cyhyr oedd i'w ysgogi. Wrth gyffordd a elwid yn synaps, dyma nhw'n rhyddhau cemegyn a elwid yn niwro-drosglwyddwr, a thrwy hwnnw y cludid y neges o'r ymennydd i'r niwronau motor is. Rhedai'r niwronau motor is yn eu tro o linyn y cefn, gan gludo'r neges i ba gyhyr bynnag yn benodol roedden nhw'n ei reoli.

Pan glywodd Mari fod niwed i'r rhai uwch yn ogystal â'r rhai is yn ei hachos hithau, gwyddai ei bod hi wedi canu arni.

'Mrs Benjamin, the type you have is amyotrophic lateral sclerosis, or ALS. It's by far the most common form and affects the vast majority of those who have the disease.'

'It's probably only the second or third time in my life I've belonged to a majority,' meddai Mari ac edrych i fyw llygaid y niwrolegydd. Ni wyddai pam yn hollol iddi ddweud y fath beth, ond ni allai beidio rywsut. 'I always seem to back the wrong horse . . . politically at least.'

Gwenodd hi arno'n bryfoclyd, ond aros yn ddifynegiant wnaeth yr arbenigwr o bant. Roedd hi'n amlwg i Mari fod rhai pethau'n mynd yn syth dros ei ben.

'What can I expect?' gofynnodd hi, gan adael i'w gwên wywo rywfaint.

'It's hard to be precise because this disease affects different people in different ways. There's often no fixed pattern.'

'What I mean is, how long do I have left?'

'We prefer to concentrate on the quality of . . .'

'And I would prefer to know how long I have left. You see, I have plans,' mynnodd Mari a phwyso ymlaen yn ei chadair. 'I'm tougher than I look, so just tell me.'

Ac fe wnaeth.

Diolchodd Mari iddo am ei onestrwydd ac, ar yr un pryd, ceisiodd weithio'r rhifau yn ei phen. Rhwng dwy a phum mlynedd o ddechrau'r sumtomau: dyna ddywedodd e. Rhyw bedair a hanner felly, os oedd hi'n lwcus. Ac os oedd hi'n anlwcus, gallai fynd o fewn llai na dwy. Yna sylweddolodd nad mesur lwc oedd hi, dim ond anlwc. Pedair a hanner os oedd hi'n anlwcus a deunaw mis os oedd hi'n anlwcus iawn. Yn sydyn, cofiodd sgwrs ryfedd a gawsai â chymydog o efengylwraig un tro, yn ôl ym more oes, a honno'n dadlau nad oedd y fath beth â lwc nac anlwc yn bod, dim ond ewyllys Duw. Ceisiodd Mari ddal ei thir yn wyneb ei rhesymu arwynebol, ond bu'r efengylwraig yn drech na hi am ei bod hi'n gwybod geiriau'r ddadl hyd yn oed yn well na sut i'w chyfarch â 'bore da' bach diniwed ar y ffordd i'w gwaith. Onid oedd hi wedi hogi'i mantra droeon ar ben stryd gerbron unrhyw un a oedd yn rhy gwrtais i ffoi o'i gafael? Ond arhosodd y sgwrs gyda hi am hydoedd ar ôl i'r ddwy droi a mynd i'w ffordd eu hun, ac er mai colli wnaeth Mari ar y pryd, gwyddai yn ei chalon taw hi oedd yn iawn. Roedd y cyfan yn rhan o'r Loteri Fawr, a dyna'i diwedd hi. Taflodd gip ar Michael wrth ei hochr, ond roedd golwg bell ar ei gŵr.

'You won't have to go through this on your own,' ychwanegodd yr arbenigwr a chynnig hanner gwên fel petai'n cyflwyno gwobr gysur iddi.

'Oh, but I will,' atebodd Mari. 'Unless, that is, you're planning a reunion of all MND sufferers. One last knees-up for those of us who can still lift our legs.'

Edrychodd Mari ar yr arbenigwr am y ddesg â hi a difaru'n syth iddi ddweud y fath beth. Cynnig hanner gwên fel cynt a wnaeth hwnnw. Fel y cymydog o efengylwraig, roedd e wedi ymarfer y geiriau droeon o'r blaen. Doedd hwn chwaith ddim yn un i ddal dig. Naill ai hynny neu roedd ganddo groen fel eliffant.

'What I meant was, you'll have plenty of support. My team and I are always here to answer any concerns you may have, as is your GP. It's . . . Dr Bethan Jones, isn't it?' meddai gan edrych yn frysiog ar y nodiadau o'i flaen. 'And the Motor Neurone Disease Association does fantastic work.'

Chwarter awr yn ddiweddarach, roedd Mari a Michael ar eu ffordd yn ôl am y car, ei feddwl yntau'n ceisio prosesu'r daranfollt a oedd newydd ei daro. Yr hyn a lenwai ei meddwl hithau, fodd bynnag, oedd sut i ddweud wrth ei thair merch.

Pwysodd ei hysgwyddau'n erbyn cefn y fainc lle roedd Michael wedi'i gadael a chaeodd ei llygaid wrth i don arall o banig gydio ynddi. Byddai canser wedi bod yn haws ei esbonio, meddyliodd, am fod pawb wedi clywed am ganser ac yn parchu ei ffyrnigrwydd dieflig. Roedd yr C fawr wastad wedi mynnu parch ac ennyn dychryn, tra swniai'r clefyd niwronau motor yn rhy drwsgl i haeddu'r cydymdeimlad priodol. Beth yn gwmws oedd e ta beth? Roedd hi newydd dreulio awr yn pwyso a mesur yr ateb i hynny. O leiaf roedd yn swyddogol bellach. Yn gyhoeddus. Yn ddiymwad. Roedd ganddi enw i'w roi i'r teulu.

Agorodd Mari ei llygaid wrth i drwyn y car ddod i stop gyferbyn â'r fainc lle'r eisteddai. Cododd ar ei thraed a cherdded yr hanner dwsin o gamau at y drws yr ochr draw. Gwyrodd Michael ar draws y sedd yn ei ymyl ac ymestyn am y bwlyn er mwyn gwthio'r drws ar agor iddi.

'Sori fod ti 'di gorfod aros mor hir,' meddai. 'Ffiles i ddod mas o'r maes parcio achos bod car arall yn y ffordd. O'dd rhywun yn trio llwytho cadair olwyn i'r cefn . . . fe gymerodd e hydoedd.'

'Fel 'na fyddwn ni cyn bo hir,' oedd unig sylw Mari wrth dynnu'r gwregys diogelwch ar draws ei chorff a'i glicio i'w le.

'Y Tŷ Newydd ar Fynydd Caerffili 'te, ife?' cadarnhaodd Michael, gan droi llyw'r cerbyd ac arwyddo'i fwriad i ymuno â'r ffordd a redai o amgylch safle sylweddol yr ysbyty.

'Dim ond os ti'n moyn.'

'Wel, mae'n rhy hwyr i newid 'y meddwl nawr. Wy'n gallu gwynto'r sgons 'na o fan hyn.'

Gwenodd Mari a throi ei golygon i edrych ar y ffordd o'i blaen.

'Mae'n od, on'd yw hi?' meddai hi pan ddaeth y car i stop wrth y goleuadau traffig yn ymyl Lidl ar Ffordd Caerffili. 'Er 'mod i'n gwbod yn 'y nghalon ers wthnose taw dyna beth sy'n bod arna i, o'dd clywed yr arbenigwr yn ei weud e gynne . . . ar un olwg o'dd e'n rhyddhad. Ti'n gweld, mae'n meddwl y galla i rannu 'nghyfrinach dywyll o'r diwedd, ond shwt yn gwmws wy'n mynd i weud wrth y merched, wy wir ddim yn gwbod.'

Trodd Michael ei ben er mwyn ei hwynebu, ond syllu'n syth yn ei blaen wnaeth Mari.

'Pryd o't ti'n mynd i weud wrth dy *ŵr*?' gofynnodd e a chadw un llaw ar y llyw. 'Os o't ti'n gwbod yn dy galon ers wthnose, dylset ti fod wedi'n rhybuddio i, achos o'dd 'da fi ddim clem ei fod e mor ddifrifol â hyn. Pam wnest ti gloi'r drws arna i? Fel wedodd y boi 'na gynne, smo ti ar dy ben dy hun, Mari. Mae hyn yn effeithio ar bob un ohonon ni.'

∾

'Fel hyn o'n i'n arfer helpu ti i fynd nôl i gysgu ar ôl un o dy hunllefe pan o't ti'n fach,' meddai Mari wrth redeg ei bysedd yn ysgafn drwy wallt Gwenno. 'Ti'n cofio?'

Ysgwyd ei phen y mymryn lleiaf wnaeth Gwenno i gydnabod ei geiriau cyn sychu ei thrwyn â'r neisied wlyb yn ei llaw. Syllai drwy'r pylni yn ei llygaid ar siâp coes Mari wrth i'r ddwy gydorwedd ar y gwely bach sengl. O'r ongl y gorweddai, ac ochr ei hwyneb yn gorffwys yn erbyn bronnau ei mam, doedd dim byd i'w weld yn bod ar y goes, ond gwyddai Gwenno bellach taw celwydd oedd hynny. Gwyddai fod y corff meddal, cyfarwydd wrth ei hochr yn prysur ddiffygio, a hunan-dwyll oedd ceisio honni fel arall.

'Paid ti â becso, gwd gel, wy'n mynd i fod gyda chi am sbel 'to,' meddai Mari a gwthio cudyn strae, llaith yn ôl oddi ar wyneb chwyddedig ei merch a chribo'i bysedd trwy ei gwallt fel cynt.

Teimlodd Mari'r neisied wlyb ar groen ei garddwrn wrth i Gwenno gau ei llaw am fraich ei mam. Rhyfedd sut roedd hi'n dal i ddysgu pethau newydd am ei phlant, meddyliodd. Er taw Gwenno oedd yr ifancaf, nid ganddi hi roedd hi wedi disgwyl y dagrau mwyaf. Hon oedd sbarcen y teulu. Merch ei thad. Parod ei thafod a pharod ei chariad. Fe hwyliodd drwy flynyddoedd helbulus yr ysgariad yn gymharol ddianaf am ei bod hi'n rhy fach i wybod yn well. Cafodd ei harbed rhag y gwaethaf gan amgylchiadau amser. Ond roedd 'na amser i bawb a phopeth ac er taw dim ond unwaith y gellid torri calon rhywun, sylweddolodd Mari, amser Gwenno oedd hi nawr.

'Dere inni ga'l mynd lawr at y lleill, ife? Wy'n gorfod rhannu'n hunan rhwng y tair ohonoch chi, cofia. Wy'n gwbod taw ti yw 'mabi ond mae angen eu mam ar y ddwy arall hefyd.'

Plannodd Mari gusan ar gorun Gwenno cyn ystwyrian ar y gwely, yn barod i godi ar ei thraed. Cododd Gwenno'n araf heb ymateb i sylw diwethaf ei mam. Roedd hi wedi ymlâdd, a brifai ei llygaid a'i phen. Roedd hunllefau ei phlentyndod wastad wedi diflannu erbyn y bore, ond byddai'r un yma gyda hi am byth, yn rhwygo trwyddi wrth iddi agor ei llygaid, yn ei gwawdio a'i thynnu'n ôl wrth iddi geisio symud yn ei blaen. Un o hoff ddywediadau ei mam oedd bod amser yn gwella pob clwyf, ond doedd Gwenno ddim mor siŵr am hynny. Roedd ambell graith yn rhy ddwfn. Clwyf ar ffurf llofrudd o glefyd oedd y clwyf yma, ac roedd e wedi dod ugain mlynedd yn rhy gynnar.

'Beth am fynd i dowlu dŵr o'r dros y llygaid 'na? Mae golwg y diawl arnat ti.'

Llwyddodd Gwenno i godi gwên o'r diwedd ac aeth drwodd i'r ystafell ymolchi, gan adael i'w mam sefyll ar ganol y landin ac ystyried ei cham nesaf.

Pan ymunodd Mari â'r lleill yn y lolfa fawr, ni allai benderfynu a oedd hi newydd dorri ar draws trafodaeth ddwys amdani, un nad oedd hi i fod yn rhan ohoni, ynteu a oedden nhw wedi bod fel 'na ers iddi ddilyn Gwenno lan llofft hanner awr ynghynt. Roedd pawb yn fud, yn gaeth yn ei argyfwng ei hun. Eisteddai Alys wrth ochr Manon ar y soffa. Edrychodd y ddwy i'w chyfeiriad pan ddaeth hi i mewn trwy'r drws, ond nawr roedd eu golygon tua'r llawr.

'Shwt mae hi?' holodd Michael yn isel o'i gadair esmwyth yn y gornel.

'Wel, shwt alla i weud? Bydd hi'n well yn y funud, sbo.

Mae 'di mynd i ddodi dŵr o'r ar ei llygaid. Mae'n dishgwl fel 'se hi wedi bod yn ymladd whech rownd yn erbyn Joe Calzaghe.'

Croesodd Mari'r llawr pren golau a mynd i eistedd rhwng Alys a Manon ar y soffa.

'A chi'ch dwy, odych chi'n iawn?' gofynnodd hi.

Pwysodd Alys ei phen ar ysgwydd ei mam tra syllai Manon ar y llawr o hyd.

'Wy'n credu'n bod ni'n haeddu diod fach. Be chi'n feddwl?' awgrymodd Mari gan wasgu breichiau ei dwy ferch. 'Mae fel y bedd 'ma.'

Cododd Michael ar ei draed yn annaturiol o gyflym, gan ategu ei hamheuon blaenorol taw hi oedd testun eu sgwrs tra oedd hi gyda Gwenno.

'Beth mae *Madame* yn moyn?'

'Dere weld . . . wy'n eitha ffansïo G & T, ti'n gwbod . . . un mawr, ond paid â gadel i'r tonig foddi'r jin.'

'Manon?'

'Dim i fi diolch, Michael, wy'n gyrru.'

'O dere, wnaiff glased bach o win ddim drwg i ti . . . un bach bach,' anogodd Mari a bachu ei braich ym mraich ei merch hynaf.

'Ac mae'r canol o'd yn cwyno am yr ifanc, ond chi yw'r gwaetha. Chi'n yfed fel 'se dim fory i' ga'l, ond ni sy wastad yn cyrraedd y penawde newyddion.'

'Achos bod ni'n fwy ciwt na chi. Ni'n cadw pethe dan do yn lle hwdu ar ben stryd.'

'Mae 'na Pinot Grigio bach ffresh neis yn ishta yn y ffridj yr eiliad 'ma yn aros am reswm i' hagor hi,' ychwanegodd Michael yn bryfoclyd.

'Beth . . . 'yt ti'n awgrymu bod gyda ni reswm da dros neud hynny heno 'te?' gofynnodd Manon gan edrych ar ei mam yn hytrach na'i llystad.

'Mae cystal â'r un. Ddim yn amal byddwn ni'n ca'l cwmni'r tair ohonoch chi gyda'ch gilydd.'

'O Mam, gad hi wnei di, er mwyn Duw! Pan glywes i dy neges yn gofyn i fi ddod lan i Gaerdydd heno, ond i adel y plant ga'tre 'da Iestyn, on i'n gwbod nage dod 'ma i ddathlu o'n i. Paid â trio esgus bod popeth fel y boi. Mae blydi bom newydd gwmpo ar ben y teulu.'

Saethodd Alys ymlaen ar y soffa a thaflu golwg ffyrnig ar ei chwaer hŷn.

'Mae Manon yn iawn,' meddai Mari cyn i Alys gael cyfle i agor ei cheg. 'Fi fydde'r cynta i feirniadu 'se rhywun arall yn esgus. Mae'n sarhaus ac mae'n wastraffus, yn enwedig pan mae amser yn brin. Felly, glywch chi ddim byd fel 'na'n dod o 'ngheg i byth eto. Addo. Cewch chi fod yn neis i fi ar bob cyfri, ond dim ffugio, iawn?'

Ar hynny, edrychodd Mari ar Michael, a hwnnw'n dal i sefyll ar ganol y lolfa fawr. Cyfarfu eu llygaid ac roedd cydddealltwriaeth ugain mlynedd a mwy yn yr edrychiad hwnnw. Fe oedd y mwyaf gonest ohonyn nhw i gyd, meddyliodd hi. Gwnaethai'r gorau o sefyllfa amherffaith ar hyd y blynyddoedd a chadw ei urddas hefyd. Ac os oedd e'n rhy barod i ffugio heddiw ac i chwarae rôl gyfleus, gallai faddau iddo am ei fod yn ei warchod ei hun rhag y realiti newydd. Roedd y cyfan yn rhy newydd, ond fe addasai Michael gydag amser, fel roedd hi eisoes wedi dechrau gwneud. Oedd, fe oedd y mwyaf gonest ohonyn nhw i gyd, a'r mwyaf craff.

'Reit, un G & T, gwin i tithe a'r un peth i ti. Gwenno, ar

y gair! Beth alla i ôl i ti, cariad?' gofynnodd Michael wrth i Gwenno sleifio trwy ddrws y lolfa a mynd i eistedd ar y soffa fach gyferbyn â'r soffa fawr.

'Jest dŵr, diolch. Wir i ti.'

Trodd Michael ar ei sawdl heb ddadlau a mynd drwodd i'r gegin.

'Gwell nawr?' gofynnodd Mari i Gwenno pan aeth y mudandod yn ormod i'w oddef.

Nodio'i phen i gadarnhau wnaeth honno, ond parhau fel cynt wnaeth y mudandod.

Yn sydyn, roedd Mari wedi blino. Wrth iddi suddo'n ddyfnach i'r soffa feddal, teimlodd don o flinder yn meddiannu ei holl gorff. Croesodd ei meddwl am eiliad neu ddwy taw ei chyflwr newydd oedd ar waith yn barod, a hwnnw'n tybio bod ganddo rwydd hynt i gyflawni ei briod dasg nawr bod y cyfan yn hysbys, nawr ei fod yn swyddogol. Ond buan y chwythodd y syniad ffuantus hwnnw o'i meddwl. Er gwaethaf ei apêl, roedd hi'n rhy gynnar i feio'r cyflwr newydd am bob dim. Eto, o bwyso a mesur digwyddiadau'r dydd, dyna mewn gwirionedd oedd ar fai hefyd, yn uniongyrchol ac yn anuniongyrchol. Bu'n ddiwrnod mawr. Gwenodd yn ddiarwybod wrth ystyried y fath wireb. Bu'n blydi anferthol! Dim rhyfedd ei bod hi'n shwps, ei bod hi wedi blino'n garn. Gorfu iddi wylio chwalu eu byd unwaith o'r blaen, ond doedd hynny'n ddim byd o'i gymharu â'r chwalfa hon.

'Ac maen nhw'n gwbwl gwbwl siŵr?' gofynnodd Alys ymhen tipyn.

'Odyn, cariad, maen nhw'n gwbwl gwbwl siŵr.'

'A sdim byd allan nhw neud? Wy'n ca'l gwaith credu bod nhw'n ffilu neud dim byd o gwbwl,' mynnodd hi.

Gwasgodd Mari ei llaw a'i thynnu'n nes ati.

'Nag o's 'na gyffurie neu rwbeth, fel sy i' ga'l i drin pethe erill? Mae miliyne'n byw 'da HIV neu ganser achos bod tabledi'n cadw nhw'n fyw. Ble mae'r gwyddonwyr? Ble mae gwyrthie pan ti hangen nhw? O, sori, sdim shwt beth â gwyrth i' ga'l, nag o's e? Beth sy'n bod arna i?'

'Mae 'na un math o gyffurie ar ga'l i bobol fel fi ar hyn o bryd. Ei enw fe yw Riluzole, ond wy'n mynd i dorri drwy'r *crap* nawr achos sa i'n moyn i chi godi'ch gobeithion gormod. Chi'n cofio beth y'n ni newydd weud? Dim esgus, iawn?'

Edrychodd Mari ar bob un o'r tair yn eu tro.

'Mae Riluzole yn gallu arafu'r clefyd ryw ychydig, mae'n debyg. Mae'n bosib rhoiff e ryw dri neu bedwar mis arall i fi, ond mae'n ffilu 'ngwella i. Sdim byd yn gallu 'ngwella i. 'Run man ichi dderbyn hynny. Fel wedest ti, Alys, dyw gwyrthie ddim yn bodoli, hynny yw, y tu fas i'r ysgol feithrin a'r ysgol Sul.'

'Beth sy ddim yn bodoli tu fas i'r ysgol feithrin a'r ysgol Sul?' gofynnodd Michael wrth estyn ei ddiod i Mari ag un llaw a cheisio atal yr hambwrdd yn ei law arall rhag moelyd.

'Gwyrthie. Sdim shwt beth . . . heblaw am pan fydd 'y ngŵr cariadus yn neud G & T perffaith i fi,' atebodd Mari a chymryd llymaid o'i diod. 'Mae e'n berffaith hefyd. Beth 'yt ti'n ga'l?'

'Penderyn bach.'

'Iechyd da,' cynigiodd Mari pan oedd Michael wedi gorffen mynd â gweddill y diodydd at y lleill. 'Am ychydig bach 'to, o leia.'

Aros yn dawel wnaeth y lleill. Taflodd Alys gip ansicr ar Gwenno gyferbyn â hi, ond ni ddywedodd neb yr un gair.

'Wel, a'th hwnna lawr fel sached o datws,' meddai Mari.

'Ti'n synnu? Beth arall ti'n ddishgwl?' gofynnodd Manon.

Pwysodd Mari ymlaen yn ei sedd a throi ei chorff fymryn i wynebu ei merch hynaf.

'Beth wy'n ddishgwl? Fe weda i wrthot ti beth wy'n ddishgwl . . . wrthot ti a pobun arall. Wy'n gwbod bo chi i gyd wedi ca'l sioc ofnadw heddi, ond wy'n dishgwl i chi ddod drosto fe'n go blydi glou. Sda fi ddim amser i hunandosturi a maldod. Rhwbeth i bobol iach yw hynny. Blwyddyn arall a walle bydda i'n ffilu cerdded. Mewn deunaw mis, os bydda i'n dal i fod gyda chi, walle bydd un ohonoch chi'n gorfod helpu fi i sychu 'nhin. So, pidwch â gofyn i fi beth wy'n ddishgwl.'

Ar hynny, suddodd Mari'n ôl yn galed yn y soffa ac yfed joch hael o'i diod. Edrychodd Gwenno draw i gyfeiriad Michael am anogaeth, ond ysgwyd ei ben yn gynnil wnaeth hwnnw ac ystumio â'i lygaid iddi adael i bethau fod. Deallodd Gwenno'r neges, ond roedd ffrwydrad annodweddiadol ei mam wedi'i hysgwyd, er hynny, a throdd ei golygon at Alys heb feddwl, fel petai'n chwilio am esboniad. Symud i flaen ei sedd wnaeth Manon, yn barod i godi ar ei thraed a mynd. Yn ôl at ei gŵr a'i phlant yn Llanelli. Yn ôl i ystyried dyfodol di-fam.

'Ishta lawr a paid â bod mor barod i redeg,' gorchmynnodd Mari a'i thynnu tuag ati. 'Dere 'ma.'

'Sori,' meddai Manon.

'A finne.' Sychodd Mari'r deigryn a oedd yn araf lifo ar hyd boch ei merch. 'Mae gyda ni lot i' drafod fel teulu a lot i' ddysgu. Mae 'da fi bethe wy'n moyn neud. Yr unig beth sy ddim 'da fi yw amser.'

1992

Pendilio

AC EITHRIO'R gyrrwr a llanc â gwallt hir a eisteddai yn yr un rhes â hi yr ochr draw i'r eil, Manon oedd yr unig un ar y bws. Gadawsai pawb arall mewn tref ryw bum munud i lawr y cwm. Ni wyddai enw'r dref am mai dyna'r tro cyntaf iddi basio trwyddi, ond roedd yn debyg i bob clwstwr dinesig arall yn y rhan hon o'r wlad. Trodd Manon ei phen y mymryn lleiaf i gyfeiriad y llanc am yr eil â hi cyn troi'n ôl i syllu allan trwy'r ffenest fel cynt. Roedd e'n olygus yn yr un modd ag roedd Kurt Cobain yn olygus, meddyliodd. Cwrlai ei wallt golau, sgleiniog i fyny tuag at ei ên wrth gyffwrdd â'i ysgwyddau, ac roedd ei wyneb main yn gwahodd ac yn herio'r un pryd, fel rhyw Iesu Grist mewn siaced ddenim. Gwenodd wrth ystyried tybed a oedd rhywun erioed wedi dweud hynny wrtho. Roedd delwedd yn bwysig i hwn, fe dybiodd. Roedd hi wedi sylwi arno o'r dechrau'n deg, o'r eiliad y daethai i mewn i'r bws tri chwarter llawn yng ngorsaf brysur Abertawe a phlannu ei ben ôl ar y sedd gyferbyn. Drwy gydol y siwrnai, roedd hi'n ymwybodol ei fod e'n ei hastudio. Fe'i gwelsai drwy gil ei llygaid a'i ddal ddwywaith wrth i'w llygaid gyfarfod ar amrantiad. Hi oedd wedi ildio gyntaf y ddau dro, gan ostwng ei golygon yn frysiog ac yn lletchwith cyn troi oddi wrtho a thynnu ei siaced ledr, gwta yn dynnach amdani.

Yn sydyn, trodd yr olygfa trwy'r ffenest yn fwy cyfarwydd ac roedd Manon yn falch. Ar hyd y ffordd hon y byddai ei mam yn dod â nhw yn y car ar ôl gadael yr M4 a bwrw yn eu blaenau i dŷ Mam-gu a Tad-cu. Ymhen ychydig, fe gyrhaeddai ben ei thaith. Ymhen ychydig, eisteddai yng nghegin fach Mam-gu, gan adael iddi ei maldodi a rhyfeddu at ei hantur fawr. Sylwodd ar arwydd Clydach wrth ochr yr hewl, a gwenodd. 'Clytach' fyddai ei mam yn ei ddweud o hyd, ond enghraifft brin oedd hynny o'r ffordd yr arferai siarad pan oedd yn blentyn, cyn i bair tafodieithol y brifddinas droi popeth yn un cawl mawr. Roedd y ffordd y siaradai Mam-gu a Tad-cu heb newid yr un iot am nad oedden nhw erioed wedi byw yn unman arall. Roedden nhw wedi aros yng Nghwm Tawe . . . ac aros gyda'i gilydd.

Dihunodd o'i synfyfyrio pan ddaeth y bws i stop yng nghanol y pentref. Agorodd y drysau ac ymddangosodd menyw oedrannus yn gwisgo cot lwydfelyn ag iddi goler a chyffiau brown. Am ei phen roedd het frown ac yn ei llaw cariai fag o'r un lliw. Cerddodd ar ei hunion at y seddi yn y rhes flaen, gan adael i'r dyn oedrannus a'i dilynai drafod â'r gyrrwr, yn Gymraeg i ddechrau, cyn gorfod troi i'r Saesneg. Roedd yntau, fel y fenyw, yn henffasiwn o drwsiadus yn ei flaser du a'i drwser llwyd a'i dei streipiog, du a gwyn. Dros ei fraich roedd cot fawr lwyd ac yn ei law daliai het drilbi. Gwenodd ar Manon cyn plygu i eistedd wrth ochr y wraig. Gwenodd hi'n ôl ond ni sylwodd y dyn am ei fod e eisoes wedi troi ei gefn. Ailgychwynnodd y bws ar ei siwrnai lan y cwm ond, yn lle edrych allan trwy'r ffenest fel cynt, ni allai Manon dynnu ei llygaid oddi ar y pâr oedrannus yn y rhes flaen. Barnodd eu bod nhw'n hŷn o lawer na'i mam-gu a'i thad-cu. Ymhen ychydig, trodd corff y fenyw fymryn tuag at yr hen ŵr. Yn y bwlch cul rhwng y ddau gallai Manon weld ei bod hi'n cynnig paced losin iddo. Gwyrodd yntau tuag ati ac ymbalfalu yn y cwdyn papur cyn tynnu taffen allan a'i dodi yn ei ben.

Ni ddywedodd y naill na'r llall yr un gair drwy gydol y weithred syml, ond synhwyrodd Manon nad oedd angen geiriau ar y rhain. Wedi oes o gyd-fyw, roedd ganddyn nhw sicrwydd eu hiaith breifat eu hun, er bod yr iaith o'u cwmpas yn prysur ildio'i lle i un arall.

Roedd hi'n anodd dychmygu ei mam a Michael ymhen deugain mlynedd, ond doedd ganddi ddim rheswm i amau na fydden nhw'n ddim gwahanol i'r ddau yn y rhes flaen. Efallai fod ei mam a Michael wedi darganfod ei gilydd yn hwyr, ond o leiaf roedden nhw gyda'i gilydd nawr. Roedd hi'n hoffi Michael. Roedd e'n garedig ac yn anhunanol ac yn ymwybodol o'r pethau bach. Pan ddywedodd hi hynny wrth ei mam un tro, rhoddodd honno ei breichiau amdani a'i thynnu tuag ati. Wrthi'n gwneud pice ar y maen yn y gegin oedden nhw a'u dwylo'n llawn can a thoes.

'Pam 'te, ti ddim yn meddwl o ddifri 'sen i wedi dewis rhywun hunanol, 'yt ti?'

'Dewisest ti Dad.'

'Dere nawr, mae dy dad yn ddyn da. Paid byth â meddwl fel arall.'

Ond roedd ei thad yn mynd yn fwyfwy amherthnasol bellach, ac roedd ganddi lai a llai o ots. Weithiau byddai hyn

yn codi ofn arni; wedi'r cwbl, fe oedd ei thad. Ond roedd e
wedi'i brifo i'r byw, a doedd hi ddim yn siŵr a fedrai byth
faddau iddo'n llawn. Oedd, roedd hi'n hoffi Michael, eto nid
fe oedd ei thad chwaith.

'Pontadawi!' galwodd y gyrrwr a dod â'r bws i stop mewn
llecyn penodol yng nghanol y dref. Diffoddodd e'r injan a
chamu allan ar y pafin, gan ymestyn ei freichiau a dylyfu gên
cyn mynd ati i gynnau sigarét. Cododd y pâr oedrannus ar
eu traed a cherdded yn ofalus at y drws, gan afael yn dynn yn
y canllaw dur y tu ôl i gaban y gyrrwr a'r un wrth y ffenest
flaen. Cododd Manon hithau a hongian ei bag canfas, piws
am ei hysgwydd ac, eiliadau'n ddiweddarach, cododd y llanc
â gwallt hir a'i dilyn ar hyd yr eil.

Pan gamodd hi ar y pafin, gwelodd fod y dyn oedrannus
yn helpu ei wraig i dynnu ei chot. Gwenodd e arni eto a
gwenodd Manon yn ôl.

'Jiw, it's so hot today,' meddai'r wraig wrth sylwi bod
Manon yn edrych arnyn nhw.

'Ody, mae'n dwym iawn,' atebodd Manon.

'O, ti'n wilia Cymrâg,'

'Odw.'

''Na un fach bert 'yt ti,' ychwanegodd yr hen wraig a throi
at ei gŵr. 'On'd yw hi, Brynmor?'

'Trueni bo fi ddim yn ucen o'd 'to. 'Se dim gopath 'da'r bois
ifinc . . . dim cystadleuath,' mentrodd hwnnw a chwerthin.

'Gad hi fod. Ti'n hala 'ddi i gochi. Mae'n rhy dda i ti,
on'd 'yt ti, bach?' heriodd yr hen wraig er mwyn parhau â'r
cellwair diniwed.

Chwarddodd Manon gan taw dyna a ddisgwylid.

'Da boch chi,' meddai a chodi'i llaw.

Wrth iddi droi oddi wrthyn nhw, sylwodd fod y llanc
â gwallt hir yn ei gwylio. Roedd e heb symud yn bell o
gyffiniau'r bws a bu'n dyst i'r gyfathrach arwynebol.

'*So long* nawr,' meddai'r pâr oedrannus yn yr un llais.

Bwriodd Manon yn ei blaen ar hyd y pafin prysur i
gyfeiriad sgwâr y dref. Pasiodd sawl arddegyn arall mewn
gwisg ysgol yn bwyta cinio yn eu llaw neu'n rhannu caniau
o ddiod neu sigarét, yn union fel y byddai hi a'i ffrindiau yn
ôl yng Nghaerdydd. Taflodd gip ar grŵp o ferched yn eistedd
ar fainc o flaen siop sglodion, a hwythau wedi llwyr ymgolli
yng nghwmni ei gilydd. Roedden nhw tua'r un oed â hi, ond
gobeithiai ei bod hi'n edrych yn hŷn yn ei dillad pob dydd
a'i cholur gofalus. Roedd hi wedi gweithio'n galed i ddod cyn
belled â hyn. Dyma benllanw dyddiau o gynllunio: mynd
gyda'i chwiorydd ar y bws i'r ysgol fel pob bore arall, ond bod
dillad penwythnos yn lle gwerslyfrau wedi'u stwffio i'w bag.
Diflannu wrth glwydi'r ysgol, bws arall i ganol y ddinas, trên
i Abertawe a newid o'i gwisg ysgol yn y tŷ bach ar y ffordd.
Doedd hi erioed wedi gwneud y fath beth o'r blaen, ond
aethai ei threfniadau fel watsh.

Roedd y twyll yn gyfan. Nawr, fodd bynnag, a hithau o
fewn trwch blewyn i gyrraedd pen ei thaith, gallai deimlo'i
hyder yn dechrau pylu. Yn y funud, byddai'n gorfod dod o
hyd i esgus credadwy er mwyn egluro wrth ei mam-gu pam
ei bod yno. Byddai'n gorfod parhau â'r twyll ac ochrgamu
cwestiynu treiddgar y fenyw oedrannus nad oedd eto'n
ddigon hen i beidio â phoeni bod ei hwyres yn mitsio. Roedd
hi heb feddwl am hynny tan nawr. Bu cyffro'i hantur yn fwy
na digon i'w chynnal a'i dallu rhag ystyried dim byd y tu
hwnt i'r ymarferol. Doedd ganddi ddim dewis ond dweud y

gwir. Byddai ei mam-gu'n siŵr o ddeall a chymryd ei phart unwaith yr esboniai. Doedd neb o deulu Cwm Tawe erioed wedi'i drafod yn agored ger ei bron ers y daranfollt a siglodd bawb hyd at eu seiliau, ond doedd hi, Manon, ddim yn dwp. Gwyddai fod ei thad yn wrthun ar yr aelwyd honno. Eto, roedd pawb mor waraidd hefyd, mor awyddus i beidio â gadael i ddim godi'n storm. Cawsai ddigon ar y ffugio bod popeth fel y boi, ar y siyntio'n ôl ac ymlaen rhwng dau riant. Cawsai ddigon ar orfod egluro wrth ei ffrindiau bob yn ail ddydd Sadwrn na allai fynd gyda nhw i'r dref am fod ei chwiorydd a hi'n gorfod mynd i aros at eu tad.

Yn sydyn, stopiodd yn ei hunfan ac edrych i gyfeiriad y stryd fach gul ar ei llaw dde. Edrychai pob stryd yr un fath. Brith gof yn unig oedd ganddi o'r union ffordd i gartref ei mam-gu a'i thad-cu am iddi gyrraedd yn y car bob tro. Darllenodd yr arwydd syml fry yng ngherrig y tŷ cyntaf yn y teras. Roedd yr enw'n lled gyfarwydd a gwyddai nad oedd hi'n bell.

'Ti'n dishgwl fel 'set ti ar goll.'

Trodd Manon yn fecanyddol i gyfeiriad y llais gwrywaidd. Yn sefyll ar y pafin, droedfeddi y tu ôl iddi, roedd y llanc â gwallt hir fu'n eistedd yn yr un rhes â hi ar y bws. Roedd e'n dalach nag roedd hi wedi cofio ac yn fwy golygus. Ceisiodd Manon ymddangos yn ddidaro er bod sydynrwydd y gosodiad annisgwyl wedi'i chynhyrfu ryw ychydig. Cymerodd hi gam yn ôl yn reddfol wrth synhwyro ei fod e'n sefyll yn rhy agos ati.

'Nagw, wy'n trio ffindo tŷ fy mam-gu,' atebodd hi gan gadw ei hwyneb yn gwbl ddifynegiant.

'Ma hwnna'n meddwl dy fod ti ar goll 'te os nag 'yt ti'n gwpod le ma fe,' dadleuodd e.

Gwelodd Manon yr awgrym lleaif o wên ar ei wyneb, a cheisiodd benderfynu p'un ai gwawd ynteu direidi pryfoclyd oedd wrth ei gwraidd. Bu bron iddi ei anwybyddu a throi oddi wrtho, ond dal ei thir a'i herio wnaeth hi, er ei gwaethaf.

'Dyw e ddim. Wy'n gwbod fod e ddim yn bell o fan hyn. Mae lawr un o'r strydoedd 'ma. Smo hwnna'n meddwl bo fi ar goll.'

Tyfodd y wên ar wyneb y llanc a gwthiodd gudyn o'i wallt golau y tu ôl i'w glust.

'Os ti'n gweud. Walle galla i helpu. Beth yw enw'r stryd?' gofynnodd a rhoi ei ddwylo ym mhocedi ei jîns denim, glas golau.

Cododd ei ysgwyddau a phlygu fymryn tuag ati heb dynnu ei lygaid oddi arni. Roedd e siŵr o fod yn ddeunaw oed, penderfynodd Manon, ugain fan bellaf. Gwelodd fod ei osgo'n hyderus a chwareus ar yr un pryd. Roedd hwn yn gyfarwydd â siarad â merched.

'Gower Street,' atebodd hi o'r diwedd.

Trwy lefaru'r enw, barnodd ei bod hi'n cyfleu neges gynnil iddo. Roedd hi'n ei rybuddio, yn gosod terfyn rhyngddyn nhw eu dau. Roedd hi'n cadarnhau ei bod ar fin cyrraedd, bod popeth dan reolaeth.

'Dere, wy'n mynd ffor'na 'ed,' meddai a dechrau cerdded.

Dilynodd Manon yn ufudd.

'Smo ti'n byw ffor' hyn 'te?' mentrodd e ymhen tipyn.

'Shwt o't ti'n gwbod?'

'*Intuition.*'

Gwenodd e ar Manon a gwenodd hithau'n ôl.

'Gad inni fod yn onest, os nag 'yt ti'n gwpod le'n gwmws ma tŷ dy fam-gu, mae'n amlwg fod ti ddim yn byw ffor' hyn.'

'Un o Gaerdydd ydw i.'

'A ma Cymrâg 'da ti? 'Sdim lot o Gymrâg yn Ga'rdydd, o's e?'

'Fe synnet ti.'

Taflodd gip sydyn i'w chyfeiriad, ond ni thrafferthodd Manon ymateb i'w sylw diweddaraf. Dal i edrych yn syth o'i blaen wnaeth hi.

Roedd hi'n dechrau mwynhau'r tennis geiriol. Cerddodd y ddau ar hyd y pafin am yn agos i funud heb ddweud rhagor, y naill yn hollol ymwybodol o bresenoldeb y llall. Ceisiodd hi gadw llun o'i wyneb yn ei meddwl. Oedd, roedd e'n olygus. Roedd hynny'n ddiymwad, ond roedd 'na rywbeth arall yn ei gylch hefyd: rhyw rwyddineb, a hwnnw'n gweiddi gwrywdod dros bob man. Oedd e'n fachgen drwg? Ystyriodd ei chwestiwn ei hun a daeth i'r casgliad whap y gallai hwn fod yn ddrwg ac yn daer. Doedd ganddi ddim gronyn o dystiolaeth i gefnogi ei rhesymu amaturaidd. Wedi'r cwbl, tan ryw bum munud yn ôl, os hynny, doedden nhw ddim wedi torri'r un gair â'i gilydd. Ond os nad oedd e'n ddrwg, roedd e'n brofiadol, penderfynodd, ac roedd e wedi dewis dod ar ei hôl hi.

'Ti'n gwitho neu beth?' gofynnodd e.

'Nagw. Wy yn yr ysgol o hyd.'

'So, pam nag 'yt ti yn yr ysgol heddi 'te?'

'Achos bo fi ddim moyn. O'dd well 'da fi ddod fan hyn.'

'Mitsio. Dim ond merched drwg sy'n mitsio.'

'Rhaid bo fi'n ferch ddrwg 'te,' atebodd Manon, gan gadw ei llygaid ar fflags y pafin o'i blaen.

Roedd ei geiriau diwethaf wedi dianc o'i cheg yn ddiymdrech ond, er nad oedd hi wedi bwriadu dweud yr hyn a ddywedodd, doedd hi'n difaru dim. Gallai weld trwy gil ei llygaid ei fod e wedi troi i edrych arni, ond ni ddywedodd e'r un gair. Yn sydyn, arafodd e ei gamau wrth iddyn nhw nesáu at dafarn digon garw yr olwg, a gwnaeth Manon yr un fath.

'Ti'n ffansïo mynd am ddrinc?' gofynnodd e.

'Alla i ddim.'

'Pam?'

'Yn un peth, sa i'n moyn cwrdd â 'nhad-cu wrth y bar,' atebodd hi dan dynnu gwep.

'Sa i'n dyall. Smo fe'n . . .'

'Fan hyn ma fe'n dod i yfed gyda'i gronis. Gele fe haint 'se fe'n gweld ei wyres yn tresmasu ar ei filltir sgwâr gyda boi diarth . . . a hithe dan oed. A ta beth, wy 'ma nawr. Wy wedi cyrraedd pen fy siwrne,' meddai gan bwyntio at arwydd du a gwyn Gower Street wedi'i blannu yn y pafin.

'*And there was me thinking you were a bad girl*,' meddai fe ac astudio'i hwyneb yn gynnil. ''Set ti'n ferch ddrwg, 'se dim ots 'da ti gwrdd â fe wrth y bar.'

'Ma ots 'da fi am rai pethe.'

'Ti'n eitha *tease*, on'd 'yt ti?'

Edrychodd Manon arno heb ymateb i'w gwestiwn. Gwell ganddi dybio ei fod yn rhethregol. Gallai deimlo'i thu mewn yn corddi, ond fe oedd y cyntaf i ostwng ei drem y tro hwn.

'Reit,' meddai hi a dechrau troi i mewn i stryd ei mam-gu a'i thad-cu, 'neis cwrdd â ti.'

'Wy'n byw yn y stryd nesa . . . *number 24*. Jonathan yw'r enw.'

'Manon.'

Ar hynny, trodd oddi wrtho a cherdded i lawr y stryd heb edrych yn ôl. Gwenodd yn hunanfoddhaus wrth ei ddychmygu'n sefyll ar y gornel o hyd gan ddilyn ei chamau â'i lygaid glas. Roedd hi'n fodlon ar ei pherfformiad. *Tease.* Dyna ddywedodd e. Doedd hi erioed wedi'i hystyried ei hun felly. Doedd hi erioed wedi canlyn bachgen o ran hynny, ond roedd hi'n barotach nag erioed i wneud.

Cyrhaeddodd y tŷ cyn sylweddoli'n iawn ei bod hi yno, a gwasgodd y gloch heb feddwl. Gallai glywed ei sŵn yn dirgrynu'n fain ar hyd y cyntedd cul y tu ôl i'r drws. Yn y funud, câi ei lapio ym mreichiau cnawdog ei mam-gu, ei boch yn rhwto'n erbyn neilon oer y got denau, flodeuog a wisgai honno bob amser o gwmpas y tŷ yn lle brat. Yn y funud, ildiai'n ddiwrthwynebiad i chwarae rôl yr wyres ifanc am mai dyna a ddisgwylid. Edrychodd yn ddidaro ar hyd y stryd wag tra'n disgwyl i'r drws agor, a cheisiodd baratoi ei chelwyddau'n frysiog. Cawsai ei hamddifadu o'r cyfle hwnnw tra'n fflyrtio â Jonathan. Byddai angen perfformiad llawn cystal â'r un gafodd hwnnw er mwyn argyhoeddi ei mam-gu, meddyliodd. Canodd hi'r gloch unwaith eto ac aros. Ymhen ychydig, clywodd y drws mewnol yn agor a gwelodd siâp aneglur pen ei mam-gu'n llenwi'r sgwaryn o ffenest liw yn nrws y ffrynt. Dim ond pan glywodd hi'r llais yr adnabu Glenys Griffiths ei hwyres.

'Helô, Mam-gu.'

'Manon? Nace Manon ni, o's bosib,' meddai'n anghrediniol.

Safai yn y drws a'i llaw wedi'i chodi at ei thalcen er mwyn cysgodi'i llygaid rhag yr heulwen lachar a lenwai'r stryd.

'Ie, fi sy 'ma.'

'Ond le ma dy fam? Ti wrth dy hunan? Sdim byd yn bod, o's e?'

'Nag o's, o'n i'n moyn dod i'ch gweld chi,' atebodd Manon dan wenu wrth weld golwg syfrdan ei mam-gu.

'Dere 'ma!'

Ar hynny, tynnodd Glenys Griffiths ei hwyres tuag ati a'i chofleidio'n wresog ar stepen y drws.

'O jiw jiw! Ti 'di rhoi shwt sioc i fi. Dere miwn, dere miwn,' meddai a sefyll o'r neilltu er mwyn corlannu Manon heibio iddi.

'Morlais, dere i weld pwy sy 'ma!' galwodd wrth i'r ddwy gerdded ar hyd y cyntedd tywyll. 'Wel, 'ma beth *yw* syrpréis.'

Roedd yr ystafell ganol yn dywyll fel y cyntedd. Dyna y byddai hi wastad yn ei gofio am y tŷ hwn, meddyliodd Manon. Roedd fel petai'r adeilad cyfan wedi'i gynllunio i fogi unrhyw ormodedd allanol ac er mwyn cadw pethau'r tŷ yn y tŷ. Aeth i sefyll ar ganol y carped patrymog, brown-gwyrdd-ac-oren a gadael i'w mam-gu ffwdanu o'i chwmpas a siarad yn ddi-baid.

'Tyn dy got a dere i ga'l cwtsh man hyn 'da fi,' meddai honno gan bwnio'r clustogau bach a'u hailosod ar y soffa henffasiwn, frown.

'Pam nag 'yt ti yn yr ysgol heddi, bach? Ma'r ysgolion ar gau, otyn nhw?'

Tynnodd Manon ei siaced ledr a'i hongian gyda'i bag ar gefn y gadair galed wrth ochr y seidbord tywyll. Yr eiliad hon y bu'n arswydo rhagddi byth ers iddi sylweddoli na fedrai ddweud y gwir reswm dros ruthro i Gwm Tawe. Yn ei hawydd i geisio'i sefydlogrwydd ei hun roedd hi wedi diystyru bod pobl eraill a goleddai sefydlogrwydd yn disgwyl atebion plaen.

'Wel, myn yffarn i! Shgwl pwy sy 'ma,' cyhoeddodd Morlais Griffiths.

Safai'r cyn-weithiwr dur yn y drws rhwng y gegin fach a'r lolfa dywyll, ei fest gotwm wedi'i gwthio i'w drwser melfaréd, brown tywyll. Am ei ganol roedd belt lledr, trwchus. Edrychodd Manon ar ei thad-cu a gwenu'n braf. Roedd ei ymyrraeth amserol wedi'i hachub rhag cwestiynau anodd am y tro.

'Cer i ercyd crys er mwyn yr arglwydd, i gwato'r hen fola 'na,' cymhennodd ei wraig.

'Grinda ar honna, Manon fach. Sdim llonydd i' ga'l 'ma. Shwt 'yt ti, cariad?'

Cerddodd tuag ati a'i gwasgu'n dynn yn ei erbyn â'i freichiau blewog, trwm. Llenwyd ffroenau Manon â gwynt rhyw sebon golchi di-lol.

'Beth ti'n feddwl ohoni'n dod yr holl ffordd hwnt man hyn wrth ei hunan?' gofynnodd Glenys Griffiths â balchder mam-gu. 'Ei mam ar ei thra'd – 'na beth yw hi. O'dd dim byd yn ormod i honna yn dy oedran di.'

'Gobitho fod ti'n llai pendrefynol na dy fam, 'na gyd weta i. Annibynnol, paid â wilia,' meddai Morlais, gan ymuno yn y cellwair ystrydebol.

'Cer i wisgo crys, wnei di,' dwrdiodd Glenys am yr eildro.

'I beth? Manon ni sy 'ma, nace blydi Margaret Thatcher. Beth sy arnat ti, fenyw?'

'Jobyn da hefyd, achos 'se honna ddim wedi ca'l dod trw' ddrws y ffrynt!' atebodd hi'n ddifrifol fel petai hi wedi gwir ystyried y posibilrwydd y gallai Thatcher fod ag awydd galw heibio i'w haelwyd barchus ryw ddiwetydd i rannu te a bara brith a dogn o'i dogma gwleidyddol.

Gwenodd Manon am ben y sioe festri capel. Roedd eu ffugio hwythau'n llai niweidiol na ffugio'i rhieni, meddyliodd, ond ffugio oedd e'r un fath. Roedd yn ddigon i gadw'r olwynion beunyddiol i droi. Aeth Morlais Griffiths drwodd i'r cyntedd a dringo'r staerau serth er mwyn chwilio am grys a chau pen ei wraig. Aeth Manon i eistedd wrth ochr ei mam-gu ar y soffa frown, henffasiwn.

'A shwt ma pobun yn Ga'rdydd? Smo ni'n gweld chi hanner dicon amal,' meddai Glenys Griffiths a dal llaw ei hwyres.

'Yn iawn. Mae Mam yn gwitho'n rhy galed, ond mae'n pallu gwrando. Fel 'na mae Mam.'

'Ond mae'n hapus on'd yw hi . . . gyta Michael? Wy'n gwpod taw un annibynnol yw hi, ond mae'n haeddu bod yn hapus, 'run peth â pobun arall. Wy'n timlo bod hi'n saff 'da Michael, nag 'yt ti'n meddwl?'

Teimlodd Manon law ei mam-gu'n tynhau am ei llaw hithau. Doedd hi erioed wedi'i chlywed yn siarad fel hyn, eto synhwyrodd nad oedd disgwyl iddi ymateb i'w hymresymu syml. Cwestiynau iddi hi ei hun oedd y rhain. Tybed sawl gwaith roedd hi wedi bod dros yr un gofidiau yn ei meddwl? Sawl prynhawn roedd hi wedi eistedd ar ei phen ei hun ar y soffa hon yn ceisio atebion?

Yr eiliad honno, teimlai Manon fymryn yn hŷn.

'A beth am y ddwy whâr 'na sy 'da ti? Oty Gwenno'n bihafio? 'Na sbarcen yw honna. Wy'n gweld hi'n depyg i Mari ni. Druan ohonoch chi pan gyrhaeddiff honna ei phymtheg. A weti 'ny Alys . . . y cariad bach yn y cenol.'

Yn sydyn, tynnodd Glenys Griffiths ei llaw'n rhydd a chodi ar ei thraed.

'Wy newydd feddwl . . . ti heb fyta. Ma siŵr o fod gwaelder arnat ti. Beth ti'n ffansïo, cariad? Gad i fi neud rwpeth bach clou i ti nawr a bytwn ni'n deidi'n nes mla'n. Licset ti gaws ar dost a tomato bach? Neu alla i acor tun o gorn-bîff neu ham? Beth welltet ti?'

'Bydde caws ar dost yn grêt, diolch.'

'Caiff Tad-cu fynd lan i'r Cop nawr i ôl rwpeth i' yfed i ti. Ma wastod pop 'ma, ond sdim diferyn yn y tŷ 'da fi heddi. Ishta di man'na.'

Diflannodd hi i'r gegin fach â'i bryd ar gyflenwi cais gastronomaidd ei hwyres ar draul popeth arall. Clywodd Manon ôl traed ei thad-cu yn yr ystafell wely uwch ei phen. Onid dyna'n rhannol pam y daethai i Gwm Tawe, i ymdrybaeddu yn sicrwydd diysgog ei mam-gu a'i thad-cu? Edrychodd hi o gwmpas yr ystafell gyfarwydd nad oedd wedi newid fawr ddim yn ystod pymtheg mlynedd o ddod yn ôl ac ymlaen i ymweld â nhw. Caffaeliad diweddar oedd y ffôn, ac roedd golwg anghydnaws o fodern arno yng nghanol y celfi trwm o wahanol gyfnodau a'r trugareddau eraill. Edrychodd ar y walydd magnolia, gwag a cheisiodd ddychmygu ei mam yn ei hoed hi'n eistedd lle'r eisteddai hithau nawr. Doedd 'na ddim byd amlwg i ysbrydoli'r darpar arlunydd ifanc, meddyliodd. Doedd dim hyd yn oed ddarlun. Gwell gan ei mam-gu sychu llwch y dwsin a mwy o luniau teuluol a lenwai'r seidbord a'r silff ben tân. Roedd y rhan fwyaf wedi bod yno ers cyn cof ond bod rhai diweddarach ohoni hi a'i chwiorydd yn eu gwisg ysgol yn meddiannu'r lle blaenaf erbyn hyn. Yr unig absenoldeb, fe sylwodd, oedd ei thad. Cawsai hwnnw ei rwygo o'r oriel deuluol, ac yn ei le daethai Michael.

Cododd Manon a chrwydro draw at y seidbord. Cydiodd yn y fframyn arian a syllu ar y llun o'i mam a'i gŵr newydd ar ddiwrnod eu priodas. Roedd golwg hapus arnyn nhw eu dau. Oedd, meddyliodd, roedd hi'n saff gyda Michael.

∾

'Ble yffarn mae hi?' gofynnodd Ifor a thapio'i fysedd yn ddiamynedd ar ben to'r car.

Pwysai ei benelin arall ar ymyl y drws agored a gwibiai ei lygaid i bob cyfeiriad ar iard yr ysgol a oedd yn prysur wacáu. Roedd e'n dechrau danto ar hyn, meddyliodd. Roedd yn digwydd yn rhy aml. Yn sydyn, saethodd ei gorff yn ôl i mewn i'r car a thynnodd y drws ynghau.

'Bydd raid i un ohonoch chi fynd i whilo amdani. Mae lle y diawl yn mynd i fod 'ma yn y funud achos sa i'n ca'l parco fan hyn. Wy ar linelle melyn.'

'Cer hebddi, Dad. Ti'n gwbod fel mae hi,' atebodd Gwenno a eisteddai wrth ochr ei thad yn y rhes flaen.

'Ti'n gwbod cystal â fi 'mod i'n ffilu mynd a'i gadel hi, ond wy'n dechre ca'l llond bola ar y nonsens 'ma. Mae hi wastod yr ola i ddod mas. Yr un peth bob wthnos,' atebodd Ifor gan edrych yn ddisgwylgar heibio i'w ferch ifancaf ac allan trwy'r ffenest ar yr iard fel cynt.

'Bob *pythewnos*, ti'n feddwl,' cywirodd Gwenno.

'Paid â hollti blew,' atebodd e'n ddiserch.

Ar hynny, torrwyd ar y bigitan gan sŵn corn yn canu'n uchel ac yn ddi-ildio. Gwibiodd llygaid Ifor o'r iard i'r drych bach wrth ei ben a gwelodd fod goleuadau a blaen rhyw fws yn llenwi ffenest gefn y car. Agorodd ffenest y gyrrwr a gwthio'i ben allan.

'Orrigh, keep your bloody hair on. I'm goin', mate, I'm goin', OK,' gwaeddodd Ifor ar y gyrrwr pen moel a oedd yn gwneud mosiwns trwy ffenest lydan y bws.

Taniodd Ifor yr injan a symudodd y car i ffwrdd.

'O wel, 'na ddysgu gwers iddi. Alla i ddim help bod hi ddim 'ma,' meddai'n amddiffynol.

Edrych trwy'r ffenest a wnâi Gwenno heb ymateb i berorasiwn ei thad. Eisteddai Alys yn y cefn yn gwrando ar ei Walkman. Oedd, roedd e'n dechrau danto. Roedd e wedi symud tir a môr er mwyn bod yno, wrth glwydi'r ysgol, mewn pryd, a dyma'r diolch. Byddai'n rhaid iddo drafod hyn â Mari. I ba dda gorfodi merch bymtheg oed i fynd i aros at ei thad yn erbyn ei hewyllys? Os nad oedd hi eisiau gwneud – dyna fe. Hawdd. Syml. Roedd e'n eu caru â'i holl galon, y tair ohonyn nhw, ond doedd dim diben gwthio neb i wneud dim byd yn groes i'r graen. Roedd ganddo'i urddas o hyd er iddo dalu pris mawr amdano.

'Sori am y ffrwydrad,' meddai gan droi at Gwenno wrth yrru heibio tafarn y Pineapple yn Ystum Taf.

'Iawn,' meddai honno.

'Odw i'n ca'l maddeuant?'

'Wyt sbo, ond withe, Dad, ti'n gallu bod yn *real prat*.'

'Gwenno! Smo ti fod i weud pethe fel 'na. Fi yw dy dad, a dim ond un ar ddeg wyt ti!'

Edrychodd yn ffug-gyhuddgar ar ei ferch ifancaf ond ni allai beidio â chwerthin, er ei waethaf. Chwarddodd Gwenno hithau.

'Beth sy mor ddoniol?' holodd Alys o grombil ei Walkman.

'Dim byd o bwys,' atebodd Ifor a dal ei llygaid yn y drych bach. 'Ble awn ni – Pizzaland neu TGIF?'

∾

'Michael? Shwd 'yt ti? Fi, Ifor, sy 'ma. O's modd ca'l gair bach sydyn 'da Mari?'

'Mari! Ffôn!'

Clywodd Ifor y ffôn yn bwrw'n erbyn pren y bwrdd bach yn y pen arall, ac arhosodd i'w gyn-wraig ddod i'w godi. Llawn cystal nad oedd Michael wedi agor sesiwn o fân siarad lletchwith, meddyliodd. Yr eiliad honno, doedd malu awyr ddim yn uchel ar ei restr o flaenoriaethau.

'Helô, Mari Benjamin yn siarad.'

'Haia, fi sy 'ma.'

'O, hai, Ifor. Ody popeth yn iawn? Sdim byd yn bod, o's e?' gofynnodd gan synhwyro gofid.

Gwyddai nad ar chwarae bach y byddai ei chyn-ŵr wedi codi'r ffôn petai 'na'r posibilrwydd lleiaf y gallai'r gŵr newydd fod gartref i'w ateb.

'Wel, gwêd di, Mari. Beth 'yt *ti'n* feddwl?'

'Beth ddiawl sy'n dy gnoi *di* heno?'

'Cnoi, wedest ti? Go dda. Newydd fod yn cnoi y'n ni – fi ac Alys a Gwenno. Cnoi cil i ddechre . . . ac yna aethon ni i gnoi pizzas. Blasus iawn o'n nhw hefyd. Trueni nad o'dd eu chwaer yn gallu bod gyda ni. Grinda, Mari, sdim pwynt esgus rhagor. Cer i' hôl hi, wnei di. Licswn i glywed ei hesgusodion o lygad y ffynn . . .

'Dyw hi ddim 'ma! Mae gyda ti, nag yw hi?'

'Nag yw, Mari, dyw hi ddim.'

111

'Wnest ti ddim cwrdd â hi o'r ysgol?'

'Naddo achos, yn wahanol i'w chwiorydd, o'dd hi ddim 'na!'

'Be ti'n feddwl *o'dd hi ddim 'na*? Wnest ti ddim aros amdani?'

'Arhoses i am bron i gwarter awr ac o'dd dim golwg ohoni, so aethon ni.'

'Iesu mawr, Ifor, o'dd bown' o fod rheswm gyda hi.'

'Siŵr o fod . . . yr un rheswm ag arfer, ife? Ddim moyn dod i aros gyda Dadi drwg.'

'Gad hi, wnei di. Crist o'r nef, ble mae? Mae'n hanner awr wedi saith. Pam fod ti 'di gadel hi mor hwyr cyn ffono?'

'Mae'n bymtheg o'd. Mae'n ddigon cyfrifol.'

''Na un da yw hwnna'n dod wrtho Mr Cyfrifol ei hun!'

'Smo ti'n colli cyfle, nag 'yt ti? Bai Ifor unwaith eto. Ifor anghyfrifol. 'Co ni off.'

Ar hynny, clywodd Ifor y ffôn yn cael ei roi i lawr â chlec, a throdd i fynd yn ôl at ei ddwy ferch arall oedd yn gwylio'r teledu yn y lolfa fach ond, cyn iddo gyrraedd, canodd o'r newydd.

'Grinda, wy'n mynd i ffono mam Lowri Wilkinson, ei ffrind gore, i ofyn ody hi gyda nhw. Ac os nag yw, well inni ddechre meddwl beth y'n ni'n mynd i' neud. Wy'n cynnig bod ni'n gyrru rownd yn y car rhag ofan bod hi'n cerdded sha thre. Ffona i di'n ôl nawr.'

Rhoddodd Ifor y ffôn yn ôl yn ei grud ac aeth drwodd at Alys a Gwenno. Eisteddodd wrth y ford fach y tu ôl i'r soffa lle'r eisteddai'r ddwy ferch a phwyso'i benelinoedd ar y pren golau cyn magu ei ben yn ei ddwylo. Gallai deimlo cylch yn tynhau o dan ei wallt gan wasgu ei arleisiau. Roedd ymweliad arall wedi troi'n ffradach eto fyth. Methiant newydd. Ac ar ei ddiwedd, fe âi â nhw'n ôl at eu mam i gyfeiliant mudandod hormonol, llethol ac fe gâi ei groesawu â gwg diamynedd, beirniadol. Gallai ysgrifennu'r sgript. Pam roedd gan Mari'r fath ddawn i wneud iddo deimlo'n annigonol? Roedd hi newydd gymryd drosodd o fewn eiliad i godi'r ffôn. Fel pob tro arall, gwyddai hi beth i'w wneud. Dylai fe fod wedi symud i ffwrdd yn syth, meddyliodd, yn lle esgus fel hyn.

Canodd y ffôn drachefn a brasgamodd Ifor ar hyd y cyntedd byr i'w ateb.

'Haia, unrhyw newyddion?'

'Dyw hi ddim gyda nhw. Wedodd Lowri bod hi heb weld Manon drw'r dydd. O'dd hi'n tybio bod hi'n dost achos bod hi ddim yn yr ysgol. Ond Ifor, a'th hi o fan hyn ar y bws bore 'ma – gyda Alys a Gwenno.'

'*Shit.*'

'Ie, *shit.*'

Nid yn aml y byddai Mari'n torri. Trwy beidio â disgwyl gormod, roedd hi wedi hen ddysgu sut i leihau'r ergydion, a heb y rheini roedd hunanbarhad yn haws. Ond roedd hyn yn gwbl wahanol.

'Dwa i draw nawr. Rho gwarter awr i fi a bydda i gyda ti,' meddai Ifor gan ddarllen y panig yn ei lais.

'Ti'n meddwl dylen ni ffono'r polis?'

'Gad inni fynd i whilo'n gynta. Mae hi siŵr o fod ar ei ffordd adre.'

'Ar ei ffordd adre o ble? A'th hi ddim i'r ysgol. Pam nag yw hi wedi ffono?'

'Gad inni drio'n gynta. Caiff y merched ddod 'da fi yn y car.'

'Sdim pwynt tynnu nhw miwn i hyn. Aros di fan 'na a galla i a Michael fynd mas i yrru rownd.'

'Fi yw ei thad hi a fi sy'n mynd i whilo amdani,' cyhoeddodd Ifor yn bendant. 'Cei di ddod gyda ni neu fynd ar wahân . . . lan i ti.'

Clywodd Ifor law Mari'n cwpanu'r ffôn y pen arall ac arhosodd am ei phenderfyniad.

'Wel?' gofynnodd e.

'O'r gore, fe ddwa i gyda chi 'te.'

'Iawn, fe alwa i hibo'r tŷ mewn cwarter awr.'

Eiliadau'n ddiweddarach, roedd Ifor yn gwibio trwy'r fflat yn diffodd y teledu, yn cau'r ffenestri ac yn chwilio am allweddi'r car.

'Dewch mla'n, chi'ch dwy, ni'n mynd i whilo am Manon.'

∾

Darllenodd Ifor y gair 'Pontardawe' ar yr arwydd anferth, glas a llamodd ei galon. Waeth pa mor aml y byddai'n ei weld wrth yrru'n ôl ac ymlaen ar hyd yr M4 ar ôl bod yn ffilmio ymhellach i'r gorllewin, yr un fyddai'r ymateb bob tro. Arhosai gyda fe tan y bedd, wedi'i serio ar ei feddwl a'i gydwybod, gan ei atgoffa o'r hyn a allai fod wedi bod. Cynrychiolai holl rychwant ei emosiynau. Heno, fodd bynnag, roedd y rheini'n fwy cignoeth nag arfer, ac yn fwy bregus. Arwyddodd i ymadael â'r draffordd ac arafodd y car wrth i'w galon gyflymu.

'Ti'n iawn?' gofynnodd Mari a rhoi ei llaw'n ysgafn ar ei ysgwydd.

Nodiodd ei ben i gadarnhau.

'Sdim eisie iti ddod miwn, cofia,' ychwanegodd hi.

'Sa i'n bwriadu dod miwn, paid â becso. Sa i'n moyn halogi'r aelwyd barchus. Mae pwffs yn gwbod yn well na neb shwt i ymddwyn mewn sefyllfaoedd fel hyn.'

Gwenodd Mari'n wan.

'Wnest ti weud wrth dy fam 'mod i'n dod hefyd?' gofynnodd e ymhen ychydig.

'Naddo.'

'Llawn cystal falle. Bydde fe wedi tynnu oddi ar y wir ddrama.'

'Pan ffonodd hi i weud bod Manon gyda nhw, o'n i bron â llewygu, Ifor. Wir iti, o'n i jest â cwmpo yn y fan a'r lle. Sa i'n gwbod yn iawn beth wedes i wrthi. O'n i fel rhwbeth dienaid. Lwc bur o'dd hi bod ni heb golli'n gilydd, ti'n gwbod. Deg eiliad arall a byddwn i wedi bod yn gyrru rownd strydoedd Caerdydd gyda ti. Ond canodd y ffôn wrth bo fi'n mynd trw'r drws.'

'*God*, dychmyga 'sen ni wedi gorfod ffono'r heddlu.'

'Paid.'

'Ac mae Manon yn ocê, ody hi?'

'Fel wedes i wrthot ti'n ôl yng Nghaerdydd, wnes i ddim siarad â hi, ond wedodd Mam bod hi'n iawn. Mae'n debyg bod hi wedi arllwys ei chalon wrth y ddou ohonyn nhw a'i bod hi ddim moyn dod at y ffôn. Ond o'dd hi'n iawn . . . wel, ti'n gwbod.'

'Mae hi siŵr o fod yn 'y nghasáu i, Mari.'

'Beth sy'n neud i ti fod mor arbennig? Pam dyle hi dy gasáu di'n fwy na finne?'

'Wel, os nag 'yt ti'n gwbod yr ateb i hynna erbyn hyn . . .'

'Yr unig beth wy'n wbod yr eiliad 'ma yw bod gyda ni

broblem, ac mae'n rhaid inni styried shwt y'n ni'n mynd i' datrys hi.'

'Mae'n hollol amlwg bod hi ddim eisie dod i aros ata i bob pythewnos fel hyn. Pam dyle hi? Mae hi'n bymtheg o'd. Meddylia. Beth o't ti'n arfer neud pan o't ti'n bymtheg o'd?'

'O'n i'n aros i ryw dywysog ddod i'n achub i o gartre'n rhieni.'

'Ac fe gest ti dy ddymuniad. Ond wedyn, fe dynnodd e'r cwbwl i lawr ar dy ben di a chwalu'r chwedl.'

'Ond fe symudes i mla'n.'

'Do fe?'

'Do. Ac mae'n rhaid i *ti* neud yr un peth. Mae'n rhaid iti fadde i ti dy hunan, Ifor. Rhaid inni neud y gore ohoni.'

Tynhaodd Ifor ei afael yn y llyw a rhythu ar y ffordd o'i flaen. Trodd Mari ei phen ychydig tua'r ochr ac edrych drwy'r ffenest ar y tai llwyd yn gwibio heibio fel bwganod yn y nos. Ond cafodd y naill a'r llall drafferth gweld ymhellach na'r chwedl.

'Dyw symud mla'n ddim yn meddwl 'mod i'n dy adel di ar ôl, yn enwedig os 'yt ti'n symud mla'n hefyd. Bydd wastod lle o ryw fath 'da fi i Ifor Llwyd yn 'y mywyd. Y gwir amdani yw 'mod i wedi buddsoddi gormod ynot ti, y basdad. Ti o'dd fy ffrind gore a sa i'n credu bod ffrindie gore go iawn byth yn colli'r statws 'na.'

'Beth am Michael?'

'Michael yw *'ngŵr* gore ac wy'n ei garu fe.'

'Whare teg iddo fe am warchod y ddwy arall heno. Wy'n ymwybodol iawn bod hi ddim yn hawdd arno fe . . . yr holl ffugio 'ma, yr holl nôl a mla'n.'

'Mae Michael yn ddyn da.'

Arwyddodd Ifor ei fwriad i droi'r car i'r dde oddi ar y ffordd fawr ac i mewn i Gower Street. Roedden nhw wedi cyrraedd, a nawr roedden nhw'n mynd ar eu pennau ar hyd y stryd gul, gyfarwydd gyda'i gilydd ond hefyd ar wahân. Doedd Ifor ddim wedi bod yn ôl ers y gwahanu, ers iddo chwalu byd unig ferch Morlais a Glenys Griffiths a dod â thrybini i'w trefn. Nawr roedd e yno i gasglu eu hwyres ac i geisio'i darbwyllo nad arni hi roedd y bai. Roedd ei gysgod yn dal i syrthio dros eu sicrwydd, meddyliodd. Pa ryfedd na fu erioed groeso llawn i'r llanc penfelyn o Gaerdydd a chanddo syniadau diarth, di-ddal? Efallai eu bod nhw'n iawn i'w amau. Efallai eu bod nhw wedi gweld yr hyn na welodd e ei hun nes ei bod yn rhy hwyr. Daeth e â'r car i stop o flaen y tŷ teras di-nod a diffodd yr injan.

'Fydda i ddim yn hir,' meddai Mari a thynnu'r bwlyn i agor y drws.

'Paid â phoeni am hynny. Sdim eisie rhuthro. Gwêd wrth Manon am bido poeni chwaith. Fe ddown ni drwy hyn a dysgu shwt i neud y gore o bethe.'

Caeodd Mari ddrws y car a mynd i sefyll wrth ddrws ffrynt cartref ei rhieni. Canodd hi'r gloch ac, eiliadau'n ddiweddarach, fe ddiflannodd i grombil y tŷ y gwnaethai gymaint o ymdrech i ddianc ohono.

2012

Cynllunio

Dihunwyd Mari o'i synfyfyrio canol bore pan glywodd hi'r sypyn o bost yn cael ei stwffio trwy'r drws a chlatsio llawr pren y cyntedd.

Swniodd yn addawol, meddyliodd. Gwthiodd hi'r ddysglaid o goffi llugoer oddi wrthi cyn rhoi ei llaw gryfaf i bwyso ar gornel y ford er mwyn helpu ei hunan i godi ar ei thraed. Cofiodd aros yn ei hunfan am eiliad er mwyn ei sadio'i hun, fel roedd Dr Jones wedi'i awgrymu. Yna anelodd am y cyntedd i weld a oedd yr hyn roedd hi wedi bod yn disgwyl amdano ers pythefnos wedi cyrraedd o'r diwedd. Suddodd ei chalon pan welodd y pentwr arferol o daflenni amryliw'n gorwedd blith draphlith ar y blociau *parquet*. Doedd arni ddim gronyn o angen prynu ffenestri dwbl tsiêp nac yswiriant bywyd am gynlleied â phumpunt y mis er mwyn gweld ei buddsoddiad yn tyfu'n swm bach teidi wrth gefn a lleddfu'r glec i'r teulu ar ôl iddi fynd. Lledwenodd am ben eirioni'r fath gynnig sinigaidd. 'Tasen nhw ond yn gwybod! Plygodd i godi'r sothach yn ei llaw, yn barod i'w daflu'n syth i'r sach ailgylchu, ac yna fe'i teimlodd, yn galed ac yn bendant. Cawsai ei gladdu dan yr holl daflenni diangen, ond dyna

118

bywyd bob dydd dorri ar ei draws. Buon nhw'n ffrindiau ers dyddiau ysgol. Gyda Jeff roedd e nawr, yn chwarae snwcer ar fore Sadwrn mewn neuadd dywyll, ddiffenest lle roedd modd cau allan bwysau'r byd a chanolbwyntio ar y pethau bachgennaidd. Oedd, roedd hi'n falch iddo ailgynnau ei gyfeillgarwch â Jeff. Roedd e'n dechrau paratoi'n barod.

Aeth i eistedd wrth ford y gegin fel cynt. Agorodd ei phasbort newydd a gwenu wrth weld ei hwyneb annaturiol o lym yn edrych yn ôl arni. Doedd hi erioed wedi bod yn un am hunanfaldod, ond rhoddod ganiatâd iddi ei hun feddwl ei bod hi'n edrych yn iau na'i thrigain mlwydd oed. Byddai ei thad wedi dweud bod cas cadw da arni. Ond roedd twyll mewn lluniau. Byseddodd hi drwy'r tudalennau dilychwin a chwerthin am ben eu tocenistiaeth. Er gwaethaf ymffrost gwleidyddion Llundeinig o Gymru dro yn ôl y byddai'r Gymraeg i'w gweld yn blaen ar drwyddedau teithio yn y dyfodol, pasbort gwladwriaeth Saesneg ei hiaith oedd hwn. Ambell air Cymraeg oedd arno, mewn print llai o faint: digon i gadw cenedl rhag cwyno, digon i'w chadw'n rhan o'r clwb. Roedd hi wedi breuddwydio lawer tro am lenwi'r tudalennau â stampiau gwledydd egsotig ar ôl iddi hi a Michael ymddeol. Gwyddai y byddai yntau wedi cwyno i ddechrau a chodi pob math o rwystrau cyn ildio i'w 'gormes'. Yn sydyn, caeodd y pasbort yn glep a'i adael ar y ford. Aeth drwodd i'r lolfa i orwedd am sbel, i gadw ei nerth at weddill y dydd.

Prin bod ei phen wedi cyffwrdd â'r glustog pan ganodd y ffôn. Penderfynodd ei anwybyddu, gan dybio mai un arall o'r galwadau anhysbys, diddiwedd fyddai hi. Roedden nhw wedi mynd yn bla'n ddiweddar. Gadawodd i'w chorff suddo'n ddyfnach i feddalwch y soffa, ond yna clywodd lais Ifor yn siarad â'r peiriant ateb â'i huotledd arferol. Cododd a mynd gan bwyll bach at y ffôn ar bwys drws y ffrynt, ond daeth y neges i ben cyn iddi gyrraedd. Roedd e wedi dechrau ffonio'n fwy rheolaidd ers clywed ei newyddion, a galw i'w gweld yn ystod y dydd, ac yntau'n gweithio'n rhan amser bellach. Pan soniodd hi wrtho am ei salwch, ei bod hi'n gondemniedig, doedd hi ddim wedi disgwyl ymateb mor ddigyffro, mor ddifraw. Ond bu'n rhyddhad yn fwy na dim. Efallai ei fod e eisoes yn gwybod pa mor ddifrifol oedd pethau a bod y sgwrs anfarwol honno gawsan nhw yn yr ardd ar ddiwrnod ei phen-blwydd, fisoedd yn ôl, cyn i bryder droi'n ddedfryd, wedi'i baratoi'n ddiarwybod. Efallai fod y blynyddoedd o fod ar wahân wedi'i galedu a'i ddieithrio. Go brin. Adwaenai Ifor Llwyd yn rhy dda. Roedd yntau, fel y merched, yn methu cadw draw y dyddiau hyn. Byddai'n rhaid iddo fe a Michael gydweithio'n nes ar ôl iddi fynd, er lles y merched a'r wyrion, er lles undod y teulu. Ambell ddiwrnod, byddai ystyried hyn yn drech na hi; roedd y cyfrifoldeb yn ormod i'w ysgwyddo. Hi oedd y glud a gadwai bawb ynghyd.

Heddiw, fodd bynnag, roedd ganddi bethau eraill i fynd â'i sylw. Roedd ganddi gynlluniau. Cododd y ffôn a dechrau deialu rhif Ifor er mwyn clywed o lygad y ffynnon beth oedd ganddo i'w ddweud, fel y gallai ei groesi oddi ar ei rhestr a bwrw iddi, ond stopiodd ar ei hanner a rhoi'r derbynnydd yn ôl yn ei grud. Fe'i ffoniai rywbryd eto. Dileodd y neges a adawsai ar y peiriant ateb ac aeth drwodd i'r cwtsh a deffro'r cyfrifiadur. Teimlodd yr adrenalin yn ffrydio trwyddi wrth iddi aros i'r peiriant fynd trwy ei bethau. Ai fel hyn roedd syrffwyr gwefannau pornograffig yn teimlo tra'n disgwyl eu cyffur? Crychodd ei thalcen yn feirniadol am adael i'r fath gynnig diog ar ffraethineb fynd trwy ei meddwl. Cliciodd ar y logo yn llinell uchaf y sgrîn a llywiodd y llygoden i lawr y rhestr o safleoedd a nodwyd yn ffefrynnau ganddi nes cyrraedd MND. Roedd hi'n ymwelydd cyson bellach. Roedd hi'n dechrau mynd yn gaeth. Efallai nad oedd cymaint o wahaniaeth rhyngddi hi a syrffwyr pornograffiaeth wedi'r cyfan.

Doedd Mari erioed wedi teimlo'r angen i berthyn i glwb. Nid ei bod hi'n gwarafun hynny i neb, ond doedd hi erioed wedi bod yn un am wisgo bathodynnau. Y peth tebycaf i fathodyn oedd ganddi oedd y CYM ar gefn y car, ac roedd hi wastad wedi'i thwyllo'i hun mai rhesymau ymarferol oedd y tu ôl i hynny. Rhesymau ymarferol oedd wrth wraidd ei hymweliadau beunyddiol â gwefan MND hefyd. Ar y dechrau, roedd fel petai hi'n dilyn opera sebon. Roedd darllen am fywydau pobl eraill yn gymorth i osgoi gorfod edrych ar ei bywyd ei hun. Onid dyna bwrpas operâu sebon? Ond wrth iddi balu'n ddyfnach i'w storïau, daeth i rannu eu cyfyngder, eu gonestrwydd yn wyneb dyfodol oedd yn amddifad o obaith. Doedd dim gwellhad. Doedd hi ddim gwahanol iddyn nhwythau. Roedd gwybod hynny wedi codi braw arni i ddechrau ac, am ddyddiau, gwrthododd fynd yn ôl at yr arllwysiad emosiynol. Eto, yn ôl yr aeth hi. Tebyg at eu tebyg. Ac erbyn hyn roedd hi'n aelod o glwb.

Darllenodd drwy'r tystiolaethau fel y gwnaethai sawl tro o'r blaen. Roedd hanes Gerald yn wahanol i hanes Don. Roedd Ramesh yn wahanol i Anita. Unigolion pob un, ac un peth yn eu clymu. Edrychodd ar enw Gwenllian, gan dybio y byddai honno'n debycach iddi hi. Rhaid taw Cymraes Gymraeg oedd hi. Roedd ganddyn nhw fwy na chlefyd yn gyffredin, felly. Iaith fyw: iaith byw. Cawsai Mari ei themtio fwy nag unwaith i gysylltu â hi trwy'r fforwm, cyn erthylu'r syniad yn ddigydwybod. Am beth y bydden nhw'n sôn? Yn wahanol i nifer gynyddol o'i chyfoedion, a oedd wedi dechrau ffafrio cymdeithas ar-lein yn hytrach nag un ar-ddaear, doedd ganddi ddim profiad o arllwys ei chalon yn null aelodau Facebook. Petaen nhw'n cwrdd byddai Gwenllian druan yn marw o ddiflastod tra'n disgwyl i'w chyd-ddioddefwraig agor ei cheg, ond o leiaf byddai hynny'n maeddu'r clefyd! Roedd ganddi fwy i'w ddweud wrth Don am fod Don yn taro'n ôl. Roedd e'n cynllunio pethau ac yn eu gwireddu. Roedd e'n gwrthod ildio i'r salwch nes bod rhaid.

Cliciodd Mari'n ddyfnach i grombil y wefan. Roedd yno gynghorion o bob math dan haul, ond gwyddai hynny'n barod, wrth gwrs; roedd hi wedi mynd y ffordd honno o'r blaen. Ei hoff ran o ddigon oedd yr un am adnewyddu cynlluniau. Roedd yn wir y gallai diagnosis o glefyd niwronau motor olygu gorfod ailystyried cynlluniau i'r dyfodol o bosib, meddai'r rhyddiaith foel, ond ni olygai y dylid rhoi'r gorau i wneud rhai newydd. Nawrte, dyna ddweud! Dyna'i harf i gau pennau Tomosiaid y teulu. Roedd y niwrolegydd dihiwmor yn llygad ei le pan ddywedodd fod y gymdeithas hon yn gwneud gwaith ffantastig. Sgroliodd hi drwy'r cynghorion ar fwyta ac yfed, ar berthynas a rhyw, nes cyrraedd Teithio a Gwyliau. Dechreuodd ddarllen.

Ar ôl rhyw chwarter awr, roedd ei phen yn troi a'i dicter yn bygwth sarnu ei sicrwydd. Blydi cwmnïau yswiriant! Busnes fel arfer â gwên deg oedd hi gyda'r rheiny tra bo modd gwynto elw, ond petai 'na ronyn o amheuaeth y gallai'r cytundeb fod yn llai na chwbl saff iddyn nhw, fyddai dim gobaith caneri gan y sawl a'i ceisiai. I'r diawl â nhw! Pe bai'n anodd cael yswiriant neu pe bai'n costio crocbris, âi hebddo. Nid dyma fyddai'r tro cyntaf. Pwysodd Mari ymlaen yn ei chadair a gorffwys ei phenelinoedd ar y ddesg. Syllodd yn ddi-weld ar y sgrîn o'i blaen, ei meddwl yn fwrlwm. Yn sydyn, cododd ar ei thraed a mynd i chwilio am ei ffôn symudol, gan ddiystyru cyngor Dr Jones i bwyllo cyn rhoi un droed o flaen y llall. Peredur! Peredur o Borthmadog. Roedd yn hen bryd iddo ddod i'r tŷ. Gwasgodd y botymau bach ar y ffôn nes i enw Alys ymddangos yn y sgrîn fach.

'Bore da, cariad,' meddai'n hynod siriol.

'Haia Mam, ti'n iawn? Sdim byd yn bod, o's e?'

Roedd Mari'n gyfarwydd â'r cwestiwn hwnnw bellach. Dyna fyddai pawb yn y teulu'n ei ofyn yn ddi-feth os mai hi oedd wedi ffonio i ysgogi'r sgwrs. Roedd e'n dechrau mynd yn fwrn, ond penderfynodd frathu ei thafod ac ildio i bryder ei merch. Wedi'r cwbl, roedd pawb ar binnau bach. Roedd disgwyl y gwaethaf y gallai pob dydd ei gynnig wedi dod yn ail natur bellach.

'I'r gwrthwyneb. Gwêd wrtha i, gwitho i gwmni yswiriant mae Peredur ontefe?'

'Ie, pam?'

'Licen i ga'l gair 'da fe. Wy angen ei gyngor.'

'Ynglŷn â beth?'

'Dere weld nawr. Ac yntau'n ddyn ifanc ofnadw o fishi, wy'n siŵr fydde dim ots 'da fe 'sen i'n gofyn ei farn ynglŷn â shwt i fynd ati i ferwi'r wî perffaith. Beth sy'n gwitho ore iddo fe? Whech neu saith munud? Llai walle? Neu, well ffono Delia, rhag ofan? Pam ti'n meddwl bo fi'n moyn siarad â boi insiwrin?'

'Mae rhywun â thafod parod bore 'ma!'

'Wel, paid â gofyn shwt gwestiwn twp 'te! Meddwl o'n i ei bod hi'n hen bryd iti ddod â fe lan i'r tŷ. A ta beth, mae ishe i fi weld ody'r Gog 'ma'n ddigon da i ti.'

Gwenodd Mari wrth synhwyro ymdrechion Alys i ddod o hyd i esgus priodol, ond bwriadol annelwig, er mwyn hwylio'r gwahoddiad i ffwrdd o ddrws ffrynt ei mam ac i ddyfroedd mwy penagored heb ymddangos yn rhy awyddus i'w wrthod yn lân.

''Na fe, weda i wrtho fe,' oedd dewis niwlog Alys yn y diwedd.

'Be ti'n feddwl "weda i wrtho fe"?'

'Wel, fe siarada i . . . Mam, beth *yw* hyn i gyd?'

'Grinda, wy'n bwriadu mynd i deithio, ond mae'n eitha posib ca i drafferth o ran ca'l insiwrin . . . achos 'y nghyflwr. A rhyw feddwl o'n i y galle Peredur 'yn rhoi i ar ben ffordd.'

'Teithio? Be ti'n feddwl? Pryd? Ody Michael yn gwbod?'

'Nag yw, ond bydd e'n gwbod erbyn heno.'

'Mam, ody hyn yn gall?'

'Ody, mae'n gwbwl gall. Wel, nag yw, dyw e ddim yn gall o gwbwl, ond sda fi ddim dewis. Os na af i nawr, af i byth.'

O blith ei thair merch, gwyddai Mari'n iawn mai Alys oedd y lleiaf tebygol o leisio barn o blaid neu'n erbyn cyhoeddiad o'r fath. A hithau'n blentyn canol, roedd hi wedi hen ddysgu sut i lywio'i ffordd trwy'r mwstwr a achoswyd gan y ddwy chwaer y naill ochr iddi. Gwyddai sut i gau ei phen. Tipyn o syndod felly oedd ei chlywed nawr yn cwestiynu callineb ei Chynllun Mawr. Gwyddai fod gwaeth i ddod gyda'r lleill.

'Ble ti'n meddwl mynd . . . i deithio?' gofynnodd Alys gan geisio celu ei chonsýrn.

'Sa i'n gwbod 'to. Sbaen efalle. Nage'r *costas* ond y Sbaen go iawn . . . Toledo, Salamanca, Teruel . . . llefydd fel 'na. Wy heb witho fe mas eto, ond nawr yw'r amser i fynd tra bo'r haul yn fwy dof a chyn i'r gaea ddod.'

'Reit,' oedd unig sylw Alys.

'Ti'n meddwl bydde Peredur yn folon rhoi ei gyngor i gripl fel fi?'

'Mam, paid â siarad fel 'na!'

'Wel?'

'Gofynna' i iddo fe.'

'Paid â gadel hi'n rhy hir. Beth y'ch chi'n neud fory? Dewch i ga'l cino dydd Sul gyda ni.'

'Bydd raid i fi drafod e'n gynta 'da Peredur.'

''Na fe 'te, ffona fi'n ôl. Bore da, cariad.'

༄

Bob tro y clywai Michael sŵn ei esgidiau'n crensian dros y graean lliw mêl o flaen ei gartref, câi ei atgoffa mai mynd i dŷ dyn arall roedd e. Doedd heddiw'n ddim gwahanol, ond bod llai o ots ganddo erbyn hyn; roedd y blynyddoedd wedi gwneud eu gwaith. Ond hawdd tynnu gwaed o ben crach, a weithiau byddai'n ei bigo'n fwy nag arfer. Byddai'n pigo'i gydwybod os nad ei falchder. Ychydig wedi iddyn nhw briodi, roedd e wedi awgrymu i Mari y dylen nhw godi'r cyfan a gosod glaswellt yn ei le, ond dadl ei wraig newydd oedd bod y graean yn gweddu i olwg a chyfnod y tŷ. Byddai glaswellt yn ei ddirmygu. Ildiodd Michael yn gymharol hawdd, gan iddo farnu bod chwaeth athrawes gelf ar y mater yn fwy dilys na safbwynt lleygwr fel yntau. Ond gydag amser, daethai i weld bod chwaeth y ddau ohonyn nhw yr un mor ddilys yn eu ffyrdd eu hun a dim ond eu gallu i ddal pen rheswm ar sail esthetig oedd yn wahanol.

Daethai i weld hefyd fod mwy na chwaeth yn unig ynghlwm wrth y ddadl, boed o blaid neu'n erbyn. Er iddo ddechrau talu ei siâr o'r morgais ar ôl symud i mewn, roedd Ifor Llwyd eisoes wedi talu mwy. Roedd gan hwnnw hawl i'w gyfran ryw ddydd; onid oedd e wedi talu'n ddrud yn barod? A beth nesaf? A fyddai e, Michael, yn dewis aros yn y tŷ hwn, arena ei achubiaeth, ar ei ben ei hun? A fyddai'n gallu goddef yr atgofion? Cwestiynau felly, a mwy, a lenwai ei ben bob awr o bob dydd bellach, a phob un yn deillio o'r un senario nad oedd modd ei newid: bywyd heb Mari. Gwthiodd yr allwedd i dwll y clo a'i throi. Camodd dros y trothwy ac aeth i chwilio am ei wraig.

Roedd Michael yn gyfarwydd â dod adref i dŷ tawel. Nid felly yr arferai pethau fod, ond pan adawodd Gwenno, fel ei dwy chwaer, er mwyn gwireddu ei hawydd am annibyniaeth, buan yr ymgynefinodd e a Mari â'u hannibyniaeth eu hun. Bu'n rhyfedd ar y dechrau, fe gofiodd, am nad oedden nhw erioed wedi rhannu aelwyd heb fod o leiaf un o'r merched yno hefyd. Yna, un prynhawn Sadwrn, yn union fel nawr, aethon nhw'n ôl i'r gwely am eu bod nhw'n cael, a bu eu caru'n fwy tyner a mwy diymatal nag ers dyddiau eu mis mêl.

Tynnodd ei siaced a'i hongian yn y cwtsh dan stâr cyn mynd drwodd i'r lolfa. Cododd gopi o *Golwg* o'r silff wydr dan y bwrdd coffi ond gwelodd taw hen rifyn oedd e, felly dododd e'n ôl yn y man lle y bu. Sylwodd ar ffôn Mari'n cwato ymhlith y teclynnau llaw o bob lliw a llun ar ben y teledu, a gwenodd wrth ei dychmygu'n mynd i banig tra'n chwilio amdano'n nes ymlaen. Byddai pob helfa o'r fath yn gorffen gydag yntau'n gorfod ffonio'i rhif er mwyn clywed ei ffôn yn canu lle roedd hi wedi'i adael. Fel arfer, byddai yng nghrombil ei bag gorlawn neu wedi cwympo i lawr rhwng y gwely a'r cwpwrdd bach wrth ei ochr. Un tro, daeth o hyd iddo mewn pot blodau gwag lle y'i gadawsai ar hap er mwyn mynd i ateb y drws ar hast.

Aeth drwodd i'r gegin i wneud dysglaid o de. O leiaf roedd hi gartref, sylweddolodd, os oedd ei ffôn yno. Fyddai hi byth yn mynd yn bell o olwg y tŷ heb ei ffôn y dyddiau hyn. Rhaid taw wedi mynd i orwedd ar y gwely roedd hi. Byddai'n gwneud hynny'n amlach yn ddiweddar. Trodd y tecell ymlaen ac aeth ati'n sydyn i dorri tafell o fara menyn iddo'i hun. Agorodd yr oergell a chwilio am y caws. Roedd e ar lwgu. Ofnai ei fod e'n dechrau cadw sŵn, felly croesodd lawr y gegin er mwyn cau'r drws rhag ei dihuno. Roedd e wedi hanner ystyried y gallen nhw fynd allan am swper heno, i'r bwyty Indiaidd newydd oedd wedi agor yn Llandaf. Pan fu'n trafod y lle gyda Jeff gynnau, bu hwnnw'n hael ei ganmoliaeth, cymaint felly fel y synhwyrodd Michael fod ei gyfaill yn lledawgrymu y gallen nhw fynd yno'n ddau gwpwl: fe a Mari a Jeff a Non. Roedd ganddyn nhw'r modd bellach, reit ei wala. Fel yn achos y merched, roedd eu plant hwythau wedi gadael y nyth hefyd ac roedd hi'n haws gwneud cynlluniau byrfyfyr nawr. Dechrau byw eto. Cydiodd Michael yn y mŵg o de poeth a'i sipian yn ofalus. Cerddodd draw at y ffenest ac edrych allan ar yr ardd, a honno'n wlyb stecs. Roedd hynny o sioe fu yn y gwelyau blodau wedi hen ildio i'r wythnosau o law di-baid ac, erbyn hyn, golwg ddiraen oedd ar bopeth. Golwg orchfygedig. Roedd y gorau wedi bod. Trodd a mynd i eistedd wrth ford y gegin, ei ben yn ceisio amgyffred yr hyn a ddywedai ei galon. Roedd Mari wedi rhoi'r gorau i alaru: newydd ddechrau roedd yntau.

Glaniodd ei lygaid ar y pasbort newydd sbon danlli fodfeddi o'i benelin. Wnaeth e ddim ymateb i ddechrau, dim ond edrych arno'n ddidaro heb ddeall ei arwyddocâd. Yna, fe'i cododd yn ei law a dala'r llyfryn at ei ffroenau er mwyn gwynto'r newydd-deb. Roedd y clawr yn galed ac yn anhyblyg heb fod arno draul galifanto eto. Roedd yn wyryfol, yn aros i wireddu ei briod dasg. Crychodd Michael ei dalcen wrth i'r sylweddoliad wawrio arno. Roedd Mari heb sôn dim fod arni angen un newydd. Teimlai wedi digio braidd. Nid yn gymaint achos bod ganddi gynlluniau cudd yn eu rhinwedd eu hun, ond am ei bod hi wedi dewis eu cadw rhagddo am na allai fod yn siŵr y byddai yntau'n cydsynio. Wfftiodd at y fath feddyliau hunandosturiol, eto ni allai lai na theimlo'r loes. Eisteddai fel tyfiant yng ngwaelod ei fol ond, fel gyda chymaint o bethau y dyddiau hyn, yn lle ei bwrw oddi yno a'i gwyntyllu cyn iddi droi'n ddrwg, byddai'n rhaid iddo aros yn dawel a gobeithio yr âi'n llai o'i rhan ei hun. Roedd salwch Mari'n effeithio arnyn nhw mewn dirgel ffyrdd.

Yfodd ddracht arall o'i de a chymerodd hansh o'i frechdan gaws. Âi i chwilio amdani yn y funud, meddyliodd, a soniai am y lle Indiaidd, ond cyn iddo gael cyfle i roi ei gynllun ar waith, clywodd ei chamau ar y grisiau. Trodd yn ei gadair i wynebu ei wraig.

'Ti'n ôl. O'n i'n *meddwl* 'mod i wedi dy glywed ti,' meddai Mari gan blygu i'w gusanu ar ei foch.

'Sori, tries i gadw'n dawel. Wnes i ddihuno ti?'

'Naddo, o'n i ddim yn cysgu. Es i lan i orwedd lawr. Shwt a'th hi?'

'Ennill un, colli un. Mae'r hen Jeff yn gystadleuol iawn.'

'A shwt *mae* Jeff?'

'Fel y boi. Mae e'n cofio atat ti. Te? Newydd ferwi mae'r tecil.'

'Pam lai?'

'Ishta lawr,' gorchmynnodd Michael gan godi ar ei draed.

'Alla i neud e. Dere i gwpla dy fwyd,' protestiodd Mari, ond roedd Michael eisoes wedi mynd heibio iddi ac yn anelu am y tecell.

Tynnodd hi un o'r cadeiriau'n ôl a chymryd ei lle wrth y ford gyferbyn â'r man lle roedd Michael wedi bod yn eistedd.

Edrychodd ar ei phasbort yn gorwedd rhyngddyn nhw fel plentyn diniwed wedi'i ddal rhwng dau riant cwerylgar, a gwridodd. Yn reddfol, taflodd gip tuag at ei gŵr, euogrwydd yn ei rhwygo, ond safai hwnnw â'i gefn tuag ati. Yn sydyn, trodd Michael a dodi'r te ar y ford yn ymyl y pasbort. Gwyrodd Mari yn ei blaen a gafael yn y mŵg.

'Diolch, cariad,' meddai ac edrych i fyw ei lygaid yn ymchwilgar.

'Pasbort newydd?'

'Ie, da'th e bore 'ma.'

'O'n i ddim yn gwbod fod yr hen un wedi dod i ben. Ble ti'n meddwl mynd 'te?' gofynnodd Michael fel petai'n holi faint o'r gloch oedd hi.

'O wel ... ti'n gwbod,' atebodd hi gan chwythu ar ei the er mwyn torri'r naws.

Sipiodd Michael ei de yntau heb dynnu ei lygaid oddi arni.

'Wy'n gobitho dŵi di gyda fi,' ychwanegodd hi a gorfodi hanner gwên.

'Mae'n dibynnu . . . mae'n dibynnu ble ti'n bwriadu mynd . . . a phryd. Mae'n amlwg bod gyda ti gynllunie, bod gyda ti rwle mewn golwg, neu fyddet ti ddim wedi prynu pasbort newydd.'

Ni allai Mari ddadlau nad oedd ei resymeg foel yn dal dŵr. Bu tôn ei lais yn ddigerydd, ond teimlodd lid rhyw gerydd yr un fath. Roedd hi wedi'i frifo eto.

'Sori, dylwn i fod wedi gweud rhwbeth cyn nawr. Wy 'di neud cawl o bethach 'to, on'd ydw i?'

'*It's not all about you*, Mari fach. Mae'n hen bryd iti ddeall hynny.'

Plygodd Mari ei phen fymryn a syllu ar yr anwedd yn codi o'i diod. Plethodd ei bysedd am y mŵg o'i blaen gan adael i wres y porslen tenau ymdreiddio trwy ei chroen. Ni wyddai am faint y bu felly. Eiliadau? Munudau? Ond pan gododd ei llygaid drachefn ac edrych ar ei gŵr, gwelodd yr argyfwng cyntefig a lenwai ei wyneb. Gwthiodd ei chadair yn ôl ac aeth i sefyll yn ei ymyl. Gorffwysodd yntau ei ben yn erbyn ei chanol a'i thynnu hi tuag ato. Plethodd Mari ei bysedd trwy ei wallt garw, gan adael i'w ysgwyddau ddirgrynu'n ddireolaeth yn erbyn ei chorff.

2003

Diwrnod hir

'GWENNO, siapa hi, wnei di! Bydd y car 'ma unrhyw funud,' gwaeddodd Mari o waelod y grisiau.

Eiliad wedi iddi saethu ei rhybudd terfynol at ei merch ieuengaf, trodd ar ei sodlau uchel lliw arian ac anelu'n bwrpasol am y lolfa lle roedd gwahanol aelodau'r teulu estynedig wedi ymgynnull, pob un yn siarad ar draws ei gilydd fel tramiau'n dilyn eu trywydd eu hun. Roedd y menywod hŷn yn rhy brysur yn edmygu ffrog wen Manon i weld y straen ar wyneb ei mam, tra bod Michael a'i dad yn gwylio'r sioe o'r cyrion â dogn priodol o radlonrwydd, os nad difyrrwch syn. Roedd pawb yn chwarae rôl, meddyliodd Mari, gan gynnwys hithau, am eu bod nhw'n cael. Roedd ystrydebau'n anochel ar ddiwrnod priodas.

'Dim ond un sy ddim gyta ni heddi, Manon fach, ond mae e'n dishgwl lawr arnat ti,' cyhoeddodd Glenys Griffiths wrth ei hwyres ac encilio'n ddiymdrech i rôl y weddw eiddil nad oedd yn rhy eiddil i lacio'i gafael ar brotocol profedigaeth gerbron cynulleidfa barod.

''Se dy dad-cu 'ma heddi i' weld ti, 'se fe mor browd,' ychwanegodd Anti Beti, ei chwaer-yng-nghyfraith ddi-wên.

'Shgwl ar ei *veil* hi, Beti,' parhaodd Glenys gan barcio'i phrofedigaeth naill ochr am y tro er mwyn byseddu'r defnydd gwawnaidd yn ddefosiynol. 'Mae 'di mynd gam yn well na'i mam, ta beth. O'dd Mari ni'n pido gwisgo *veil*, ti'n cofio?'

Daliodd Mari sylw Michael ac amneidio arno â'i llygaid i'w dilyn allan i'r cyntedd.

'Ti'n meddwl bod dy dad yn barod i fynd â'r ddwy 'na lan i'r gwesty, mas o'r blydi ffordd, cyn i fi ladd un ohonyn nhw? Bydd Manon yn ei dagre os clywiff hi ragor o'u *crap*.'

'Af i weu'tho fe nawr,' atebodd Michael dan wenu.

'A ti'n berffaith siŵr bod digon o le yn y car i'r ddwy 'na hefyd?'

'Wrth gwrs bod digon o le. Dim ond fe a Mam sydd. Nawr cwat lawr, wnei di, cyn iti gael pwl o rwbeth cas. Mae popeth yn mynd fel watsh. Ymlacia.' Plannodd Michael gusan ar wefusau ei wraig cyn troi'n ôl am y lolfa. 'Ti'n edrych yn secsi iawn heddi, Mrs Benjamin,' ychwanegodd cyn diflannu trwy'r drws.

'Glywes i 'na!' meddai Alys o ben y grisiau.

'Ie, wel dyna beth mae priodas yn y teulu'n neud. Mae'n cymylu penne pobol ac yn hala nhw i weud pethe rhyfedd. Bydd y gwallgofrwydd drosodd erbyn fory. Ody Gwenno'n barod? Cer i roi cic iddi, wnei di,' atebodd Mari cyn mynd yn ôl i'r lolfa i gorlannu ei mam a'i modryb.

'Reit, mae rhieni Michael wedi cynnig mynd â chi ac Anti Beti lan yn eu car nhw, ond wy'n credu bod nhw'n barod i adel nawr.'

'O 'na fe. Dere Beti, mae'r bòs wedi gweud bod ni'n gorffod mynd. Cer i ercyd 'y nghot i, Mari,' meddai Glenys wrth ei merch.

'Sdim eisie cot arnoch chi, Mam. Bydd y car yn mynd â chi at y drws. Os gwisgwch chi got dros eich costiwm fe wnaiff hi strwo'ch blodyn. Chi'n dishgwl yn hyfryd fel y'ch chi.'

Rhedodd Mari ei llaw'n gyflym ar hyd llawes siaced las tywyll ei mam a gwenu'n anogol.

'Ti'n meddwl? Dewishes i nefi yn y diwedd achos bydde du wedi bod yn rhy drwm,' meddai Glenys Griffiths fel petai'n ystyried y pwnc am y tro cyntaf erioed. Y gwir amdani oedd bod Mari wedi'i glywed hyd at syrffed gan taw dyna fyddai prif thema pob sgwrs ffôn a phob trip siopa i Abertawe byth ers i'w mam dderbyn y gwahoddiad i briodas Manon toc wedi iddi ddechrau perffeithio'i rôl fel y weddw newydd. 'Sdim lle i ddillad du mewn priotas.'

'Well i fi slipo i'r tŷ bach, rhag ofan,' cyhoeddodd Anti Beti a gafael yn ei bag llaw.

'Bydd toiled lan 'na,' meddai Mari braidd yn rhy sydyn.

'*Hotel* yw e, ferch,' meddai Glenys yn fydol, gan ddilorni awgrym ei chwaer-yng-nghyfraith.

'Dewch mla'n 'te, mae Mr a Mrs Benjamin yn aros. Welwn ni chi lan 'na. Fyddwn ni ddim yn hir.'

Gwyliodd Mari ei mam a'i modryb yn cerdded fraich ym mraich at y car a barciwyd ar yr hewl gul o flaen y tŷ. Cododd ei llaw ar ei thad-yng-nghyfraith a safai'n foneddigaidd ar y pafin wrth ochr y drws agored, ei law ar y bwlyn, gan ddisgwyl i'r ddwy gyd-deithwraig ychwanegol gyrraedd. Roedd ei wraig eisoes wedi mynd i eistedd yn y ffrynt, a nawr gallai Mari weld amlinelliad ei het ddirodres yn symud yn nhywyllwch cymharol crombil y car. Perthynai'r pedwar i oes arall, meddyliodd: oes sicrach ag iddi ymylon llai pŵl. Do, fe welson nhw ryfel byd, ond i rai fel y rhain doedd dim dadlau ynghylch sut i ymateb i argyfwng o'r fath. Gorfu i bawb dynnu trwyddo am fod confensiwn yn disgwyl hynny. Roedd gwybod sut i ymateb i heriau teulu modern, fodd bynnag, lle roedd y ffiniau'n fwy annelwig ac yn llai diamwys, yn gofyn strategaethau tra gwahanol. Roedd y syniad heb ei tharo o'r blaen, ond o'u gweld nhw yno gyda'i gilydd yr eiliad honno, ni allai Mari lai na cheisio dyfalu beth oedd yn mynd trwy eu pennau, yn enwedig un ei mam.

Cyn iddi gael hyd i ateb i'w meddyliau niwlog, tynnodd y car i ffwrdd ac, yn ei le, cyrhaeddodd dau limwsîn sgleiniog. Trodd Mari'n gyflym a rhedeg yn ôl i mewn i'r tŷ.

'Maen nhw 'ma! Mae'r ceir wedi cyrraedd!'

'Sdim eisie i neb ruthro. Maen nhw'n gynnar,' meddai Michael wrth weld ei wraig yn mynd i lefel newydd o banig.

'Wy'n gobitho bod Gwenno'n barod.'

'Odw, wy'n barod ers tro,' mentrodd honno a dechrau disgyn y grisiau'n ofalus yn ei ffrog sidan, lwydlas at ei thraed.

'Gad dy hen gelwydd, Gwenno Llwyd. O't ti'n dal i ffidlan â dy wallt bum munud yn ôl!'

'Ac roedd hi'n werth yr ymdrech bob tamed,' meddai Michael a dod i sefyll ar bwys Mari wrth droed y grisiau.

'O's rhywun wedi tsieco bod Manon yn iawn yng nghanol yr holl ffwdan 'ma?'

'Mae Manon yn iawn. Mae hi'n joio sylw Marcus, y ffotograffydd.'

Ar y gair, ymddangosodd Marcus yn y cyntedd, ei gamera'n hongian am ei wddwg. Edrychodd yn ymholgar i gyfeiriad Michael wrth glywed ei enw'n cael ei grybwyll. Ychydig gamau y tu ôl iddo, roedd Alys. Yn ei llaw daliai dusw o rosynnau melyn.

'OK ladies, if I could have you all outside together before you disappear up to the hotel,' meddai Marcus yn hwyliog.

'I'd rephrase that if I were you. After all, this *is* Llandaff. We don't want to upset the neighbours . . . nor give them ideas!' meddai Gwenno.

Gwenodd y ffotograffydd ifanc arni'n awgrymog cyn troi ei sylw at Mari.

'Right, Mum, if you could slip your jacket on . . .'

'I'm Mam, not Mum,' torrodd Mari ar ei draws.

'Mam, paid!' meddai Alys yn geryddgar wrth weld y wên ar wyneb Marcus yn diflannu fel petai e newydd gael ei daro ar ei foch.

'You see? There's your proof, if you needed it,' meddai Mari'n fuddugoliaethus. 'I can't be doing with all this "mum" nonsense that's started to invade Welsh society. This isn't Surrey . . . yet.'

Ar hynny, aeth drwodd i'r lolfa i gasglu ei siaced a'r briodferch.

'Dad, if you could follow us out too. It's OK to call you "Dad"?' gofynnodd Marcus yn betrusgar.

'You'd better stick with "Michael",' atebodd hwnnw a gwenu. 'It's complicated.'

Funudau'n ddiweddarach safai pawb ar y graean o flaen y tŷ, gan ufuddhau i orchmynion Marcus.

'Mi wyt ti'n ddigon o ryfeddod, Manon!' gwaeddodd Carys Edwards o un o ffenestri llofft y tŷ drws nesaf. 'Dach chi gyd yn edrach yn ddigon o ryfeddod.'

'Mindwch fod y graean ddim yn crafu'ch sgidie,' rhybuddiodd Mari'r lleill a chydnabod geiriau ei chymdoges ar yr un pryd trwy godi'i llaw arni.

'Dylsen ni fod wedi ca'l gwared ag e flynydde'n ôl, pan o'n i'n moyn, a rhoi gwair lawr . . .' dechreuodd Michael, ond doedd neb yn gwrando arno.

'All done,' cyhoeddodd Marcus.

'Well inni fynd 'te.'

'Cerwch chi at y ceir. Af i gloi'r drws,' meddai Michael.

∾

Doedd Ifor erioed wedi bod mewn priodas gwesty o'r blaen a doedd e erioed wedi bod ym mhriodas un o'i blant. Doedd y naill beth na'r llall ddim wedi croesi'i feddwl am iddo dybio, yn gam neu'n gymwys, mai'r drefn bellach oedd babi'n gyntaf a phriodi'n ail. Naill ai hynny, neu ildio i draddodiad ar ôl cyfnod hir o gyd-fyw er mwyn cael babi a pharchuso'r enedigaeth. Ac am na fu unrhyw sôn am fabi, pan ddywedodd Manon ac Iestyn wrtho am eu bwriad annisgwyl, fe'i llenwyd â chyffro. Cofiodd ffonio Mari'n syth i drafod newyddion eu merch, a byddai Mari hithau'n cysylltu ag yntau'n gyson i'w gadw'n rhan o'r datblygiadau. Dim ond pan ffoniodd hi ryw ddiwrnod i'w rybuddio nad fe fyddai'n hebrwng y briodferch ar ei diwrnod mawr y dechreuodd ei gyffro bylu. Doedd hynny ddim wedi croesi'i feddwl chwaith.

Anghofiai byth mo'r alwad ffôn honno. Cawsai ei frifo ar y dechrau a'i demtio i feio Mari, ond cennad oedd Mari a doedd e ddim am ei saethu unwaith eto! Clywsai'r lletchwithdod yn ei llais o'r eiliad gyntaf un a deall ar unwaith nad fel 'na y byddai hi wedi dymuno i bethau fod. Roedd y Blynyddoedd Anodd wedi'r ysgariad wedi hen gilio a daethai'r teulu'n ymgorfforiad o warineb wrth i bawb ddod o hyd i'w rôl ei hun. Cyfaddawd mewn gwirionedd, ffordd o fwrw ymlaen. Ac fe lwyddodd gan amlaf. Ond yr hyn a wnaethai hefyd oedd plastro dros y craciau heb drwsio'r crac yn iawn, yn enwedig yn achos Manon. Ar ôl yr alwad ffôn honno y daethai Ifor i sylweddoli bod ambell grac nad oedd modd ei drwsio'n llwyr, beth bynnag a wneid. Rhaid oedd derbyn bod 'na rai tai lle byddai'r craciau'n dod yn ôl o hyd ac o hyd.

Edrychodd ar hyd y rhes o gadeiriau gwag ar ei law dde a gwenu wrtho'i hun. Nid yn aml y byddai'n gynnar i ddim byd, ond roedd ei fam a'i dad wedi mynnu eu bod yn gadael mewn digon o bryd. Yn wahanol i'w mab, roedd prydlondeb wastad wedi bod yn beth mawr yng ngolwg Eirwen a Neville Lloyd, ond roedd Ifor yn amau bod mwy iddi na hynny, heddiw o bob diwrnod. Nid dim ond y fe a gawsai ei gosbi'n gyhoeddus dros y blynyddoedd, a doedd dim byd yn fwy cyhoeddus na phriodas. Roedd ganddyn nhw eu hurddas hyd yn oed os nad oedden nhw yng nghanol y bwrlwm.

'Chi'n iawn?' gofynnodd a throi yn ei gadair i'w hwynebu yn y rhes y tu ôl iddo. 'Byddan nhw 'ma toc.'

'Wy jest â marw moyn gweld hi yn ei ffrog,' meddai Eirwen Lloyd. 'Wy'n siŵr bydd hi'n bictiwr. Glas mae Alys a Gwenno'n ei wisgo, ontefe?'

'Rhyw fath o las . . . llwydlas wedodd Mari, wy'n credu . . . beth bynnag yw hwnna.'

''Sen i wedi dwlu bod yn bryfyn ar y wal yn y tŷ 'na bore 'ma,' meddai ei dad a chwerthin. 'Tair merch yn ymladd am sylw, a Mari druan yn gorffod cadw trefen ar bob un.'

Gwenodd Ifor a throi'n ôl i wynebu'r blaen fel cynt. Cofiodd iddo awgrymu i Mari, pan fuon nhw wrthi'n trafod y trefniadau, y gallai fe eistedd yn yr ail res er mwyn cadw cwmni i'w rieni, ond roedd hi wedi gwylltio wrth glywed hynny a mynnu ei fod yn eistedd yn y rhes flaen, yn ei briod le, ac yntau'n dad i'r briodferch. Ni thrafferthodd ei hatgoffa bod gan dad y briodferch ddyletswyddau eraill yn ôl traddodiad, ond barnodd fod Mari'n gwybod hynny'n barod, felly caeodd ei geg ac ildiodd i'w pherswâd heb ormod o frwydr. Erbyn diwedd y sgwrs, cytunwyd y byddai ei rieni'n cymryd eu priod le hwythau yn yr un rhes â rhieni Michael, Anti Beti a Glenys. A dyna a fu.

Crwydrodd ei lygaid ar hyd y rhes flaen am yr eildro. Yr ochr arall i'r eil, gwelodd fod tad Iestyn yn eistedd â'i gefn tuag ato, ei gorff yn gwyro tuag at ei wraig. Yn sydyn, trodd hwnnw i'w wynebu fel petai'n synhwyro bod rhywun yn ei wylio. Gwenodd Ifor am na wyddai beth arall i'w wneud, a gwenodd y dyn arall yn ôl. Doedden nhw erioed wedi cwrdd am ei fod e, Ifor, yn gweithio oddi cartref pan ddaethai yntau a'i wraig i Gaerdydd i gyfarfod teulu Manon wythnosau'n ôl. Eto, tybiodd eu bod nhw'n gwybod yn iawn mai fe oedd darpar dad-yng-nghyfraith eu mab. Trwy gil ei lygad, gwelodd Ifor symudiad tua chefn yr ystafell grand, ac edrychodd yn reddfol i'w gyfeiriad. Gwelodd Gwenno ac Alys yn cerdded i lawr y canol tuag ato gyda Michael yn eu dilyn. Cododd Ifor ar ei draed er mwyn cyfarch ei ddwy ferch yn gyhoeddus.

'Waw!' meddai, cyn cusanu'r ddwy yn eu tro. 'Chi'n edrych yn hollol ffantastig, on'd y'n nhw, Mam?' ychwanegodd a thynnu ei rieni i ganol y sioe yn fwriadol.

Sylwodd ar y lleithder yn llygaid ei fam a'i dad a throdd oddi wrthyn nhw'n gyflym. Byddai'r ddau wedi dwlu bod yn rhan o'r ffws a'r ffwdan yn nhŷ Mari y bore hwnnw.

'Mae'n teimlo fel 'se dim ond pum munud yn ôl o'n nhw'n whare ar eu beics yn y parc o fla'n tŷ ni, eu coese'n llawn mwd, a drycha arnyn nhw heddi. Maen nhw 'di tyfu'n ddwy fenyw soffistigedig, hardd,' meddai Eirwen Lloyd wrth ei gŵr.

'Soffistigedig . . . ac yn fendigedig,' ategodd hwnnw a gwyro ymlaen yn ei gadair er mwyn cusanu Gwenno a eisteddai wrth ochr ei thad bellach.

'Wel edrychwch arnoch *chi* 'te. Sa i erio'd wedi gweld chi'n edrych mor smart,' atebodd Gwenno.

Gwenodd Ifor yn falch. Gallai wastad ddibynnu ar ei ferch ifancaf i ddweud y peth iawn.

Yn sydyn, ymddangosodd y cofrestrydd ym mhen blaen yr ystafell. Croesodd y carped moethus a mynd i sefyll ar bwys Iestyn a'i was priodas a eisteddai gyda'i gilydd mewn cadeiriau ar wahân i'r lleill. Nodiodd hi ar Iestyn yn anogol cyn gofyn i bawb sefyll.

Dechreuodd Minwét yn G gan Mozart lenwi'r ystafell ac, eiliadau'n ddiweddarach, cerddai Manon i lawr trwy'r canol â Mari wrth ei hochr. Safodd y ddwy o flaen y cofrestrydd a thaflodd Iestyn gip ar ei ddarpar wraig a gwenu o glust i glust. Pan ddaeth y gerddoriaeth i ben, cafodd y gynulleidfa arwydd i eistedd, a chamodd Mari tuag at yn ôl a chymryd ei lle ym mhen y rhes flaen wrth ochr Michael. Cododd y cofrestrydd ei phen yn barod i annerch aelodau'r ddau deulu a ffrindiau. Gwyliodd Ifor y cyfan o ben arall y rhes, ei feddwl ar garlam.

'Gyfeillion, ga i'ch croesawu i'r adeilad godidog yma ar gyrion y brifddinas i ddathlu a rhannu llawenydd Manon ac Iestyn. Mae'n achlysur mawr ac yn groesffordd yn eu perthynas. I Manon ac Iestyn mae priodi heddiw'n gadarnhad cyhoeddus o'r cariad a'r cyfeillgarwch dwfn sy rhyngddyn nhw. Mae'n dangos eu hawydd i dreulio gweddill eu hoes gyda'i gilydd, ac mae'n dangos eu parodrwydd i dderbyn ei gilydd fel ag y maen nhw . . .'

Syllai Ifor ar wyneb rhadlon y cofrestrydd canol oed, a cheisiodd ddwyn i gof wyneb y swyddog fu'n gweinyddu ym mhriodas Mari ac yntau ond, am ryw reswm, methodd yn deg â ffurfio llun yn ei feddwl. Gallai gofio'r ystafell: pedair wal hollol foel o liw hufen digon pyglyd yn amgylchynu gofod a oedd mor fach fel y byddai'n rhaid i unrhyw un a ddymunai newid ei feddwl fynd allan i'r coridor i gyflawni'r fath dasg. Nid bod unrhyw berygl y gwnâi hynny. Roedden nhw mewn cariad ac yn methu aros i rwygo'u dillad oddi ar ei gilydd yn gyfreithlon! Cofiodd sefyll gyda Mari o flaen y swyddog a hwnnw'n sefyll y tu ôl i ddesg frown, drom. Prin bod yno ddigon o le i'w rhieni a'r llond dwrn o westeion eraill hefyd. Roedd y cyfan drosodd o fewn deg munud, ac ni fu unrhyw sôn am barodrwydd 'i dderbyn ei gilydd fel ag y maen nhw'. Pe bai hynny wedi cael ei grybwyll, efallai byddai Mari wedi cael rheswm i ddiflannu i'r coridor wedi'r cyfan, gwamalodd Ifor. Ond y gwir amdani oedd nad oedd y naill na'r llall damaid callach am yr hyn oedden nhw yn y dyddiau diniwed hynny.

'Yr wyf yn hysbysu na wn i am unrhyw reswm cyfreithlon fel na ellir fy uno i, Manon Llwyd, mewn priodas ag Iestyn Carwyn Roberts . . .'

Swniai mor aeddfed, meddyliodd Ifor. Roedd pendant-rwydd digamsyniol yn ei llais. Teimlodd ei fochau'n cochi'n sydyn reit wrth i'r sioc ei daro, wrth iddo sylweddoli nad oedd e wedi gwrando ar ei llais ers peth amser. Nid gwrando go iawn. Dros y blynyddoedd, roedd e wedi rhoi'r gorau i wrando o dipyn i beth am ei fod e wedi blino ymdrechu. A dyma hi'n awr yn llefaru rhai o'r geiriau pwysicaf a mwyaf ystyrlon y byddai disgwyl iddi eu llefaru yn ei byw. Gobeithiai Ifor yn ei galon na châi Iestyn byth reswm i roi'r gorau i wrando arni.

O'r man lle'r eisteddai, gallai weld ochr ei hwyneb yn blaen. Roedd hi ar fin torri'n rhydd. Tynnu llinell dan ei gorffennol diffygiol. Gwelsai'r un edrychiad yn wyneb Mari tra safai yn yr ystafell foel, liw hufen honno mewn oes arall. Yr un oedd awydd Manon nawr i dorri ei chwys ei hun; dim ond y rhesymau oedd yn wahanol. Daliodd ei ferch ei llaw allan a rhoddodd Iestyn y fodrwy ar ei bys.

Clywodd Ifor ei fam yn sniffian yn y rhes y tu ôl iddo a chydiodd e'n reddfol yn llaw Gwenno yn ei ymyl. Petai rhywun wedi sylwi a gofyn iddo pam y gwnaethai hynny, byddai wedi cael trafferth rhoi esboniad hawdd. Yr unig beth a wyddai'r eiliad honno oedd nad oedd e eisiau bod yn gyfan gwbl ar ei ben ei hun.

'. . . ac rydych chi wedi selio'ch Cyfamod Priodas drwy roi a derbyn modrwy, felly rydych chi nawr yn ŵr a gwraig briod.'

Daliodd Iestyn ei wraig yn ei freichiau a'i chusanu. Gwenodd y cofrestrydd a chamu'n ôl, yn barod i arwain y deuddyn at fwrdd bach yn y gornel bellaf fel y gallen nhw lofnodi'r gofrestr a chyfreithloni'r uniad. Funudau'n ddiweddarach, cerddodd y ddau, fraich ym mraich, drwy'r ystafell i gyfeiliant *Dwynwen* Endaf Emlyn, a chododd pawb yn eu tro i'w dilyn allan i'r heulwen.

∾

'Prifysgol Bangor, wedest ti? A beth yn gwmws wyt ti'n 'studio?' gofynnodd mam Iestyn cyn gwthio fforchaid o gig eidion i'w cheg.

'Seicoleg,' atebodd Gwenno a eisteddai union gyferbyn â'r fenyw hynaws o gwmpas y bwrdd mawr crwn i ddeg.

'Well inni watsio beth y'n ni'n weud 'te, neu byddi di wedi gwitho mas beth yw hyd a lled pob un ohonon ni cyn inni hyd yn oed ddachre ar y pwdin!' mentrodd ei gŵr yn hwyliog.

Chwarddodd pawb yn gwrtais, gan gynnwys Gwenno, er iddi glywed geiriau canol oed, cyffelyb ddegau o weithiau o'r blaen.

Roedd trefniadau'r wledd briodas yn mynd fel y boi ac aelodau'r ddau deulu'n awyddus i ddangos mai di-sail oedd unrhyw bryderon blaenorol gan y naill ochr a'r llall ynghylch pa mor anodd y gallai hi fod i led-ddieithriaid rannu bwrdd â'i gilydd am ddwyawr heb i'r cyfan deimlo fel lladdfa.

'A beth amdanat ti, Alys?' gofynnodd y gwas priodas bochgoch a fu'n ei llygadu'n gynnil drwy gydol y pryd.

'Wy'n gwitho i'r Cynulliad.'

'I'r Cynulliad?'

'Ie . . . ond ar yr ochor ymarferol o ddydd i ddydd yn hytrach na'r ochor sy'n neud y penderfyniade mawr . . . y llywodraethu. Mae'r ddwy'n rhan o'r un peth ar y funud, sy'n neud bywyd yn gymhleth. Mae eisie'u gwahanu nhw.'

'Mae 'mrawd i'n gwitho i'r Asembli hefyd . . . ar broject yn Abertawe,' cynigiodd tad Iestyn er mwyn helpu'r sgwrs yn ei blaen.

''Co fe draw fan 'na gyda'i bartner.'

Ar hynny, trodd i gyfeiriad un o'r byrddau ym mhellafion yr ystafell fwyta a phwyntio â'i ben at ddyn penfoel yn ei bedwardegau cynnar. Wrth ei ochr eisteddai dyn penfoel arall tua'r un oedran. Roedd y ddau wedi siafio'u pennau'n ffasiynol, gan ildio o'u gwirfodd i'r ffaith eu bod nhw'n colli'u gwallt, yn hytrach na cheisio'i chelu trwy ymdrechion deheuig â chrib.

'Ken yw'r un ar y whith, a chyn i neb weud gair, ody, mae e'n edrych yn ifancach na fi, wy'n gwbod. Ond y rheswm am hynny yw ei *fod* e lot yn ifancach na fi. Fe yw 'mrawd bach i,' ychwanegodd tad Iestyn er mawr ddifyrrwch i'w gyd-giniawyr.

Yn rhannol oherwydd ei brysurdeb tra'n gofalu am ei rieni ac yn rhannol oherwydd ei chwithdod yn sgil ei ddiffyg prysurdeb fel tad y briodferch, doedd Ifor ddim wedi sylwi ar Ken tan yr eiliad honno. Yn sydyn, ymsythodd yn ei gadair a theimlodd y gwaed yn codi yn ei wyneb. Ni allai ddeall pam yn union i ddechrau ond, ar amrantiad, fe gofiodd. Cofiodd hefyd nad oedd dim byd yn fach am 'frawd bach' tad Iestyn. Gwenodd wrtho'i hun wrth ddwyn yr olygfa yn y sawna i gof ond, yr eiliad nesaf, diflannodd y wên wrth i'r sylweddoliad ei daro y gallai ei fywyd preifat gael ei chwalu'n gyhoeddus, yno o flaen ei deulu mewn chwinciad chwannen. Roedd e ar drugaredd dieithryn nad oedd wedi cwrdd ag e ond unwaith, a hynny flynyddoedd yn ôl. A dyma'r un dieithryn nawr yn llenwi ei fol ym mhriodas ei ferch. Roedd y cyd-ddigwyddiad yn ormesol. Roedd y cyfan yn rhy ddyrys. Yn rhy agos. Er nad oedd trefniadau ei fywyd preifat yn gyfrinach lwyr, roedd e wastad wedi mynnu cadw'r manylion yn hollol breifat. Nid dyma'r amser na'r lle ar gyfer datguddiadau tsiêp. Yfodd ddracht o'i win a cheisiodd ganolbwyntio ar lif y sgwrs o gwmpas y bwrdd. Dechreuodd ymlacio o dipyn i beth wrth iddo farnu na fyddai Ken yntau am i'r fath gyfarfod stemllyd fod yn hysbys i bawb o'i deulu, heb sôn am ei bartner penfoel. Pwysodd yn ôl yn ei gadair. Argyfwng drosodd. Er hynny, bu'n ddigon i'w anesmwytho hyd nes i'r *panacotta* a mafon ffres gyrraedd.

'Amser soniodd Iestyn ni bod nhw'n mynd i briodi mewn gwesty, o'n i ddim yn siŵr beth i' weud ar y dachre, ond mae fan hyn yn berffeth. On'd o'dd y cofrestrydd yn hyfryd? Ac o'dd y seremoni a phopeth gymint yn fwy *relaxed*, nag y'ch chi'n meddwl? Whare teg i chi, fe ddewisoch chi'n iawn,' meddai mam Iestyn a gwenu'n wresog ar ei mab yn gyntaf ac yna ar ei merch-yng-nghyfraith newydd.

Barnodd Mari mai er ei mwyn ei hun, yn gymaint â neb arall, roedd Linda Roberts yn cynnig sêl ei bendith mewn modd mor gyhoeddus. Roedd yn haeddu ymateb, meddyliodd.

'O leia mae'n llai rhagrithiol fel hyn. Smo'r rhan fwya o bobol sy'n priodi mewn capel yn tywyllu drws addoldy o un pen blwyddyn i'r llall. Arferiad difeddwl yw e i lawer . . . neud beth sy wedi cael ei neud erioed. Ac os ydyn nhw'n mynd mor bell â meddwl, meddwl am y llunie i'r albwm wedyn maen nhw,' meddai, ei llygaid yn gwibio'n ymchwilgar rhwng mam a thad Iestyn.

'Rhagrithiol? Mae gweud mowr 'da chi man'na. Mae'n amlwg bod Iestyn ni wedi priodi teulu modern iawn. Chi'n siarad yn rhy ddwfwn i ni, bobol y wlad,' meddai Glyn Roberts yn lled bryfoclyd ac edrych yr un pryd ar ei wraig am gefnogaeth.

Daliodd Ifor lygad Mari a chodi un o'i aeliau. Doedd ganddo fawr o amynedd gyda phobl a guddiai y tu ôl i gyhoeddiadau hunanfychanol o'r fath yn enw gwyleidd-dra, yn enwedig pan oedd y gwyleidd-dra hwnnw'n hollol ffals. Roedd y dacteg yn rhy hawdd.

'Mae Mari'n gweud yn iawn. Arfer *yw* lot ohono fe. Amser bydda i'n priodi 'to, i rwle fel hyn bydda i'n dod,' meddai Linda Roberts wrth ei gŵr.

'Well i fi bido rhoi rheswm i ti 'te.'

Chwarddodd pawb yn gwrtais unwaith eto. Cydiodd Ifor yn ei wydryn gwin a'i fagu yng nghledr ei law gan wylio'r hylif coeth yn troelli'n erbyn yr ochrau.

'Cofiwch, mae lot i' weud dros fod yn fodern,' meddai a chadw ei olygon ar y lliain bwrdd dilychwin o'i flaen.

Yna, cododd y gwydryn at ei geg ac yfed ei ddiod ar ei dalcen ond, wrth iddo ddodi'r gwydryn yn ôl ar y bwrdd, sylwodd fod diferyn o'r gwin wedi glanio ar y lliain a'i staenio. Teneuodd ei wefusau'n ddiamynedd. Yn ystod y tawelwch a ddilynodd ei gyfraniad annisgwyl, crwydrodd llygaid Ifor draw tua'r ford lle'r eisteddai ei rieni. Gallai weld eu bod nhw'n sgwrsio'n braf â rhieni Michael. Roedd ei fam a'i dad, yn anad neb, wedi gorfod dysgu sut i fod yn fodern, meddyliodd. Go brin taw rhagrith oedd ar waith yn eu hachos nhw. Ychydig mwy o ragrith oedd ei eisiau gyda fe a Michael. Os gallai eu rhieni gyd-dynnu, pam na allai'r meibion wneud yr un fath? Ond roedd yn rhy hwyr bellach; roedd gormod o hanes yn achos y gŵr a'r cyn-ŵr, ymresymodd, ac roedd rhywun o'r enw Mari yn y ffrâm.

Arllwysodd lond gwydraid arall o win coch iddo'i hun, yfodd lymaid hael a chododd yn frysiog i fynd i'r tŷ bach. Ar y ffordd, pasiodd fwrdd Ken ac edrychodd arno'n fwriadol wrth gerdded heibio. Cyfarfu llygaid y ddau am ennyd fach, ond ni welodd Ifor unrhyw gydnabyddiaeth yn y llygaid hynny. Doedd e ddim yn siŵr p'un ai a ddylai deimlo rhyddhad ynteu dicter, ond roedd e'n hollol siŵr nad oedd Ken yn ei gofio. Bwriodd yn ei flaen i'r tŷ bach dan wenu'n eironig wrth ystyried tybed faint o'i ôl a adawsai ar bobl eraill os oedd rhywun fel Ken wedi llwyddo i'w anghofio mor hawdd.

∽

''Na fe 'te, tria i alw ar ôl gwaith nos Iau,' meddai Ifor a dala drws y tacsi ar agor er mwyn i'w fam fynd i eistedd yn y cefn.

'Dere i ga'l te gyda ni,' atebodd Eirwen Lloyd. Ar hynny, rhoddodd ei llaw ar ei het bluog, las er mwyn ei gwarchod rhag bwrw'n erbyn fframyn y drws wrth iddi blygu i fynd i mewn i'r car.

'Ocê 'te, ond pidwch â mynd i drafferth.'

'Dyna beth *o'dd* diwrnod arbennig,' meddai ei dad a gwyro ymlaen yn ei sedd er mwyn cyfeirio'i eiriau at Ifor a safai wrth y drws agored yr ochr draw i'w wraig.

'Arbennig iawn. Chi'n siŵr nawr bo chi ddim eisie i fi ddod gyda chi yn y tacsi? Ble mae allwedd y tŷ 'da chi?' gofynnodd Ifor.

'Aros di fan hyn. Dyma dy le di. Byddwn ni'n *champion*.'

'Tan ddydd Iau 'te.'

Caeodd Ifor ddrws y tacsi a chododd ei law ar y ddau ohonyn nhw. Arhosodd felly hyd nes i oleuadau coch y cerbyd ddiflannu o'r golwg ym mhen draw'r lôn. Yna trodd i fynd yn ôl at y parti priodas. Roedd e'n dechrau blino er nad oedd hi eto'n naw o'r gloch. Gallai deimlo'i goesau'n drwm wrth iddo ymlwybro'n ôl ar hyd y maes parcio bychan o flaen y gwesty. Byddai wedi hoffi gallu beio straen y fath ddiwrnod anarferol am y ffordd y teimlai'r eiliad honno, ond gwyddai yn ei galon fod y gwin wedi cyfrannu o leiaf cymaint â'r straen. Cymrodyr oedd y ddau. Roedd e'n sobor o falch iddo gallio mewn pryd gynnau a throi at yfed dŵr cyn iddo wneud ffŵl ohono'i hun wrth y bwrdd mawr crwn. Cyrhaeddodd y grisiau cerrig, yn barod i ailymuno â'r gerddoriaeth ddawns a bwniai ei rhythmau bas allan i'r nos, ond stopiodd ar y ris gyntaf ac ymbalfalu ym mhoced ei siaced am ei sigaréts. Aeth i sefyll ar ymyl y bancyn a ffurfiai ffin y maes parcio ac edrychodd i lawr dros y caeau pruddglwyfus i gyfeiriad goleuadau melynaidd y ddinas yn y pellter. Gwelsai'r olygfa sawl gwaith o'r blaen; i fan hyn y byddai'n dod yn aml yn ystod y Blynyddoedd Anodd. Tynnodd ar ei sigarét a gwylio'r mwg yn ymgymysgu â'r awyr lasddu. Roedd rhywbeth hudolus am Gaerdydd weithiau.

'Fan hyn 'yt ti!'

Trodd Ifor ar ei sawdl a gwylio Gwenno'n cerdded tuag ato yn ei hesgidiau sodlau uchel a'i ffrog laes.

'Wy wedi bod yn whilo amdanat ti ym mhobman. Fe wnest ti addo dawnso gyda fi, cofio?'

'A nawr ti wedi ffindo fi.'

'Beth ti'n neud mas fan hyn ar ben dy hunan bach?'

'Des i hebrwng Mam-gu a Tad-cu i'r tacsi.'

'O na, smo nhw wedi gadel heb weud wrtha i?'

'O'n nhw ddim eisie creu ffws,' atebodd Ifor a rhoi ei fraich am ysgwyddau ei ferch.

'Ond on i'n moyn gweud ta-ta. Nethon nhw fwynhau?'

'Do, yn fawr iawn. Fe gadwiff heddi nhw i fynd am fisoedd.

Diolch am fod mor neis wrthyn nhw, cariad. Maen nhw'n meddwl y byd ohonot ti, ti'n gwbod . . . o'r tair ohonoch chi.'

'Ac wy'n meddwl y byd ohonyn nhw hefyd. Sdim eisie diolch i fi am fod yn neis wrth 'y mam-gu a 'nhad-cu. Maen nhw'n hyfryd. Shwt arall o't ti'n dishgwl i fi fod?'

Ar hynny, torrodd Gwenno'n rhydd oddi wrth fraich ei thad ac edrych arno'n herfeiddiol. Codi'i ysgwyddau'n amddiffynnol a gwgu wnaeth Ifor.

'Wel?'

'Wel . . . ti'n gwbod . . . ond diolch ta beth. Dyw heddi ddim 'di bod yn hawdd iddyn nhw, ond fe wnest ti helpu i neud iddyn nhw deimlo'n rhan o bethe.'

Craffodd Gwenno ar wyneb ei thad yn y goleuni rhyfedd a ddeuai o gyfeiriad y gwesty ac fe'i siglwyd braidd. Yn sydyn, edrychai'n hŷn na'i hanner can mlwydd oed, meddyliodd. Edrychai'n orchfygedig.

'A beth amdanat ti? Wyt tithe'n teimlo'n rhan o bethe?' gofynnodd hi.

'Smo ti'n colli dim, nag 'yt ti?' meddai Ifor a gwenu.

'Dyna felltith y seicolegydd, ti'n gweld.'

'Roedd tad Iestyn yn iawn i dy ofni gynne, 'te.'

'Os credi di rwtsh amaturaidd fel 'na, fe gredi di rwbeth! Ond ti heb ateb 'y nghwestiwn,' meddai a rhoi ei breichiau am ei ganol. 'Dere mla'n, mas â fe.'

'Rho 'ddi fel hyn, mae wedi bod yn ddiwrnod hir.'

'Mae 'di bod yn hir i bawb, ond ti byth wedi ateb 'y nghwestiwn.'

''Yt ti'n bradychu dy hunan nawr, Miss Llwyd, achos mae unrhyw seicolegydd gwerth ei halen i fod i allu darllen rhynt y llinelle heb bwyso am ragor,' pryfociodd Ifor.

'Ac mae unrhyw dad gwerth ei halen sy'n honni ei fod e'n caru ei ferch ifanca i fod i ymddiried ynddi ddigon i roi atebion cyflawn ac onest!'

Pwysodd Gwenno ei phen yn erbyn brest Ifor ac edrychodd y ddau i lawr dros y caeau tua'r ddinas yn y pellter.

'Mae'n bert, on'd yw hi?'

'O'n i'n arfer dod lan fan hyn yn amal ar un adeg, ar ôl i dy fam a fi wahanu. Roedd e'n help i gliro'r meddwl, i roi pethe yn eu lle. Wnes i erio'd freuddwydio y bydde priodas . . .'

'Stopa man'na . . . gad i fi gwpla dy bwl o hunandosturi drosot ti. Wnest ti erio'd freuddwydio y bydde priodas un o dy blant yn yr union fan yn corddi popeth eto. Ife dyna o't ti'n mynd i' weud?'

'Wel, mae'n wir.'

'A beth arall o't ti'n ei ddishgwl 'te?'

'O'n i ddim yn dishgwl ca'l 'yn sbaddu'n gyhoeddus, Gwenno.'

'Digon teg, fe roia i hwnna i ti, ond dyw hi ddim wedi bod yn hawdd ar Mam chwaith. Ti ddim yn meddwl o ddifri y bydde hi wedi dewis whare rhan mor flaenllaw, 'yt ti?'

'Galla i weu'thot ti'n bendant na fydde dy fam wedi dewis hynny. Nage sôn am dy fam y'n ni.'

'Gwranda, Dad, *gerr over it*. Bydd sioe fawr Manon drosodd erbyn fory a bydd hi'n gorfod byw gyda beth mae wedi'i ddewis. Nage pawb fydde wedi neud beth wna'th hi i ti. Mae gyda ti ddwy ferch arall, cofia.'

Tynnodd Ifor ei fysedd drwy wallt ei ferch a'i dal hi'n agos ato. Oedd, roedd e wastad wedi gallu dibynnu ar Gwenno i ddweud y peth iawn.

'Awn ni'n ôl miwn? Mae arnat ti ddawns i fi.'

iawn yn eu perthynas fod ei wraig yn gymysgedd meddwol o antur fyrbwyll a phragmatiaeth ddi-lol. Er gwaethaf ei hysbryd rhydd, roedd ei thraed yn sownd ar y ddaear. Rhaid bod a wnelo hynny rywbeth â'r ffaith nad oedd fawr o ddewis ganddi yn y dyddiau cynnar hynny pan oedd disgwyl iddi fagu tair merch, a hithau heb ŵr ar y pryd. Am faint y llwyddai i'w cadw ar y ddaear eto cyn gorfod ildio i gadair olwyn, ni wyddai. Roedd ildio'r car yn un peth, ond roedd ildio'i hannibyniaeth sylfaenol yn hollol wahanol.

Cododd ei law ar y tair cyn troi i groesi'r graean a mynd yn ôl i mewn i'r tŷ. Roedd chwant dysglaid o goffi arno, ei ail yn barod y bore hwnnw, ond pam lai? Un bach cyflym cyn bwrw iddi. Aeth drwodd i'r gegin a gwacáu'r peiriant coffi hynafol ond ffyddlon. Taflodd yr hen ronynnau llaith i'r bin ailgylchu, swilodd y twba bach gwawnaidd, neilon dan y tap dŵr oer cyn mesur dwy lwyaid o'r coffi ffres i mewn iddo a gadael i'r gwynt gogoneddus lenwi ei ffroenau. Er iddo wneud coffi i un gannoedd o weithiau o'r blaen, roedd ei fesur i ddau gymaint yn haws rywsut ac yn llai tebygol o siomi, fel petai gwneuthurwyr y peiriant wedi penderfynu bod coffi'n ddiod i'w rhannu dros glonc. Yn yr un modd ag yfed te, roedd gan goffi ei seremoni hefyd. Heddiw, fodd bynnag, doedd gan Michael ddim amser ar gyfer seremoni na chlonc. Roedd ganddo bethau i'w gwneud. Twymodd y llaeth yn y ficro-don a'i arllwys ar ben yr hylif tywyll yn y mwg. Gadawodd y ddiod wrth ochr y peiriant coffi i dorri'i naws tra rhedodd i fyny'r grisiau er mwyn newid i'w ddillad gwaith. Gwenodd wrth ystyried y term camarweiniol. Siwt fu ei ddillad gwaith yntau erioed a siwt fu dillad gwaith ei dad o'i flaen, ond fel dillad gwaith y byddai Mari wastad yn cyfeirio at hen drwser neu grys a oedd wedi gweld dyddiau gwell ond a oedd yn rhy dda i'w daflu am ei fod yn addas o hyd ar gyfer amryw dasgau brwnt o gwmpas y tŷ. Dylanwad Cwm Tawe, reit ei wala. Ac eithrio diwrnod eu priodas, doedd ganddo ddim cof o fod wedi gweld ei dad-yng-nghyfraith mewn siwt erioed. Tynnodd Michael hen bâr o jîns amdano, a'r rheiny wedi'u hysgeintio â phaent, gwthiodd ei draed i hen bâr o esgidiau sodlau trwchus a fu'n ffasiynol ugain mlynedd ynghynt, a rhedodd yn ôl i lawr y grisiau. Cymerodd ddracht hir o'i goffi, ac yna un arall, cyn diflannu i'r sied i nôl y steps.

Bu'n fwriad ganddo glirio cafn y portsh uwchben drws y ffrynt ers y gwanwyn ond oherwydd y glaw di-baid, heb sôn am yr amlwg, aethai'r syniad hwnnw i'r gwellt. Roedd pethau a fu unwaith yn bwysig wedi troi'n ddibwys iawn wrth i'r flwyddyn fynd yn ei blaen. Heddiw, fodd bynnag, roedd ganddo gyfle i fanteisio ar ryw wedd ar normalrwydd. Roedd ganddo deirawr dda cyn i Mari a'r merched ddychwelyd o'u siopa dydd Sul a thorri ar ei draws. Ceisiodd ddychmygu Alys a Gwenno'n poeni am eu mam wrth fynd o siop i siop a hithau'n mynnu ei bod hi'n iawn i gadw i fynd am dipyn bach eto. Un siop arall. Yn lle malu cachu ynghylch yr angen i osgoi prynu dillad di-chwaeth ar gyfer y trip i Sbaen, yr hyn roedd e wir eisiau sôn amdano gynnau oedd yr angen iddyn nhw geisio dwyn perswâd arni i newid ei meddwl a rhoi'r gorau'n lân i'r fath ffwlbri. Ond gwyddai mai ofer fyddai unrhyw ymgais i wneud hynny.

Rhoddodd ei law i mewn i'r cafn a'i rhedeg ar hyd y metel mwdlyd. Casglodd lond dwrn o ddeilach gwlyb a llaid a'u taflu'n glatsh ar y graean oddi tano. Dringodd i lawr yr hanner dwsin o risiau alwminiwm a'u symud led braich ar hyd y cafn er mwyn gwneud yr un peth eto. Gwenodd pan gyffyrddodd ei law â phêl oedd wedi mynd yn sownd yn y cafn. Atgoffodd ei hun i esgus dweud y drefn wrth Gruff, mab Carys-drws-nesaf, y tro nesaf y byddai hwnnw a'i ffrindiau sbotiog yn mynd yn wyllt yn yr ardd flaen ac ennyn llid cymdogion di-blant y stryd swbwrbaidd. Taflodd y bêl yn ôl dros y berth rhwng y ddwy ardd a dechreuodd ddisgyn yr hanner dwsin o risiau o'r newydd. Nid Mari oedd yr unig aelod o'r teulu i ffafrio *terra firma* dan ei thraed. Yn sydyn, ac yntau ddwy ris o gyrraedd y gwaelod, teimlodd yr ysgol yn symud o dan y graean rhydd, anwastad. Gwthiodd Michael ei droed allan yn reddfol a'i rhoi i lawr yn galed ar y llawr er mwyn ei atal ei hun rhag syrthio a thynnu'r ysgol am ei ben ond, wrth iddo wneud, saethodd y boen fwyaf arteithiol ar hyd ei goes. Digwyddodd y cyfan mewn llai nag eiliad, a nawr safai yn ei ddyblau ag un llaw'n pwyso yn erbyn yr ysgol fach wrth iddo geisio cael ei wynt ato. Roedd arno eisiau eistedd er mwyn tynnu'r pwysau oddi ar ei goes, ond darganfu na allai gerdded yr ychydig gamau at ddrws y ffrynt heb wingo. Y blydi ffŵl ag e! Cloffodd ei ffordd yn araf tuag at y drws a'i ostwng ei hun o dipyn i beth nes bod ei ben ôl yn cyffwrdd â'r stepen lydan. Griddfanodd oherwydd y boen ddirdynnol, a rhwtodd ei ben-glin yn ofalus gan ddychmygu'r rhyddhad, ond ni ddaeth. Ymhen ychydig, ceisiodd rolio coes ei jîns yn ôl er mwyn archwilio'r anaf, ond ni allai dynnu'r defnydd tynn dros y pen-glin am fod hwnnw wedi dechrau chwyddo'n barod, fel mewn cartŵn gwirion. Magodd ei wyneb yn ei law a phwyso a mesur beth i'w wneud nesaf.

Gwelodd Ifor Michael cyn i Michael ei weld yntau.

'Beth bynnag ti ar ganol neud, nage trwy ishta ar dy ben ôl y gwnei di gwpla'r job!'

Ni lwyddodd Ifor i fwstro mwy nag ychydig eiriau diddrwg-didda. Ysgafnder tila am nad oedd Mari yno i dorri'r garw a hidlo'r lletchwithdod arferol. Ond o ystyried na fu erioed ryw lawer o Gymraeg rhyngddyn nhw ill dau, roedd cynnig cymaint â hynny'n gam mawr ymlaen, fe benderfynodd. Wrth iddo groesi'r graean o flaen ei gyn-gartref, ystyriodd Ifor tybed a oedd e'n dechrau paratoi at rywbeth nad oedd e'n ei ddeall yn llawn eto, at ryw adeg barhaol heb Mari.

'Helô Ifor,' meddai Michael heb fwy o ymateb na hynny i ffraethineb y dyn arall. Edrychodd i fyny arno o stepen y drws, ei wyneb yn llawn poen.

'Bachan, beth sy'n bod? Mae dy wyneb di fel y galchen.'

'O, bydda i'n iawn yn y funud. Brifes i 'ngho's wrth ddod i lawr o gliro'r cafn.'

Stopiodd Ifor ei hun rhag cynnig unrhyw sylw clyfar, er iddo gael ei demtio i wneud yr union beth. Y gwir amdani oedd bod Michael Benjamin yn fwy hylaw o dipyn na fe wrth gyflawni tasgau bob dydd megis clirio cafnau. Byddai fe, Ifor, wedi galw dyn i mewn!

'Beth ddigwyddodd 'te?' oedd ei ddewis eiriau yn y diwedd.

'Y blydi cerrig mân 'ma. O'n i jest â chyrraedd y gwaelod pan symudodd y steps ar y graean a bu bron i fi dynnu'r cwbwl lot ar 'y mhen i. Wnes i jario 'ngho's wrth lanio.'

Ni allai Ifor lai nag edmygu gonestrwydd Michael gerbron rhywun fu'n gymaint o ddraenen yn ei ystlys ar hyd y blynyddau. Roedd e'n amau a fyddai yntau wedi trafferthu rhoi disgrifiad mor gyflawn, gan farnu y byddai perygl iddo golli wyneb, heb sôn am hunan-barch, wrth adrodd manylion digwyddiad diniwed oedd â chymaint o botensial i ymddangos yn ffars.

'Newydd ddigwydd mae e?'

'Ie, nawr. Jest cyn iti gyrraedd.'

'Gad i fi fynd i hôl Mari,' mentrodd Ifor a dechrau camu heibio i Michael er mwyn mynd i mewn i'r tŷ.

'Dyw hi ddim 'ma. Mae 'di mynd i'r dre gyda'r merched i brynu dillad i fynd ar ei thrafels.'

'O, reit. Do, wedodd Gwenno fod y ddou ohonoch chi'n mynd bant. I Sbaen ife? Pryd chi'n mynd?'

Cyn i Michael gael cyfle i ateb ei gwestiynau, aeth Ifor i'w gwrcwd ac edrych mewn cydymdeimlad arno. Roedd y boen yn dal i saethu ar hyd ei goes ac roedd ei ben-glin yn mynd yn dynnach.

'Wyt ti'n gallu codi . . . jest digon iti fynd nôl i mewn i'r tŷ? Well iti fynd i orwedd. Dere, rho dy bwyse arna i.'

Ar hynny, ymsythodd Ifor ac estyn ei fraich er mwyn i Michael dynnu ei hunan ar ei draed.

'Ffycin hél, mae'n brifo. Aros. Alla i ddim.'

'Ocê, ond beth am drio croesi'r trothwy a wedyn gelli di sleido ar dy din ar hyd y cyntedd os o's rhaid? Unweth byddi di'n orweddog, galla i ddodi iâ neu rwbeth ar dy ben-glin. O's paced o bys 'da chi yn y rhewgell?'

Ysgwyd ei ben i gadarnhau wnaeth Michael a chloffodd, gyda help Ifor, dros y trothwy. Cloffi wnaeth e ar hyd y cyntedd hefyd gan anwybyddu'r awgrym lliwgar i sleido ar ei din.

'Gwranda Michael, wy'n credu dylet ti adel i fi fynd â ti i'r ysbyty,' meddai Ifor wrth ei gynorthwyo at y soffa yn y lolfa fawr.

'Na, bydda i'n iawn nawr, gei di weld.'

'Wyt ti'n moyn i fi ffono Mari 'te?'

'Gad iddyn nhw orffen eu siopa. Byddan nhw adre cyn bo hir.'

'Beth am ga'l golwg ar dy ben-glin rhag ofan?'

'Rhag ofan beth?'

'Wel, sa i'n gwbod . . . ond mae e bownd o fod yn . . .'

'Wy wedi trio rholo co's y jîns lan drosto fe, ond aiff hi ddim hibo fan hyn,' atebodd Michael a phwyntio at fan o dan ei ben-glin.

'Elli di eu tynnu nhw . . . dy jîns?'

Edrychodd Michael arno heb ymateb, ond sylwodd Ifor nad oedd angen geiriau arno i fynegi ei anfodlonrwydd â'r fath awgrym.

'Gwranda Michael, wy'n trio dy helpu, ocê? A ta beth, *you're not my type*, cariad.'

Ar hynny, aeth Ifor drwodd i'r gegin i chwilio am y pys. Pan ddychwelodd i'r lolfa, roedd Michael yn eistedd â'i jîns am ei bigyrnau ac yn pwyso yn ei flaen er mwyn archwilio'i ben-glin chwyddedig.

'Callia, ddyn. Mae eisie i feddyg edrych ar hwnna. Mae golwg gas arno fe. Dere, gad i fi fynd â ti i Ysbyty'r Brifysgol yn 'y nghar. Gallwn ni ffono Mari o fan'na i roi gwbod iddi.'

∾

'Beth ddiawl ti wedi neud?' gofynnodd Mari a rhoi ei llaw ar ysgwydd Michael a eisteddai mewn cadair olwyn yn yr ystafell aros hanner gwag.

Ni allai Ifor benderfynu p'un ai dychryn pur ynteu rhwystredigaeth bigog oedd i gyfrif am dôn ddi-lol ei llais, ond y naill ffordd neu'r llall, barnodd mai gwell gadael i Michael siarad drosto'i hun a pheidio â dod rhwng gŵr a gwraig.

'Paid â gofyn,' atebodd hwnnw ac ysgwyd ei ben yn hunangeryddol.

'Haia Ifor, diolch o galon i ti am hyn. Ti'n werth y byd.' Eisteddodd Mari ar y gadair blastig, oren wrth ochr ei gŵr ac ochneidio. 'Diolch byth i ti alw pryd wnest ti,' ychwanegodd hi, gan droi i wynebu ei chyn-ŵr a eisteddai yr ochr arall iddi. '*God*, Michael, beth 'yt ti?'

'Mae Ifor wedi bod yn wych,' meddai Michael yn ddiffuant. Roedd ei barodrwydd i gydnabod cymwynas y dyn arall yn ddigwestiwn, eto roedd ei ddyrchafu i statws sant yn gam rhy bell, yn enwedig am fod Mari i'w gweld yn benderfynol o'i ddiraddio yntau i statws dwlbyn. 'Ble mae Alys a Gwenno?' gofynnodd mewn ymgais i lywio'r sgwrs oddi wrtho.

'Mae Gwenno wedi gorfod mynd nôl i'r fflat. Mae gyda hi lwyth o waith i' baratoi ar gyfer fory ac mae Alys yn parco'r car, ond sdim ots abythdu nhw . . . gwêd wrtha i, shwt 'yt ti'n teimlo?'

'Rho 'ddi fel hyn . . . wy wedi bod yn well.'

'Oedd *raid* iti fynd lan ar ben ysgol heddi o bob diwrnod a neb gartre?'

'Es i ddim lan ar ben ysgol. Wy ddim mor dwp â 'na. Steps o'dd 'da fi. Ces i ddamwain fach. Mae pobol yn ca'l damweinie, ti'n gwbod. Gallwn i fod wedi neud yr un peth wrth faglu yn y stryd. 'Sen ni wedi codi'r blydi graean 'na flynydde nôl, pan on i'n moyn . . .'

Doedd Ifor erioed wedi bod yn dyst i'r fath figitan

diymatal rhwng Mari a Michael o'r blaen. Onid oedd hi, Mari, wastad wedi bod yn orofalus i weithredu ei rheol aur mai gwell oedd cadw pethau'r tŷ yn y tŷ yn lle eu harddangos gerbron pob rhyw ddieithryn? Nid ei fod yn ei ystyried ei hun yn ddieithryn fel y cyfryw, ond doedd e ddim yn aelod cyflawn o'r tŷ chwaith, nid fel Michael.

Pwysodd yn ôl yn ei gadair blastig ac ystyried y datblygiad diddorol. Ni allai lai na gwenu'n fewnol am ben y posibilrwydd y gallai ei adferiad yntau i statws Samariad trugarog yng ngolwg y teulu fod yn llyfnach ac yn llai poenus nag adferiad pen-glin Michael.

'Ers faint y'ch chi 'ma?'

'Mae siŵr o fod dwyawr. Pryd gyrhaeddon ni, gwêd?'

'O's rhywun wedi dy weld ti 'to?'

'O's, ond wy'n aros i fynd nôl miwn i ga'l canlyniad yr X-ray.'

'Beth wedon nhw?'

'Mae'n debyg bo fi 'di rhwygo gewyn yn 'y mhen-glin. Dyna beth wedodd y doctor ta beth, ond o'dd hwnnw ddim yn edrych fel 'se fe'n ddigon hen i roi barn gyfreithlon ar ffilm arswyd heb sôn am roi barn feddygol, gytbwys! Yr anterior cruciate ligament . . . beth bynnag yw hwnna. Yr unig beth wy'n wbod yw ei fod e'n blydi boenus!'

''Yt ti'n gallu plygu dy ben-glin o gwbwl?'

'Nagw. Mae wedi chwyddo gormod.'

'Gwranda Ifor, sdim eisie iti aros fan hyn gyda ni, cofia. Walle byddwn ni 'ma am hydoedd 'to. Cer di. Ti wedi neud mwy na digon i helpu'n barod,' meddai Mari.

'Na, sdim eisie iti aros, Ifor. Diolch yn fawr iti am bopeth,' ategodd Michael.

'Fe arhosa i nes daw Alys, a wedyn af i os nag o's ots 'da chi. Well i fi bido crwydro'n rhy bell fel bod rhywun ar ga'l i roi reid i ti yn y gadair olwyn 'na rhag ofan caiff dy enw ei alw cyn iddi gyrraedd.'

Gwenodd Michael, ond aros fel symans wnaeth wyneb Mari. Roedd Ifor wedi pwyso ymlaen yn ei gadair er mwyn annerch y ddau ohonyn nhw, a nawr sylwodd fod ei llygaid wedi'u hoelio ar y llawr llwydaidd o'i blaen fel petai hi'n treulio goblygiadau ei eiriau ymddangosiadol ffwrdd-â-hi. Tan yr eiliad honno cawsai unrhyw gonsýrn fu ganddi ei sianelu at gyflwr Michael, ond bellach gallai Ifor weld fod pryderon ei gyn-wraig yn ymwneud yn fwy â'r posibilrwydd bod ei chynlluniau i grwydro Sbaen yn y fantol.

∽

'Mari! Tacsi!'

Gafaelodd Michael yn un o'r ffyn baglau â'i naill law a phwysodd ei law arall ar y bwrdd er mwyn ei wthio'i hun ar ei draed yn ddeheuig. Cawsai bron i wythnos i berffeithio'r gamp. Cydiodd yn y fagl arall tra'n rhoi ei holl bwysau ar y goes iach, a dechreuodd groesi llawr y lolfa'n herciog er mwyn hebrwng Mari i'r drws.

'Beth 'yt ti'n neud, y twpsyn, yn codi fel hyn heb eisie?' gofynnodd Mari wrth weld ei gŵr yn cloffi'i ffordd ar hyd y cyntedd tuag ati. Ceisiodd gelu ei diffyg amynedd trwy wenu arno'n hwyrfrydig, ond roedd Michael eisoes wedi synhwyro'i min. Roedd wedi'i synhwyro drwy'r wythnos. 'Reit 'te, fydda i ddim yn hir.'

'O's digon o arian 'da ti ar gyfer y tacsi?'

'Damo! Wnes i ddim meddwl . . .'

'Cer i edrych yn 'yn waled. Wy'n credu bod papur decpunt 'da fi, ond cofia fynd i'r twll yn y wal i dynnu rhagor mas er mwyn dod nôl.'

'Na, mae'n eitha reit, dwa i nôl ar y bws am ddim. Man a man i fi ga'l rhywfaint o ddefnydd o 'nhocyn-hen-bobol tra bo fi'n gallu.'

Gwgodd Michael ar ei sinigiaeth, ond ni sylwodd Mari am ei bod hi eisoes yn chwilota trwy ei waled am y papur decpunt.

'Ocê, wela i di'n nes mla'n,' meddai a chwifio'r arian yn fuddugoliaethus yn ei llaw.

'Cymer ofal.'

Chwythodd hi gusan ato a throi i fynd am y tacsi. Gorfododd Michael ei hun i wenu, ond yr eiliad y trodd Mari ei chefn diflannodd ei wên mor sydyn â chasglwr elusen ar stepen drws ar ôl llwyddo i fachu pumpunt at yr achos cyn bwrw yn ei flaen i'r tŷ nesaf. Caeodd y drws a hofran uwch y ffôn yn ei ymyl. Doedd yntau erioed wedi meddu ar ddaliadau digon cryf i gael ei ysgogi i gasglu at unrhyw achos, meddyliodd. Doedd e erioed wedi gwneud dim byd y gellid ei ddisgrifio'n ddyngarol yn ei fyw, hyd y gwyddai. Ddim yn yr ystyr gyhoeddus beth bynnag. Doedd e erioed wedi bod yn un i chwennych sylw. Eto, roedd e wastad wedi gwneud ei orau dros ei geraint. Dros Mari a'r merched, ei fam a'i dad. Oedd hynny'n golygu mai dyngarol oedd yr hyn roedd e ar fin ei wneud nawr, felly? Dyngarol ynteu hunanol? Hunanoldeb yn deillio o euogrwydd. Cododd y ffôn a deialu'r rhif lled gyfarwydd.

'Helô, Ifor?'

'Ie?'

'Michael Benjamin sy'n siarad.'

Yn yr hanner eiliad a aeth heibio cyn i Ifor ymateb, dychmygodd Michael y syndod ar wyneb y dyn arall; naill ai syndod neu'r un wên fach ryfedd a welsai'n ffurfio yng nghorneli ei geg lawer gwaith wrth i hwnnw ymwneud â gŵr ei gyn-wraig. Ni allai gofio'r tro diwethaf iddo ffonio Ifor Llwyd, a byddai yntau hefyd yn hollol ymwybodol o arwyddocâd hynny.

'Michael! Shwd 'yt ti? Shwd mae'r go's?'

'Mae'n dod . . . yn gwella'n araf. Diolch unwaith eto am dy help y diwrnod o'r bla'n. Gwranda Ifor, y rheswm wy'n ffono yw . . . yym . . .'yt ti ar ga'l i ddod draw i'r tŷ?'

'Odw. Sdim byd yn bod, o's e?'

'Nag o's, ond wy angen ca'l gair 'da ti ynglŷn â rhwbeth reit bwysig. A gweud y gwir, wy angen siarad â ti cyn gynted â phosib. Ti ddim yn gallu dod draw ar unwaith, 'yt ti?'

'Smo ti 'di llofruddio Mari, gobitho? Wy'n gwbod . . . a nawr ti'n moyn help i gwato'r corff, ife?'

'Paid â 'nhemtio, paid â 'nhemtio!'

'Reit, wel bydda i gyda ti ymhen rhyw chwarter awr 'te. Dyma beth *yw* dirgelwch.'

'Gwych. Bydd y drws ar agor. Jest dere miwn.'

'Pam 'te, 'yt ti yno ar dy ben dy hun, 'yt ti?'

'Odw, mae Mari wedi mynd at y doctor . . . rhwbeth drefnodd hi wthnos dwetha cyn y blydi ddamwain.'

'Ocê, fe wela i di yn y man.'

Rhoddodd Michael y ffôn yn ôl yn ei grud, agorodd y drws y mymryn lleiaf a chloffodd ei ffordd drwodd i'r lolfa, ei feddwl ar garlam, ei hunanfalchder ar chwâl. Ifor Llwyd fyddai'r olaf iddo droi ato am gymwynas fel arfer, ond doedd ganddo fawr o ddewis. Doedd neb arall ar gael – yn realistig beth bynnag.

Pwysodd yn ôl yn y soffa feddal a gorffwysodd ei goes yn llafurus ar glustog ar ben y stôl o'i flaen. Roedd hi'n brifo heddiw. Doedd hi ddim wedi stopio brifo ers dydd Sul, ond bob tro y byddai Mari'n holi yn ei chylch llwyddodd i godi gwên o fath, digon i gadw ei gobeithion yn fyw. Ffugio roedd hithau hefyd; gwyddai hynny'n berffaith. Ond roedd angen mwy na gwên ar ddiwedd brawddeg oer i doddi'r anniddigrwydd yn ei llais. Roedd e'n mynd ar ei nerfau; roedd hynny'n amlwg iddo. Wrth i'r wythnos fynd yn ei blaen, ac yntau'n dal i gloffi, gwelsai Mari ei chynlluniau mawr yn troi'n lludw yn ei llaw.

Siglwyd Michael o'i synfyfyrio pan glywodd e'r gloch yn canu. Eiliad yn ddiweddarach, clywodd e'r camau'n agosáu ar hyd y cyntedd a pharatôdd am sgwrs anoddaf ei fywyd.

'A . . . fan hyn 'yt ti.'

'Helô Ifor, diolch iti am ddod ar gymaint o fyr rybudd.'

'Dim problem, achan. O'dd 'da fi ddim byd gwell i' neud.'

'Sa i wedi dy dynnu oddi wrth dy baned canol bore a pherle'r *Western Mail*, gobitho?'

'Wy wedi hen roi'r gore i brynu papure newydd i leddfu argyfwng gwacter ystyr. Mae hynny o wasg Gymreig sy gyda ni wedi stopid cynnig ysbrydoliaeth i fi ers blynydde, a dyw tri chwarter y papure Seisnig ddim yn gweld ni'r Cymry'n ddigon arwyddocaol i gynnwys cymaint â pharagraff amdanon ni o'r naill ddiwrnod i'r llall. Mae'n amlwg bod y tonne honedig o dramorwyr sy'n bygwth boddi diwylliant bregus East Anglia'n fwy dinistriol o lawer na mewnlifiad brodorion East Anglia i West Wales, ac felly maen nhw'n haeddu mwy o sylw, yn ôl y golygyddion.'

'Mae gweud mawr gyda ti bore 'ma, Mr Llwyd!'

'Wel, mae'n rhaid iti arllwys dy gwd withe.' Wrth i Ifor eistedd gyferbyn â Michael ar yr unig gadair unigol yn yr ystafell fawr olau, paratôdd ei eiriau nesaf. 'Ond nage dyna pam 'yt ti wedi gofyn i fi ddod draw 'ma ar gyment o hast. Beth sy'n dy boeni di?'

'Ti ddim o ddifri'n gweu'tho i fod ti ddim yn gwbod?' gofynnodd Michael.

Cyn gynted ag y gadawodd y cwestiwn ei wefusau roedd yn edifar ganddo swnio mor llym, felly gwenodd yn hwyrfrydig, yn union fel y gwelsai Mari'n ei wneud drwy'r wythnos.

'Pam dylwn i wbod?'

'O, dere nawr, sa i eisie whare rhagor o geme. Ry'n ni wedi treulio ugen mlynedd a mwy'n whare geme. Rwyt ti'n gwbod yn nêt pam ti 'ma.'

Rhedodd Ifor ei law'n ôl ac ymlaen dros ei ên arw ac ystyried ymarweddiad anghydnaws y dyn gyferbyn ag e. Roedd gonestrwydd ymosodol Michael fel chwa o awyr iach ar un olwg, ond cawsai ei ysgwyd fymryn ganddo, er hynny. Wedi'r blynyddoedd o oddef cyndyn na fyddai byth yn troi'n fwy o sgarmes agored na gwên watwarus neu giledrychiad bach piwis, dyma Michael yn tynnu'r menyg o'r diwedd. Diawliodd ei hun am fethu â rhagweld ei dacteg. Pwysodd yn ei flaen yn y gadair, ei benelinoedd yn gorffwys ar ei bengliniau, ac edrychodd i fyw llygaid Michael am y tro cyntaf ers amser maith.

'Yr unig reswm alla i feddwl yw Mari,' meddai.

'*Got it in one.* Ond o't ti'n gwbod hynny, wrth gwrs, yr

eiliad rhoies i'r ffôn lawr gynne. Roeddet ti'n gwbod yn yr ysbyty ddydd Sul diwetha y byddwn i'n dy ffono'n hwyr neu'n hwyrach.'

'Fe wnes i ystyried y posibilrwydd, do, ond wnes i erio'd feddwl y byddet ti mewn gwirionedd yn mynd mor bell â chodi'r ffôn i siarad â dy archelyn a'r dyn a dorrodd galon dy wraig.'

'Dere, sdim eisie mynd dros ben llestri. Yn un peth, o'dd neb arall ar ga'l, ond fydde neb arall yn neud y tro chwaith. Y peth yw, Ifor, wy wedi dod i dderbyn lot o bethe'n ddiweddar. Wy'n derbyn yn llwyr fod gyda ti le ym mywyd Mari a thrwy hynny yn 'y mywyd inne. Hi sy'n ein clymu ni. Hi yw achos ein cenfigen.'

'Nawr pwy sy'n mynd dros ben llestri?'

'Ond mae'n wir. Onibai am Mari, fydden ni ddim yn ca'l y sgwrs 'ma nawr. Fydden ni ddim yn nabod ein gilydd. Oeddet ti'n gwbod bod gan y Swediaid air am bobol fel ni? Hynny yw, am ein perthynas arbennig ni. Yn yr un modd ag mae dou ddyn yn gallu bod yn frodyr-yng-nghyfraith, mae gan bobol Sweden derm am ddou ddyn sy wedi bod gyda'r un fenyw. Fel ti a fi.'

'*Sy wedi bod gyda'r un fenyw.* Dywediad braidd yn graffig, nag 'yt ti'n meddwl? Felly, beth yw'r gair mawr 'ma 'te?'

'Sa i'n gwbod shwt mae ei weud e yn Swedeg, ond y cyfieithiad agosa alla i gynnig yw 'brodyr-yng-nghyfathrach'. Dyna y'n ni, Ifor – brodyr-yng-nghyfathrach, er gwell neu er gwaeth.'

Cilwenodd Michael a gadael i'w ben syrthio'n ôl yn erbyn clustog foliog y soffa. Eisteddodd felly am yn agos i funud, gan syllu ar y nenfwd gwyn a'r crac bach mân a redai ar ei draws. Byddai un got arall o baent efallai'n ddigon i gael gwared â'r crac am byth, meddyliodd.

'Mae bron â bod yn waraidd,' meddai Ifor pan oedd hi'n briodol llenwi'r gwacter eto.

'Beth, ein perthynas ni?'

'Wel, hynny hefyd, ond meddwl am y Swediaid a'u gair mawr o'n i.'

'Trwsta'r Swediaid i fathu term fel 'na. Ti'n iawn, mae bron â bod yn waraidd, ond wy'n siŵr eu bod nhw'n hollol waraidd ynghylch yr holl sefyllfa hefyd. Sgandinafiaid y'n nhw, wedi'r cyfan. 'Se fe'n neis 'se ni'n dou'n gallu bod yn waraidd tra bo Mari'n dal i . . . ti'n gwbod.'

'Beth yn gwmws ti'n moyn, Michael?'

Edrychodd Michael i fyw llygaid Ifor cyn rhyddhau'r geiriau y bu'n eu hymarfer yn ei ben ers dyddiau.

'Wy'n gofyn iti fynd i Sbaen gyda Mari yn fy lle i.'

Rhythodd Ifor arno gan geisio prosesu'r cais clinigol o foel. Er gwaethaf ei rwyddineb ymddangosiadol, gwyddai ei fod wedi cymryd pob gronyn o'r nerth a feddai'r dyn hwn i'w lefaru. Oedd, roedd e wedi amau taw'r trip i Sbaen oedd wrth wraidd yr alwad ffôn rywfodd neu'i gilydd, ond doedd e ddim wedi disgwyl cymaint â hyn. Roedd e fel ennill *El Gordo*!

'Wnei di plis ystyried . . .'

'Paid, Michael. Paid â bod mor ffycin rhesymol.'

Cododd Ifor a chrwydro draw at y ffenest lydan. Pwysodd ei ddwylo ar y sil ac edrych allan ar yr ardd daclus.

'Ody Mari'n gwbod am hyn?' gofynnodd e.

'Nag yw, ond gofyn ar ran Mari ydw i, achos wnaiff hi ddim gofyn ei hun.'

'Rwyt ti'n gofyn peth mawr. Mae'n beth mawr i'r tri ohonon ni.'

''Yt ti'n gallu awgrymu ffordd arall 'te?'

Trodd Ifor i wynebu'r ystafell unwaith eto, ond ni symudodd o'r ffenest. Safai â'i gefn at yr ardd gan ystyried ei gam nesaf.

'O'n i'n meddwl dy fod ti wedi 'ngalw i yma i drio dwyn perswâd arni i newid ei meddwl ynghylch bwrw mla'n â'r trip,' meddai.

'Pam wnelen i 'ny? 'Yt ti'n meddwl fod gyda ti fwy o ddylanwad drosti na fi? Fi yw ei gŵr, Ifor. Paid byth ag anghofio hynny. Wy'n gofyn iti fynd gyda hi i Sbaen am dy fod ti'n ffrind arbennig. Mynd yn fy lle fyddet ti nage cymryd fy lle.'

Teimlodd Ifor yr ergyd fel petai Michael wedi'i bwnio'n gorfforol. Trawiad isel, mileinig. Cic yn ei gerrig. Roedd e'n suddo.

'Ond mae'n rhaid i Mari roi sêl ei bendith yn gynta.'

'Wrth gwrs, ond gofyn ydw i a fyddet ti'n fodlon neud hyn mewn egwyddor? Mae hi'n meddwl bod hi'n mynd am fis, ond gawn weld. Mae hi'n blino'n ofnadw ambell waith. Bydd e'n golygu gofalu amdani . . . a goddef y pwds wrth iddi sylweddoli ei bod hi'n mynd yn fwy ac yn fwy ffiledig.'

'Pryd o'ch chi wedi bwriadu mynd?'

'Diwedd y mis, cyn i'r tywydd yn Sbaen droi. Mae popeth wedi'i drefnu – yswiriant . . . popeth – a fydd dim eisie iti dalu'r un geiniog, ond sdim gobaith caneri y galla i fynd gyda hi, ac mae hi'n gwbod 'na. Ei siwrne fawr ola i'r Cyfandir a fydda i ddim gyda hi. Ambell waith mae bywyd yn gont on'd yw e?'

Gwenodd Ifor ond doedd dim pleser yn ei wên. Aeth e'n ôl i eistedd ar y gadair fel cynt, ei feddwl yn ceisio rhoi trefn ar y datblygiadau cyflym. Roedd ganddo gymaint i'w ofyn i'r dyn hwn gyferbyn ag e ond, yn y diwedd, dim ond un cwestiwn adawodd ei wefusau.

'A beth amdanat ti, Michael, ydw i'n cael sêl dy fendith *di*?'

'Wyt.'

Nodiodd Ifor ei ben yn araf i gydnabod yr ateb unsill. Roedd ei adferiad yn fwy cyflawn nag y gallai byth fod wedi'i ddychmygu.

'Felly, ble mae hyn oll yn ein gadel ni'n dou, ti'n meddwl? Y gŵr a'r cyn-ŵr.'

'Cwestiwn da, a sa i'n siŵr beth yw'r ateb, Ifor. Mae'n debyg taw'r gore alla i gynnig yw y byddwn ni wastod yn frodyr-yng-nghyfathrach, os nad dim byd mwy.'

'Setla i am hynny,' atebodd Ifor.

Eisteddodd y ddau yn eu bydoedd ar wahân am funudau lawer, y naill mor ymwybodol â'r llall o anferthedd yr hanner awr a oedd newydd fod, y ddau'n gwybod bod cymaint eto i ddod dros y misoedd nesaf.

'Gwyn eu byd y bobol hynny sy 'di ca'l bywyd syml,' meddai Michael maes o law.

'Dere nawr, dim ond gweld ein gilydd y'n ni. Fe synnet ti beth sy'n mynd mla'n y tu ôl i lygaid pobol erill. Ry'n ni'n meddwl bod gyda nhw fywyd anghymhleth, ond do's wbod beth sy'n eu rhwygo'n dawel bach. Y gwahaniaeth yn ein hachos ni o'dd bod pawb arall wedi gallu dilyn yr opera sebon. Mae argyfynge rhai pobol yn fwy cyhoeddus wrth natur.'

'Odyn, mae'n debyg. A finne wastod wedi 'nhwyllo'n hunan 'mod i'n berson preifat.'

'Sori. Fi gawliodd hynny.'

Gwenodd y ddau.

'Gwêd wrtha i, shwt mae hi mewn gwirionedd?' parhaodd Ifor. 'Rwyt ti'n ei gweld hi heb ei cholur.'

''Yt ti eisie'r gwir? Ry'n ni'n sleido tua'r diwedd. Mae ambell ddiwrnod yn well na'i gilydd, ond fydd hi ddim yn hir cyn bydd rhaid iddi ildio i'r gadair olwyn. Dyna pam gofynnes iti ddod 'ma ar gyment o frys. Allwn ni ddim fforddio dad-wneud y trefniade a gohirio'r trip i Sbaen nes 'mod i'n gwella. Erbyn i hynny ddigwydd, bydd hi'n rhy hwyr i fynd i unman.'

'Odyn nhw wedi sôn faint mae'n debygol o gymryd cyn iti fod nôl ar dy dra'd yn iawn?'

'Mae'n anodd gweud, ond wy fod i ddechrau ffisio ddiwedd wthnos nesa. O'n nhw'n poeni ar y dechre rhag ofan bod clot 'da fi, ond mae fel 'sen nhw 'di anghofio am hynny nawr. Wy'n gorfod cadw'r brês 'ma mla'n am rai wthnose ac mae'r ffisio'n mynd i bara peth amser. Ond *no way* allwn i fynd i Sbaen. 'Sen i ddim yn ca'l mynd ar yr awyren.'

'Ti'n lwcus dy fod ti heb ga'l llawdriniaeth.'

'Plis, paid atgoffa fi,' meddai Michael ac ysgwyd ei ben. 'Ca'l a cha'l o'dd hi.'

'A beth nesa? 'Yt ti'n meddwl gwnaiff hi gytuno? Ti'n gwbod shwt un yw Mari.'

'Mae hi'n moyn mynd. Wnaiff hi ddim gwrthod, yn enwedig pan glywiff hi taw ti yw'r dewis arall.'

'Ocê 'te, ffona fi cyn gynted â phosib i roi gwbod beth

wediff hi.' Ar hynny, cododd Ifor a dechrau anelu am y drws. 'Os daw hi'n ôl a gweld 'mod i gyda ti unwaith eto, bydd hi'n dechre meddwl bod rhwbeth amhriodol yn mynd mla'n rhynton ni. Dydd Sul diwetha a nawr heddi. Ffona fi.'

2008

Mamau

Trodd Michael drwyn y car i mewn i Gower Street a gyrru'n araf ar hyd hynny o lôn a oedd ar ôl rhwng y rhesi o geir a faniau ar bob ochr iddo. Yn wyrthiol, roedd lle i barcio'n union o flaen tŷ ei fam-yng-nghyfraith, fel petai'r cymdogion wedi gadael y bwlch yn fwriadol ar ôl i neges Mari eu cyrraedd o'r ysbyty. Tynnodd i mewn a diffodd yr injan, gan ddiolch dan ei wynt fod parch at yr ymadawedig yn fyw ac yn iach o hyd yn y rhan hon o'r wlad.

''Yt ti'n siŵr dy fod ti am fynd miwn mor fuan?' gofynnodd a throi at Mari a eisteddai wrth ei ochr.

'Odw,' meddai a nodio'i phen i ategu ei hateb.

'Sdim rhaid inni neud hyn heddi, cofia. Gallen ni ddod nôl 'to os o's well 'da ti.'

'Y'n ni 'ma nawr. Dere . . . deuparth gwaith ac yn y bla'n.'

'Wel, os ti'n hollol siŵr. Well iti ddod â'r dogfenne gyda ti. Ble rhoiest ti'r holl ffurflenni gest ti 'da'r ysbyty?'

Gwasgodd Mari'r botwm plastig ar y panel o'i blaen er mwyn agor y cwpwrdd bach wrth ei phengliniau, a chydiodd mewn amlen frown.

'Mae angen lla'th arnon ni. Ti'n folon slipo lan i'r siop?'

Gwgodd Mari a difaru'n syth ei bod hi wedi gofyn y fath beth, ond prysurodd i ychwanegu mwy gan farnu bod angen esboniad pellach er mwyn cyfiawnhau cyffredinedd ei chais anamserol. 'Prin y bydd yr un diferyn gwerth ei yfed yn y tŷ. Sori cariad, wnes i ddim meddwl sôn gynne. Gallen ni fod wedi stopo yn y Sgwâr.'

'Gad i fi ddod miwn gyda ti'n gynta ac af i lan yn y funud,' mynnodd Michael a rhoi ei law ar ei braich yn dyner.

Camodd y ddau allan a mynd i sefyll ar y pafin cul. Aeth Mari i gefn y car a gafael mewn sach blastig a roddwyd gan yr ysbyty i ddal dillad a thrugareddau personol ei mam. Roedd rhywbeth truenus ynglŷn â'r bwndel a grogai o'i dwrn. Gwasgodd Michael y teclyn llaw er mwyn cloi'r car, a datglodd Mari ddrws cartref ei phlentyndod am y tro cyntaf ers deugain mlynedd.

'Wy'n teimlo fel 'sen ni'n tresmasu,' meddai wrth iddi wthio'r drws mewnol ar agor a mentro ymhellach i mewn i'r tŷ lle roedd goleuni naturiol wedi bod yn brin cyhyd ag y gallai gofio. 'O'dd un ohonyn nhw wastad 'ma i ddod i'r drws. Hi neu fe. Dyw hi ddim yn teimlo'n iawn rywsut.'

Rhoddodd Michael ei law ar ei hysgwydd a'i dilyn i mewn i'r lolfa dywyll.

'Ar adeg fel hyn wy'n difaru nag o's brawd neu whâr 'da fi i rannu'r baich,' meddai Mari a gosod y sach blastig ar y llawr wrth ochr y seidbord trwm.

Aeth Michael draw ati a'i dal yn erbyn ei gorff, ei phen yn gorffwys ar ei ysgwydd.

'Ti ddim ar dy ben dy hun. Paid byth ag anghofio hynny.'

'Wy'n gwbod, ond wnes i erio'd feddwl y bydde fe cynddrwg â hyn. Mor derfynol. Wy'n bum deg whech mlwydd o'd, ond wy'n teimlo fel plentyn amddifad yn sydyn reit. Ody hwnna'n swno'n dwp, gwêd?'

'Rwyt ti wedi gweud pethe twpach o lawer,' meddai Michael a gwenu. 'Nag yw, dyw e ddim yn dwp; mae'n hollol normal, Mari fach.'

'Wy'n cyfadde nag o'dd Mam a fi wastod yn gweld lygad yn llygad ar bopeth, ond . . . o'n ni'n debycach na ti'n feddwl, ti'n gwbod.'

'O'ch chi'n rhannu'r un styfnigrwydd, mae hynny'n ffaith. Dwy fadam dan yr un to. Sdim rhyfedd fod Morlais wedi dianc i'r tŷ tafarn bob cyfle gele fe!'

Pwniodd Mari ysgwydd ei gŵr yn ysgafn a thorri'n rhydd rhag ei afael.

'Reit am dy *cheek*, Michael Benjamin, gei di fynd lan i brynu lla'th i ni ar unwath. Siwrne weliff Beryl-drws-nesa'r car mas tu fas daw cnoc ar y drws, a bydd hi'n erfyn dogn priodol o ddagre a dishgled o de yn ei llaw.'

'Paid â siarad dwli. Fydd hi ddim yn dishgwl te. 'Yt ti newydd golli dy fam.'

'Nage yng Nghaerdydd y'n ni nawr. Mae dishgled o de'n rhan o'r broses alaru yn y rhan yma o'r wlad.'

'Well i fi ddod â bisgedi hefyd 'te. 'Yt ti'n moyn dod gyda fi?'

'Nagw. Wy angen sbel wrth 'yn hunan.'

'Fydda i ddim yn hir.'

Pan glywodd Mari ddrws y ffrynt yn cau'n glep, caeodd ei llygaid a gadael i'w chorff suddo'n ôl yn erbyn cefn y soffa frown, henffasiwn. Er gwaethaf bygythiadau cyson ei mam i gael gwared â'r greadigaeth a fu *à la mode* am ryw chwe mis tua diwedd chwedegau'r ganrif o'r blaen, roedd yr un soffa'n dal i lenwi'r un gofod ar hyd y wal rhwng y lolfa a'r gegin fach. Gorffwysodd ei llaw ar fraich bren, sgleiniog y celficyn a symudodd ei bawd yn ôl ac ymlaen i gyfeiliant tic-toc undonog y cloc ar y silff ben tân. Y cloc oedd testun balchder mwyaf ei rhieni. Honno oedd anrheg ymddeol ei thad o'r gwaith dur wedi bron i ddeugain mlynedd o wasanaeth di-dor a shifftiau cyfandirol, anghymdeithasol na thalai'r un iot o sylw i iechyd y gweithiwr na'r effaith ar ei deulu. *'Aisht, ma dy dad yn gwely. Mari, tro'r radio 'na off. Paid slamo'r drws! Os di'niff e nawr bydd lle y diawl 'ma.'* Roedd y rhybuddion beunyddiol yn rhan annatod o'i phlentyndod: ysbrydion a fu'n ei phlagio a'i chysuro am yn ail ar hyd ei hoes. Roedd gallu ei thad i'w orfodi ei hun i fynd i'r uffern honno bob dydd yn y dillad gwaith a wyntai o swlffwr a surni metel a chwys wastad wedi ennyn ei hedmygedd, hyd yn oed pan oedd hi'n rhy fach i lawn sylweddoli anferthedd ei gamp. Cofiodd synnu at y ddau ohonyn nhw pan sgubwyd gwirionedd ei orchest gydol oes naill ochr cyn hawsed â difa cleren y noson y daeth e adref ar ddiwedd ei barti ffarwél (dynion yn unig) a chyflwyno'r cloc i'w mam. Dyma nhw'n ei ffonio ar eu ffôn newydd sbon i rannu'r llawenydd, er ei bod hi'n tynnu am un ar ddeg o'r gloch a hithau yn ei gwely. Roedd eu parch at awdurdod a'u parodrwydd i gael eu dallu gan gydnabyddiaeth swyddogol o unrhyw fath wastad wedi bod yn ail natur i bobl fel ei mam a'i thad. Yn hynny o beth doedd hi a'i mam ddim mor debyg wedi'r cyfan, meddyliodd Mari.

Gadawodd i'w llygaid grwydro ar hyd y lluniau niferus o'r teulu a lenwai bob arwyneb yn yr ystafell dywyll: diwrnod priodas Manon ac Iestyn; ei phriodas hi a Michael; ei rhieni'n llio hufen iâ ar y prom yn Llandudno yn ystod un o'u gwyliau prin a'i mam yn rhy amharod i weld digon o werth ynddi hi ei hun hyd yn oed i wenu i'r camera; Manon, Alys a Gwenno yn eu gwisg ysgol; Manon, Alys a Gwenno yn eu capiau graddio. Sgleiniai'r gwydr ym mhob un llun. O roi'r holl ddyddiau unigol o ddwsto defosiynol ynghyd, rhaid bod ei mam wedi treulio degawdau'n gwarchod ei byd rhag casglu llwch, meddyliodd. Llenwodd llygaid Mari, ac estynnodd i boced ei throwsus glas tywyll am neisied i sychu'r lleithder oedd yn bygwth gorlifo'n ddagrau ar hyd ei bochau. Wrth ymroi gymaint i sicrhau bod sglein parhaus ar y lluniau a gofnodai gyraeddiadau ei theulu, roedd ei mam wedi esgeuluso rhoi sglein ar ei huchelgeisiau ei hun.

Caeodd ei llygaid drachefn er mwyn dileu'r atgofion o'i chwmpas; eu gwthio i bellafion ei chof. Ond yn hytrach na'u dileu, deffrowyd rhagor. Ton ar ôl ton. Roedd atgofion ymhobman, a'r ystafell hon oedd man geni cynifer, sylweddolodd. Yn ystod blynyddoedd anodd ei harddegau, ar y soffa hon yr arferai orwedd tra eisteddai ei mam yn y gadair freichiau gyferbyn, a sŵn y teledu'n llenwi'r lletchwithdod hormonol rhyngddyn nhw eu dwy. Nos Sadwrn, nos Wener, nos Fawrth – dim gwahaniaeth pa un – byddai hi a'i mam yn aros. Aros i'w thad ddod adref ar ôl gweithio shifft dou-i-ddeg neu'n aros iddo fynd i weithio shifft nos. Aros iddo ddod adref o'r tafarn wedi noson mas gyda'r bois. Ac o dipyn i beth, gwelodd hi fyd ei mam yn ymdoddi'n rhan o fyd Burton a Taylor, Audrey Hepburn a Cary Grant; roedd ei thad wedi hen roi'r gorau i greu'r hudoliaeth a ddenodd y fenyw ifanc o ben arall y cwm ato gydag addewid am bethau gwell i ddod. Ond roedd angen mwy nag un i greu hudoliaeth.

Gobeithiai Mari yn ei chalon na fyddai hi a Michael yn rhoi'r gorau i ymdrechu.

Bu bron iddi sgrechian pan ganodd cloch drws y ffrynt a'i hysgwyd o'i meddyliau anghysurus. Cododd ar ei thraed a phrysuro ar hyd y cyntedd cul, yn falch o gael cwmni Michael unwaith eto. Rhaid ei fod e wedi mynd yn y car yn lle cerdded, meddyliodd, am na fu'n fawr o dro. Agorodd hi'r drws a rhythu mewn penbleth ar y dieithryn a safai ar y pafin o'i blaen. Edrychodd hwnnw'n ôl yr un mor syn, ond ni ddywedodd y naill na'r llall yr un gair wrth ei gilydd. Ceisiodd Mari ei pherswadio'i hun fod 'na rywbeth cyfarwydd yn ei gylch, ond buan y chwythodd y syniad ffansïol hwnnw o'i phen. Doedd hi ddim yn adnabod hwn.

'Shwmae, oty Glenys ga'tre?' gofynnodd y dieithryn pan ddaeth hi'n amlwg iddo nad oedd Mari'n mynd i dorri'r garw.

Synnwyd Mari gan y cwestiwn syml. Doedd hi ddim yn barod amdano. Roedd hi wedi cymryd y byddai'r gair wedi mynd ar led ers ben bore fod Glenys Griffiths wedi'i rhuthro i'r ysbyty yn ystod y nos ar ôl cael trawiad ar ei chalon. Onid oedd hi wedi ffonio Beryl i roi gwybod nad oedd ei mam wedi dod trwyddi? Yn yr hanner eiliad oedd ganddi i ymateb, ceisiodd benderfynu pa lwybr i'w ddilyn. Nid ar stepen drws roedd torri newydd mor fawr i ddieithryn. Roedd hi'n amlwg bod y dyn hwn yn adnabod ei mam am iddo ddefnyddio'i henw cyntaf. Ond doedd hithau ddim yn ei adnabod ac, yn fwy na dim, doedd hi ddim yn gyfarwydd â ffurfio'r geiriau eto. Roedd y cyfan yn rhy fuan. Yn y diwedd, dewisodd lwybr canol, digon i ddibenion rhoi ateb o ryw fath ond nid ateb llawn.

'Nag yw, sori, dyw hi ddim.'

'O 'na fe, galwa i nôl rywbryd 'to,' meddai'r dyn ifanc yn hwyliog a dechrau troi oddi wrthi. Yna, stopiodd ac edrych wysg ei gefn. 'Mari y'ch chi, ontefe?'

'Ie, shwt o'ch chi'n gwbod?'

'O'r holl ffotos sy 'da Glenys yn y tŷ. Mae'n wilia abythdu chi drw'r amser.'

Astudiodd Mari ei osgo. Perthynai rhyw hyder hoffus iddo, rhyw gyfarwydd-deb diymdrech a ymylai ar fod yn ewn. Roedd gan hwn y ddawn i siarad â merched beth bynnag y bo'u hoed.

'Sori, pwy y'ch chi? Sa i'n credu bod ni'n nabod ein gilydd.'

'Nagyn, ond wy'n napod eich merch . . . Manon. Gwrddon ni flynydde'n ôl. Jonathan yw'r enw. Walle bo chi'n cofio 'nhad, Terry . . . Terry Price. O'ch chi'n arfer bod yn yr ysgol gyta fe.'

Roedd gan Mari ryw frith gof, eto ni allai hawlio ei bod hi'n ei gofio go iawn. Perthynai'r enw i'w gorffennol pell, i fyd a adawsai'n bedair ar bymtheg oed, i bob pwrpas, heb edrych yn ôl. Craffodd ar wyneb y dyn ifanc o'i blaen fel cynt rhag ofn y deuai rhyw lygedyn o adnabyddiaeth, rhyw arwydd yn y mab a'i harweiniai at y tad, ond doedd dim byd.

'Terry Price. Odw, wy'n cofio'ch tad,' meddai'n gelwyddog, yn rhannol er mwyn peidio â'i siomi a phylu ei frwdfrydedd i godi pont.

'Reit, dwa i nôl fory. Wy'n moyn rhoi hwn i Glenys. Syrpréis bach iddi.'

Ar hynny, tapiodd y parsel a ddaliai o flaen ei frest a gwenu. Tan hynny, roedd Mari heb sylwi bod ganddo ddim byd yn ei ddwylo, a nawr syllodd hi ar y siâp hirsgwar a'r papur brown amdano, a hwnnw wedi'i glymu'n ofalus â chortyn gwyn.

Edrychai mor henffasiwn, meddyliodd, ac felly'n werthfawr. Roedd rhywun wedi mynd i drafferth wrth ei lapio. Trodd y dyn ifanc a dechrau cerdded oddi wrthi. Yn sydyn, llenwyd Mari â'r panig mwyaf dwys.

'Jonathan!' galwodd hi a chamu dros stepen y drws. 'Licsech chi ddod miwn i'r tŷ? Mae 'da fi rwbeth i weu'tho chi.'

Stopiodd Jonathan yn ei unfan a cherdded yn ôl tuag ati. Safai Mari ar y pafin o hyd ac, wrth ei phasio ar ei ffordd i mewn i'r tŷ, craffodd Jonathan ar ei hwyneb, yn union fel y gwnaethai hithau ychydig funudau ynghynt, am arwydd a fyddai'n ei baratoi at yr hyn a oedd i ddod. Sylwodd Mari ar ei edrychiad holgar a gwenodd yn wan. Caeodd hi'r drws a'i ddilyn ar hyd y cyntedd cul i'r lolfa.

'Dewch i ishta man hyn,' meddai a'i gyfeirio at y soffa.

Tynnodd hi'r gadair galed allan o'i hencil wrth ochr y lle tân a'i gosod ar ganol y llawr gyferbyn â'r ymwelydd, ond cyn iddi agor ei cheg roedd calon hwnnw eisoes wedi'i thorri.

'Buodd Mam farw yn ystod y nos, Jonathan.'

Ysgydwodd ei ben yn araf tra'n rhythu ar y carped patrymog o'i flaen. Ceisiodd brosesu anferthedd ei chyhoeddiad a meddwl am rywbeth caredig i'w ddweud, ond ni allai ddod o hyd i'r geiriau. Doedd ganddo mo'r mecanwaith i'w chysuro fel roedd hithau newydd ei wneud trwy ddefnyddio'i enw er mwyn lliniaru'r ergyd. Cnodd Mari ei gwefus wrth weld ei afal freuant yn symud yn ei lwnc. Pwysodd ymlaen yn ei chadair a gafael yn ei law. Ni wyddai pam yn union y gwnaeth hynny, ac eto teimlodd fel y peth cywir i'w wneud. Tan ychydig funudau'n ôl, doedd hi erioed wedi cwrdd â'r dyn ifanc hwn a nawr dyma hi'n ei gysuro ar ganol lolfa dywyll ei mam. Dau ddieithryn yn ymddwyn â thynerwch dau gariad am fod yr un oedd yn eu clymu wedi mynd.

'Dou ddiwrnod yn ôl o'n i'n wherthin gyta hi man hyn, yn gwmws le y'n ni nawr. Galwes i weu'thi bod hi 'di ennill y gystadleuaeth arlunio yn yr Old Age. O'dd hi'n pido cretu fi, a wetws hi bo fi'n siarad drw'n het, ond o'n i'n gweud y gwir. A wetes i taw hi o'dd yn siarad drw'i het a'i bod hi'n haeddu ennill. A dechreuon ni wherthin a wherthin. O'dd hi'n fenyw hyfryd, chi'n gwpod. O'n i'n dwlu dod i' gweld hi.'

Edrychodd Mari arno'n syn. Gollyngodd ei gafael yn ei law heb yn wybod iddi a phwyso'n ôl yn erbyn cefn y gadair bren. Doedd ganddi mo'r syniad lleiaf. Teimlodd y gwres yn codi yn ei hwyneb. Gostyngodd ei threm rhag iddo weld yr euogrwydd yn ei llygaid. Roedd hi am iddo fynd ac roedd hi am iddo aros. Roedd hi am iddo ddatgelu mwy: y dieithryn hwn oedd yn adnabod ei mam yn well na'i merch ei hun.

'Arlunio? Ond . . . wna'th hi erio'd sôn gair,' mentrodd Mari.

'O'dd eitha talent 'da Glenys. O'dd neb arall yn yr un ca' â hi am arlunio.'

'Ond shwt o'ch chi'n gwbod hyn?'

Cododd Jonathan ei ben ac edrych arni'n amddiffynnol.

'Wy'n arwain dosbarth arlunio i'r hen bobol unwath yr wthnos. Wy'n gwitho fel *volunteer* yn y ganolfan. Well ichi acor hwn. Chi sy bia fe nawr.'

Ar hynny, plygodd Jonathan a chodi'r parsel oedd rhwng ei draed er mwyn ei gyflwyno i Mari. Rhythodd hi o'r newydd ar y pecyn hirsgwar, ar y papur brown sgleiniog a oedd wedi'i lapio'n daclus amdano, ar y cortyn a oedd wedi'i glymu'n dwt, cyn ei gymryd oddi arno a'i osod ar ei harffed.

Roedd arni gywilydd. Teimlodd ei gwaed yn berwi yn ei breichiau, yn ei chlustiau, yn ei bochau. Ymchwyddodd ei hedifeirwch o rywle'n ddwfn yn ei bol. Wrth ymroi gymaint i gwrso'i blaenoriaethau ei hun roedd hi, yr athrawes gelf, wedi esgeuluso'r uchelgais a lechai yn ei mam ar hyd y blynyddoedd. Roedd hi wedi'i methu ac roedd hi'n rhy hwyr bellach i unioni'r cam.

'Agorwch e. Mae'n dda,' anogodd Jonathan.

Edrychodd Mari arno ag ansicrwydd plentyn wrth dderbyn anrheg gan berthynas bell. Petrusodd fel petai hi'n ceisio sicrhau bod ei ganiatâd yn un dilys. Byseddodd ar hyd yr ochrau gan deimlo'r fframyn caled yn amlwg trwy'r papur. Roedd e wedi'i fframio. Gwelsai'r dyn hwn ddigon o werth ynddo i'w fframio i'w mam a gwneud iddi deimlo'n fawr. Tynnodd yn y cortyn a datod y cwlwm taclus. Gallai glywed ei chalon yn curo'n uchel yn ei phen. Dyma drysor a dyma benyd. Dyma ddedfryd a arhosai gyda hi tan y bedd.

Plygodd y papur yn ôl a syllu i fyw llygaid gwyrdd ei mam. Craffodd ar y rhychau dwfn ar ei thalcen ac ar y brychau henaint brown wrth ei harleisiau, gan synnu at y manylder. Roedd ei mam wedi dala pob manylyn heb geisio ystumio na ffugio. Edrychodd ar y gwefusau main yn troi tuag at i lawr gan amlygu cadernid yr ên. Teimlodd y dagrau'n rhuthro i'w llygaid ei hun nes bod wyneb ei mam yn troi'n bwl ar ei harffed.

'Wetes i wrthi fwy nag unwath fod trio neud *self-portrait* yn gofyn gormodd . . . ac mewn olew ar ben popeth, ond o'dd hi'n bendrefynol o neud. O'dd 'da hi ddim byd i' golli, medde hi, a hi o'dd yn iawn, achos mae'n wych.'

'Ody, mae'n hollol wych,' meddai Mari, 'ac o'dd 'da fi ddim syniad, chi'n gwbod, dim syniad.'

'Mae'n od, on'd yw hi, shwt ma pobol yn meddwl bod nhw'n napod ei gilydd, ond dim ond gweld ein gilydd y'n ni mewn gwirionedd.'

Sychodd Mari ei llygaid a chododd o'r gadair, gan ryfeddu at ei hathroniaeth syml. Weithiau y sylwadau symlaf oedd y rhai mwyaf craff. Dododd ddarlun ei mam ar y seidbord a thynnu'r papur yn ôl drosto a'i sythu'n reddfol â chledr ei llaw.

'Diolch, Jonathan. Diolch am weld . . . ac am fynd i'r drafferth.'

Gwenodd Jonathan yn wan a chodi ar ei draed. Safodd Mari rhyngddo â'r drws.

'Ga i ofyn un gymwynas arall? Sa i'n gwbod eto pryd bydd yr angladd, ond fyddech chi'n folon dod er mwyn helpu'r teulu i gario'r arch? Mae'n amlwg bo' chi a Mam yn dipyn o ffrindie.'

Nodiodd ei ben a rhoi ei law ar fraich Mari.

'Bydde hynny'n fraint,' meddai.

∾

'Wel, ble *ma* Glenys, wir? O'dd honna'n hwyr yn dod miwn i'r byd a bydd hi'n hwyr yn gatel.'

Pwysodd Gwenno ymlaen yn ei chadair a chymryd llaw esgyrnog ei modryb. Gwibiodd llygaid yr hen wraig o'r naill wyneb i'r llall yn y môr o ddillad du a lenwai'r ystafell fach.

'Mae'n *too bad* bod hi ddim 'ma fel pobun arall. Ble mae 'ddi, gwêd?'

'Mae Glenys wedi marw, Anti Beti. Dyna pam y'n ni 'ma yn ei chartre heddi.'

'Wedi *marw*? Paid â gweud shwt beth cas!' Ar hynny, tynnodd ei llaw'n rhydd, ei llygaid yn fflachio ar y dieithryn a eisteddai gyferbyn â hi. 'Mari! Mari! Gwêd wrth hon man hyn i bido gweud shwt bethe cas am Glenys ni. Wetws hi bod hi wedi marw, ond o'n i'n wilia 'da hi bore 'ma. Gwêd wrthi, Mari. Yr hen sarff sh'ag yw hi.'

Brysiodd Mari draw i gysuro'i modryb gan amneidio ar Gwenno â'i phen i ddiflannu i gwmni llai heriol.

'Pwy *o'dd* y fenyw 'na?' gofynnodd Beti cyn i Gwenno gael cyfle i gymryd mwy na dau gam oddi wrthi.

'Gwenno yw honna, Anti Beti. Chi'n nabod Gwenno. Hi yw'n ferch i. Whâr Alys a Manon.'

Eisteddodd Mari ar fraich y gadair esmwyth a rhoi ei llaw ar ysgwydd yr hen wraig a'i thylino'n ysgafn.

'Gwenno? Nagw i, wy ddim yn napod dim un Gwenno. Beth mae'n neud yn dod man hyn i raffu shwt glwydde am Glenys?'

Anadlodd Mari'n ddwfn cyn tynnu'r hen wraig ati a'i dal yn dynn yn erbyn ei brest fel y byddai mam yn ei wneud â phlentyn.

'Cer i whilo am dy fam, Mari fach. Mae hi bown o fod 'ma'n rhwle. Gwêd wrthi bo fi wedi danto aros.'

Cododd Mari a mynd ar ei chwrcwd o flaen ei modryb. Gwelodd yr ofn yn llygaid yr hen wraig. Gwelodd ddryswch ei diffyg dealltwriaeth. Gwenodd Mari'n galonogol arni cyn rhoi ei dwylo ar ei phengliniau fel petai'n sadio bad bregus a hwnnw'n bygwth moelyd ar drugaredd dyfroedd mawr.

'Mae'n wir, Anti Beti. Mae Mam wedi marw. O'n ni yn ei hangladd prynhawn 'ma. Chi'n cofio? Yn Horeb.'

Yn sydyn, cymylodd wyneb yr hen wraig ac edrychodd ar ei nith â gwir sioc. Gwelodd Mari ei bod hi'n crychu ei thalcen wrth geisio treulio'r newydd, wrth geisio dod i delerau â'r sylweddoliad bod cyfaill arall wedi'i gadael. Bellach, hi oedd yr olaf o'i chenhedlaeth, yr hynaf yn y teulu. Gwasgodd Mari ddwylo'r hen wraig a gwylio'r dagrau'n araf lifo o dan ei sbectol ac ar hyd ei gruddiau lliw memrwn.

'Beti, dere drws nesa 'da fi i ga'l dishgled fach o de a pic.'

Edrychodd Mari i fyny a gweld bod Beryl, cymdoges hirdymor ei mam, wedi ymddangos o'r gegin fach â lliain sychu llestri yn ei llaw. Taflodd y fenyw fronnog gip deallgar ar Mari cyn mynd ati i annog Beti i godi o'r gadair freichiau. Yr eiliad nesaf, dyma hi'n sychu dagrau'r hen wraig ag ymyl y lliain sychu llestri a'i harwain gerfydd ei llaw tuag at y cyntedd cul. Dilynodd Mari nhw cyn belled â drws y ffrynt, yn ddiolchgar bod gan bob cymdogaeth rywun fel Beryl i ddod i'r adwy mewn cyfyngder.

'Gawn ni glonc fach neis 'da'n gilydd nawr a gaiff Mari ddod i ôl ti miwn hanner awr ar ôl inni ga'l dishgled fach o de. Ocê, Mari?'

Winciodd Beryl ar Mari a safai yn y drws. Yna, plethodd ei braich ym mraich ei hymwelydd a mynd â hi at ei drws ei hun.

'Gwêd wrtha i, Beti . . . le gest ti'r *two piece* neis 'ma? Damo, mae steil 'da ti.'

'Dere weld nawr. Pyrnes i hon yn David Evans os wy'n cofio'n iawn. Mae 'da fi ers blynydde mawr.'

'O'dd wastod *quality* yn David Evans, cofia.'

Gwenodd Mari wrth wylio'r ddwy'n diflannu i gartref Beryl-drws-nesaf. Trodd ar ei sawdl a mynd yn ôl i wynebu'r dwsin a mwy o alarwyr a oedd yn dal i sefyllian yng nghartref ei mam.

'Ti'n ocê?' gofynnodd Michael pan welodd ei wraig yn casglu pentwr o blatiau brwnt ynghyd, yn barod i fynd â nhw drwodd i'r gegin.

'*Beam me up Scotty*! Odw . . . wy'n credu, ond beth am Gwenno?'

'Mae Gwenno'n iawn. Mae hi ac Alys yn rhoi popeth i' gadw yn y gegin. Nawr, rho'r rheina i fi a cer i ishta lawr,' meddai Michael a chymryd y platiau oddi arni.

'Druan o Anti Beti. Sdim clem 'da hi beth sy'n digwydd. Mae mor greulon pan mae rhywun wedi drysu gormod i wbod bod hi wedi bod yn angladd ei ffrind ola drw'r prynhawn. Wy'n gweu'tho ti, Michael, os byth af i fel 'na cyn cyrraedd 'y mhedwar ugain, wy'n rhoi caniatâd iti fy saethu.'

'O's raid i fi aros mor hir â 'ny?'

'Yr hen ddiawl!'

Chwarddodd Michael wrth weld ei hymateb ffug-glwyfus, a chymerodd un cam oddi wrthi er mwyn osgoi ei llaw.

'Wy'n henach na ti, cofia, felly bydda i wedi drysu gormod i wbod fod ti wedi drysu! Paid â dibynnu arna i os byddi di'n whilo am rywun i dy saethu. Fydda i ddim tamed callach.'

'Ody Iestyn wedi ffono?'

'Ddim eto.'

'Wnest ti gofio switsio dy ffôn nôl mla'n ar ôl dod mas o'r capel?'

'Do . . . achos dyna beth od, wy heb ddechre mynd yn ddryslyd eto! Mae mla'n reit, a ti fydd y cynta i ga'l gwbod siwrne ffoniff Iestyn. Nawr, cwat lawr ac ymlacia, wnei di. Ti'n ffilu bod wrth y llyw drw'r amser. Ambell waith ti'n gorfod trwsto pobol erill. Wy'n gwbod nad o's neb ar wyneb y ddaear yn gallu neud dim byd cystal â Mari Benjamin, ond dyw dy weision di ddim yn dwp! Nawr, 'yt ti'n mynd i ishta man hyn am bum munud er mwyn ca'l dy wynt atat?'

'Odw.'

'Addo?'

'Addo.'

Gwenodd Michael ac aeth â'r platiau drwodd i'r gegin. Caeodd Mari ei llygaid a cheisiodd ddiffodd y dwndwr cyffredinol o'i chwmpas. Doedd y tŷ erioed wedi bod mor llawn. Byddai ei mam wedi cael trafferth derbyn bod cynifer wedi dod ynghyd o'i hachos hi, a byddai wedi wfftio at yr awgrym ei bod hi'n aelod poblogaidd o'r gymuned. Tan ei chyfarfod â Jonathan ychydig ddyddiau'n ôl, byddai hithau wedi gwneud yr un fath, ond bellach doedd hi ddim yn synnu o gwbl. Y syndod mwyaf oedd na wyddai ynghynt.

Dysgodd hi bopeth yn rhy hwyr. Lledwenodd Mari am ben yr eironi creulon.

'Man hyn ti'n cwato.'

Agorodd Mari ei llygaid ac edrych ar y ddau ddyn oedrannus a safai yn ei hymyl. Wncwl Sel ac Wncwl Dil oedd efeilliaid mwyaf adnabyddus y fro, ac ambell un yn unig a wyddai pwy oedd pwy am eu bod yr un ffunud â'i gilydd. I'r sawl na wyddai'n well, Sel oedd Dil a Dil oedd Sel fel arfer ac, er eu bod yn tynnu am eu pedwar ugain oed, roedd tueddiad i bawb eu trin fel dau grwt am eu bod yn union yr un fath; dau chwaraebeth cyfleus a dynghedwyd i rannu'r un hunaniaeth am eu bod wedi rhannu'r un ŵy. Damwain a hap, fel cynifer o enedigaethau eraill. Ond doedd Mari erioed wedi'u trin felly, ac roedd hi wastad wedi mynnu eu galw'n Wncwl Sel ac Wncwl Dil.

'Diolch yn fawr ichi am ddod heddi.'

'O'dd yn fraint, Mari fach, yn fraint.'

Gwenodd Mari a chofio taw dyna a ddywedodd Jonathan hefyd. Fyddai pobl yr ardal hon ddim yn defnyddio gair o'r fath oni bai ei fod e'n wir. Rhy hwyr. Daethai'r sylweddoliad yn llawer rhy hwyr.

'Ma Gareth yn hala'i gofion atat ti a'r teulu. Wetws e wrtha i ar y ffôn nithwr fod e'n flin iawn fod e'n ffilu bod 'ma heddi,' meddai Dil.

'Twel, ma fe'n byw yn Wolverhampton nawr,' esboniodd Sel, fel petai angen iddo gymryd part ei nai. 'Ac ma Gillian ni a'i theulu wedi symud i Croydon.'

'Y'n ni'n deall yn iawn. Mae'n bell iddyn nhw ddod,' meddai Mari er mwyn lleddfu lletchwithdod y ddau frawd hoffus.

'O'dd y gwasanaeth yn hyfryd. Wetws Mr Dafis, Horeb, bethe neis iawn am dy fam. Ac o'n nhw'n wir bob gair. O'dd pawb yn meddwl y byd o Glenys.'

'Diolch, Wncwl Sel.'

''Na fe 'te, Mari. Well inni fynd a gatel llonydd i chi. Mae 'di bod yn ddiwrnod mawr.'

'Ody, a dyw e ddim drosodd 'to,' atebodd hi ac ochneidio.

Ar hynny, dyma'r ddau'n plannu bob o gusan ar ei bochau. Hebryngodd Mari nhw i'r drws, gan ystyried ai dyna fyddai'r tro olaf iddi siarad â nhw. Roedden nhw, fel Anti Beti a'i mam, yn perthyn i fyd a oedd yn prysur ddarfod. Ar eu diwrnod mawr hwythau tybed faint a ddeallai eu hwyrion o eiriau Mr Dafis, Horeb, i fedru barnu pa mor 'neis' oedd yr hyn a ddywedwyd am eu tad-cu. Safai Mari ar y pafin y tu fas i ddrws ffrynt ei mam a gwylio'r ddau'n cydgerdded i lawr y stryd fel petaen nhw'n un, cyn diflannu o'r golwg.

Trodd er mwyn mynd yn ôl i mewn i'r tŷ teras, ond aeth hi ddim ymhellach na'r drws mewnol cyn iddi weld Jonathan yn dod tuag ati. Gwenodd Mari arno. Roedd e wedi aros tan y diwedd un, chwarae teg.

'Jonathan bach, ti 'ma o hyd. Diolch yn fawr iti unwaith eto am bopeth ti wedi neud heddi.'

'Wel, fe a'th y cwbwl yn . . . ti'n gwpod.'

'Do, a'th popeth fel bydde Mam wedi'i ddymuno.'

'A shwd 'yt ti, Mari? Shwd 'yt ti'n dod drwyddi?'

Gwenodd Mari am ben y ffordd y daethai'r ddau i ddefnyddio 'ti a tithau' o fewn byr o dro. Roedd hi'n falch iawn o hynny.

'Dod drwyddi? Sa i'n gwbod, Jonathan. Wy wedi dysgu shwt gymint yn ystod y dyddie diwetha, ac ma 'da fi gymint i' ddysgu 'to. Nage jest am Glenys ond amdanaf i fy hun.'

Sylwodd Mari ei fod e'n edrych ym myw ei llygaid. Roedd ei astudrwydd yn treiddio hyd at ryw fan cyntefig yn ddwfn yn ei bod. A oedd y dyn ifanc hwn yn disgwyl rhywbeth arall ganddi? Rhyw ddatguddiad? Rhyw addewid? Craffodd Mari ar ei wyneb golygus a hwnnw'n gwahodd ac yn herio'r un pryd. Roedd e'n rhy olygus i ddangos y fath gonsỳrn. Beth, felly, oedd wrth wraidd ei edrychiad taer? Beirniadaeth hwyr cyn mynd? Ynteu a oedd e'n dirnad rhywbeth cyfrin ynddi? Yn sydyn, daeth hi'n ymwybodol iawn o'i wrywdod. A oedd hi wedi'i gamddeall o'r cychwyn? Edrychodd heibio iddo gan orfodi ei llygaid i ganolbwyntio ar dwnnel y cyntedd cul.

Bu'n ddiwrnod mawr. Efallai fod anferthedd y cyfan yn dechrau mynd yn drech na hi. Gwibiodd ei llygaid yn ôl at ei lygaid yntau, a theimlodd y gwallgofrwydd yn cilio ar amrantiad. Roedd y dyn hwn yn ddigon ifanc i fod yn fab iddi. Doedd e'n ddim byd mwy na chymydog da. Heb bendroni rhagor, fe'i tynnodd e tuag ati a'i gofleidio cyn plannu cusan ar ei foch.

''Yt ti'n ddyn da, Jonathan Price, a wna i fyth dy anghofio.'

Safodd hi un cam yn ôl, ei chalon yn rasio.

'Mam! Mae Iestyn yn siarad â Michael ar y ffôn!'

Taflodd Mari gip i gyfeiriad Alys ym mhen draw'r cyntedd cyn ymwthio heibio i Jonathan a rhuthro tuag at ei merch. Cerddodd Jonathan at y drws a chroesi'n ôl i'w gynefin.

'Merch fach! Mae 'di ca'l merch fach!' cyhoeddodd Michael yn wên o glust i glust.

Teimlodd Mari ei choesau'n rhoi o dani a syrthiodd yn swp i'r soffa.

'Merch fach! A Manon . . . shwt ma Manon? Ody hi'n iawn? Ody'r babi'n iawn? Beth wedodd Iestyn? Dere i fi ga'l siarad â fe,' gorchmynnodd Mari ac amneidio ar Michael i estyn y ffôn iddi.

'Rhy hwyr. Mae e wedi mynd. Ond wedodd e fod y ddwy ohonyn nhw fel y boi. Whech pwys pedair owns.'

'Y cariad bach.' Suddodd Mari'n ôl yn erbyn cefn y soffa, ei hwyneb mor sobor â sant. 'Pwy wedodd fod bywyd yn anniddorol? Mae'n hollol blydi wallgo! Claddu Mam a chroesawu wyres yr un diwrnod. Ti'n ffilu neud e lan, ys gwedon nhw yn yr ysgolion Cymrâg gore.' Siglodd Mari ei phen a chwerthin. 'O'r nefoedd, mae hynny'n meddwl bo fi'n fam-gu! Sa i'n ddigon call i fod yn fam-gu! Michael, slipa lan i'r siop, wnei di?'

Edrychodd Michael arni mewn penbleth.

'Na, nage lla'th y tro 'ma. Der â photel o siampaen nôl 'da ti!'

2012

¡Viva España!

Safai Mari â'i chefn yn erbyn un o'r colofnau hynafol yn neuadd enfawr y Mezquita, gan ochneidio'n synhwyrus wrth deimlo cyffyrddiad claear yr onycs yn ymdreiddio trwy ddefnydd tenau ei blows o gotwm gwyn. Rhythodd yn gegagored ar yr olygfa o'i blaen a rhyfeddu at yr harddwch anfesuradwy. Roedd cannoedd ohonyn nhw, miloedd efallai, yn ymestyn fel coedwig balmwydd Islamaidd cyn belled ag y gallai weld. Ar ben pob pâr o golofnau eisteddai bwa streipiog ac ar ben hwnnw roedd un arall, pob un yn union yr un fath. Syllodd hi ar y patrwm geometrig, syml, ei llygaid yn ildio'n llawen i berswâd y miloedd ar filoedd o feini coch a gwyn. Edrychai'r cyfan yn dwyllodrus o fodern. Ceisiodd ddychmygu'r ffyddloniaid cynnar yn heidio yma i foesymgrymu gerbron eu duw, eu synhwyrau'n feddw oherwydd y ceinder o'u cwmpas. Dyma waith dynolryw ar ei fwyaf godidog, a dim ond y philistiad mwyaf calongaled fyddai wedi llwyddo i wrthsefyll galwad yr *almuédano* i weddïo yn ysblander yr addoldy hwn, meddyliodd Mari.

Dechreuodd gerdded rhwng y pileri, gan ddiolch i Allah ei bod hi'n dal yn fyw.

'Gwena!' galwodd Ifor.

Trodd Mari ar ei sawdl a gweld ei fod e'n sefyll o'i blaen â'i gamera yn ei law, yn barod i glicio.

'Paid!' protestiodd hi. 'Dyw e ddim yn teimlo'n iawn, rywsut.'

'Paid â bod yn wirion. Twrist 'yt ti fel pawb arall. Dere, un bach i'r teulu, i brofi i ti fod ym mosg mawr Córdoba.'

Gwelodd Ifor ei hwyneb yn cymylu a diawliodd ei hun am ddweud y fath beth. Gwyddai ei bod hi wedi deall ei dric: un bach i'r teulu fel y byddai ganddyn nhw rywbeth i'w chofio ar ôl i bopeth droi'n hyll. Ffotograffydd swyddogol ei Hantur Fawr Sbaenaidd. Ai dyna oedd e yn ei golwg?

'Wel gwna'n siŵr dy fod ti'n cynnwys rhain i gyd y tu ôl i fi 'te,' gorchmynnodd Mari gan bwyntio â'i bawd at y pileri a'r bwâu heb edrych wysg ei chefn.

'Gwena 'te. Paid edrych mor blydi ddiflas!'

Ildiodd Mari gan dybio mai dyna a drefnasid y tu ôl i'r llenni cyn iddyn nhw adael Caerdydd. Bu'n rhan o'r bargeinio. Os felly, doedd ganddi ddim dewis ond cyfaddawdu. Doedd hi ond yn deg bod ganddyn nhw rywbeth i gofio amdani, rhywbeth i'r albwm teuluol, digidol. Roedd hi'n siŵr y trefnai Michael fod copïau caled ar gael hefyd rhag ofn y deuai'r dydd pan gâi'r system ddigidol ei diffodd am byth a dileu'r cof cyffredin ag un trawiad o'r switsh. Roedd popeth mor etheraidd bellach, mor ddiafael. Am ba hyd y medren nhw gadw ei hwyneb yn fyw yn eu meddyliau cyn i dreigl amser ei bylu? Cofiodd ei braw ryw noswaith, rai misoedd ar ôl marw ei mam, wrth sylweddoli nad oedd hi wedi meddwl amdani'r diwrnod hwnnw, a phan aeth hi ati i geisio ei dwyn i gof, roedd hi'n methu'n deg â gweld ei hwyneb yn glir. Cofiodd ruthro lan llofft i'r ystafell wely a thwrio'n wyllt yng ngwaelod y cwpwrdd dillad nes dod o hyd i hen albwm lluniau. Dim ond ar ôl iddi ddychwelyd i'r lolfa ryw awr yn ddiweddarach y cofiodd fod paentiad olew o'i mam yn hongian ar y wal rhwng drws y patio a'r ffenest fach a'i fod yn well nag unrhyw ffoto.

'Rho'r hen gamera 'na lawr a dere i fwynhau'r wledd bensaernïol, Ifor Llwyd,' meddai hi a gwenu arno, o'i gwirfodd y tro hwnnw.

'Mae'n anhygoel, on'd yw e?'

'Sa i wedi gweld shwt beth erio'd. Fydden i ddim wedi colli hyn am y byd. Wy'n mynd i grwydro.'

Gwyliodd Ifor hi'n cerdded linc-di-lonc rhwng y pileri a hithau'n pwyso ar ei ffon bob hyn a hyn. Fe'i gwyliodd hyd nes iddi ddiflannu o'r golwg yng nghrombil y fforest o bileri a bwâu coch a gwyn, a chafodd ei hun yn melltithio Duw, Allah a phob duwdod arall.

'Mae braidd yn ystrydebol, on'd yw hi?' meddai Mari'n ddidaro.

Eisteddai'r ddau dan gysgod un o ymbrelos mawr lliw hufen y caffi steilus, yn falch o gael dianc rhag yr haul tanbaid. Er taw mis Hydref oedd hi, doedd y gwres llethol byth wedi llacio'i afael ar Andalucía.

'Beth sy'n ystrydebol?'

'Yfed sangría.'

'Yr hen snoben! Sdim byd yn bod ar yfed sangría. Ry'n ni ar wylie . . . yn Sbaen,' mynnodd Ifor.

Gwenodd Mari arno a chymryd llymaid o'i diod i gydnabod cael ei rhoi yn ei lle.

'Ond o'dd dim eisie iti ordo litr cyfan,' protestiodd hi, a hithau'n benderfynol o gael y gair olaf.

'Wnes i ddim ordro litr cyfan. Gofynnes i am hanner litr, ond o'n i ddim yn mynd i wrthod un cyfan pan dda'th y boi â'r jwg. O'dd golwg mor ddeniadol arno fe.'

'Mae e'n rhy ifanc i ti!'

'Y?'

'Y boi bach pert 'na.'

'Mari, am beth 'yt ti'n sôn?'

'Wnest ti ddim hala fe'n ôl achos fod ti ddim moyn ei ddigio fe am ei fod e mor ddeniadol.'

'Sôn am y sangría o'n i! Alla i ddim credu dy fod ti wedi gweud 'na. Iesu mawr, dyna un bert 'yt *ti* yn sôn am ystrydebe. Ti yw'r ystrydeb, yn meddwl bod dynon fel fi'n glafoerio dros bob dyn golygus sy'n cerdded hibo.'

'Be ti'n feddwl, "dynon fel fi"?'

'Wel os nag 'yt ti'n gwbod erbyn hyn . . .'

Gafaelodd Ifor yn y llwy bren a throi'r ffrwythau a'r iâ yn y jwg. Arllwysodd ragor o'r sangría i'w wydryn gwag a llyncu dracht go fawr. Ceisiodd benderfynu p'un ai hwyl bryfoclyd ynteu ymgais annelwig i'w hargyhoeddi ei hun o rywbeth yr un mor annelwig oedd wrth wraidd ei geiriau. Doedd bosib ei bod hi'n dal i geisio ymgodymu â'r gorffennol? Edrychodd arni dros rimyn ei wydryn a sylwi ar yr awgrym lleiaf o wên o amgylch ei cheg. Y ddiawles fach! Roedd hi heb golli dim o'i gallu i'w gorddi. Pwysodd e'n ôl yn ei gadair a chwarae â'r gwydryn yn ei law. Er iddo hen ddod i delerau â phwy oedd e, roedd ambell un yn dal i ennyn ymateb amddiffynnol ganddo, a'r fenyw hon oedd ar ben y rhestr. Hi a'i fam a'i dad.

'Os yfa i ragor o'r sangría 'ma bydda i'n feddw gaib ac yn siarad dros bob man,' meddai Mari.

'Mae braidd yn hwyr i ddechre poeni am hynny, cariad. Mae dy dafod yn ddigon rhydd fel mae!'

Cydiodd Mari yn ei ffon a'i fwrw yn ei goes.

'Aw!'

'Ti'n haeddu hwnna.'

'Fuest ti ddim yn hir cyn ffindo defnydd arall i'r ffon 'te.'

'Paid â chellwair. Wy'n ei chasáu.'

'Shwt *mae* dy goese heddi? Smo ti wedi'i gor-wneud hi, 'yt ti?'

'Nagw, ond wy'n credu af i am *siesta* fach ar ôl hyn. *When in Spain* . . . Ond os na fydda i'n gallu cerdded nôl i'r gwesty, arnat ti fydd y bai am orfodi menyw ddiniwed i yfed yn erbyn ei hewyllys.'

'Smo ti erio'd wedi neud dim byd yn erbyn dy ewyllys, felly paid â trio rhoi'r bai arna i.'

''Yt ti wastad wedi'n hala i ar gyfeiliorn, Ifor Llwyd.'

'Dyna ran o'r apêl os wy'n cofio'n iawn.'

'Wna i ddim gwadu 'ny.'

Eisteddai'r ddau mewn tawelwch am beth amser gan wylio'r mynd a dod hamddenol yn y stryd fach lychlyd. Os oedd unrhyw hiraethu am yr hyn a fu, ac am yr hyn na fu, yn dal i'w pigo, ni ddangosodd y naill na'r llall. Sawl diwrnod a dreuliasid yn barod yn ystyried y petai a'r petasai? Edrychodd Ifor arni o ddiogelwch ei sbectol haul. Pwy yn ei iawn bwyll fyddai wedi rhagweld yr olygfa hon? Doedd dim diwedd i'r troeon yn ei fywyd od.

'Reit, galwa'r boi bach pert draw. Mae'n bryd i fi roi tra'd yn tir . . . hyd yn oed rai *crap* fel y ddou sy 'da fi,' meddai Mari a tharfu ar eu myfyrio.

Gwenodd Ifor a chodi ei law i geisio dal sylw'r gweinydd.

'*La cuenta, por favor*,' gofynnodd e yn ei Sbaeneg Lefel A gorau.

Trodd yn ôl i wynebu Mari fel cynt.

'A fory byddwn ni ar ein ffordd i weld meline gwynt La Mancha. 'Yt ti'n cofio'r tro cynta inni fynd ar eu trywydd pan o'dd y plant yn fach?'

'Dim ond y gwres alla i gofio. O'n i'n meddwl bo fi a'r merched yn mynd i farw yn y blydi car 'na. Meddyla fod ti wedi mynnu gyrru ar draws canolbarth Sbaen ym mis Awst, pan o'dd y tymheredd dros bedwar deg gradd, heb system awyru yn y car. Dim ond ti fydde'n ddigon twp i neud 'na. Ti'n lwcus 'mod i ddim wedi dy ysgaru yn y fan a'r lle.'

'Ymarfer o'dd hwnna – tamed bach i aros pryd tra'n gwitho lan at roi gwir reswm i ti 'ngadel i.'

Ar hynny, dododd y gweinydd soser fach blastig, a'r bil wedi'i glipio iddi, ar y ford wrth benelin Ifor a dechrau mynd yn ôl tuag at ddrws y caffi.

'*Gracias*,' galwodd Ifor ar ei ôl. Trodd y gweinydd a chodi'i law i'w gydnabod cyn diflannu trwy'r drws agored. 'Ti'n iawn, *mae* 'na rwbeth bach pert amdano fe,' meddai Ifor, gan wneud ei orau i gadw wyneb syth.

'Dere, gei di ddod nôl at Manuel wedyn pan fydda i'n cysgu,' atebodd Mari a rhoi ei braich am ei fraich yntau.

⁓

'Grinda wnei di, gad i fi weu'tho ti! Dyna lle o'n i, iawn, yn rhuthro fel ffŵl i'r cyfarfod cynllunio, gan wbod bo fi'n mynd i ga'l llond pen 'da'r basdad diflas achos bo fi'n hwyr, pan ddigwyddes i weld Ieu Stiniog, o bawb. Bues i bron â bwrw fe drosodd. Ti'n cofio Ieu Stiniog? Rêl actor. O'dd e ymhob drama gynhyrchodd y coleg yn ystod y cyfnod o't ti a fi yn Aber.'

'Odw, wy'n cofio Ieu Stiniog yn iawn . . . cer mla'n â dy stori,' anogodd Mari'n wên o glust i glust.

Gwibiodd y car drwy gefn gwlad sych, frown Castilla – La Mancha, ond roedd sylw Mari wedi'i hoelio ar berfformiad Ifor yn sedd y gyrrwr wrth ei hochr.

'Ta beth, dyna lle o'dd Ieu a rhyw foi arall yn sefyll o' mla'n i ar ganol y coridor ac o'n nhw wedi'u gwisgo fel dou Natsi – swastikas, bŵts lledr, cryse brown – popeth. *Very butch.*'

'Beth ddiawl o'n nhw'n . . .'

'O'n nhw'n ffilmo fersiwn newydd o *Brad* gan Saunders. Wel, ges i shwt sioc o weld y *swastikas*. Ycha fi! Ta beth, dyma fi'n dymuno'n dda i'r ddou ohonyn nhw ac yn bwrw mla'n i'r cyfarfod. Miwn â fi trwy'r drws ac o'dd pawb yno'n barod a fe, Bombo'r basdad mawreddog, yn ishta ar ei orseddfainc a'i wyneb fel cloc jail. "Sori bo fi'n hwyr," wedes i "ond wy newydd daro miwn i ddou Natsi." Edrychodd e arna i fel 'sen i'n lwmpyn o gachu, a dyme fe'n gweud "Dou *nansi*?" Wel, os do fe. Torres i mas i wherthin o fla'n pawb, ac o fewn eiliad o'dd gweddill y cyfarfod yn pisho'u hunain yn wherthin gyda fi. Pawb ond Bombo. "Dou *Natsi* nage dou *nansi*," wedes i, ac erbyn hyn o'dd dagre'n llifo lawr 'y ngwyneb i. Mari, o'n i'n meddwl bo fi'n mynd i farw yn y fan a'r lle. Dylset ti fod wedi gweld ei wep e. O'dd colled arno fe.'

'O paid, Ifor! Plis paid,' crefodd Mari rhwng ebychiadau o chwerthin a chan sychu'r dagrau o'i llygaid ei hun. 'Meddyla fod e wedi gweud "dou nansi"!'

'Fi'n gwbod! Ac wrtha *i* o bawb!'

'Paid! Plis paid! Wy'n wan. Ti'n donig.'

Prin bod y geiriau wedi gadael ei cheg pan ganodd ei ffôn symudol. Ymbalfalodd Mari yn ei bag a llwyddo i glicio ar y botwm mewn pryd i dderbyn yr alwad cyn i'r llais droi'n neges ar y peiriant ateb.

'Michael! Wel, am syrpréis. Shwd 'yt ti?'

'*Hola.* Ti'n swno'n hapus. Be sy'n dy goglish di?'

'Ifor sy wedi bod yn adrodd stori wrtha i am ei hen fòs. Dyw e ddim yn gall.'

Trodd Mari a gwenu ar Ifor tra'n siarad â'i gŵr.

'Helô? Helô, Michael? Ti'n mynd a dod. Wy'n ffilu clywed yn iawn. Helô, Michael? Ti'n 'y nghlywed i? Ffona fi'n ôl. Walle gawn ni well signal.'

Diffoddodd Mari'r ffôn a'i roi i orffwys ar ei harffed. Rhythodd ar y ffordd yn syth o'i blaen, gan graffu ar y tes a godai oddi ar y tarmac llwyd. Cadwodd Ifor yntau ei lygaid ar y ffordd, ond ni ddywedodd y naill na'r llall ddim byd am rai munudau. Roedd caniad y ffôn ac ychydig o eiriau erthyl o ben draw'r cyfandir wedi tagu'r posibilrwydd o barhau â'r hwyl cynt. Ymsythodd Mari fymryn yn ei sedd a disgwyl galwad ffôn arall gan ei gŵr.

'Beth o'dd e'n moyn?' gofynnodd Ifor o'r diwedd pan aeth hi'n rhy boenus i osgoi ceisio adfer y naws.

'Fel y clywest ti, cheson ni ddim lot o gyfle i weud dim byd o werth. Mae e'n siŵr o ffono'n ôl nawr.'

Edrychodd Mari ar y garthen felynfrown a orchuddiai'r

caeau: canlyniad misoedd o haul tanbaid a diffyg glaw ac am eiliad, ond dim ond am eiliad, dyheai am wyrddni'r Wenallt ar gyrion Caerdydd.

'Mae popeth yn edrych yn sych grimp,' meddai Ifor fel petai'n synhwyro beth oedd yn mynd trwy ei phen. 'Un fatsien ac elai'r cwbwl yn wenfflam.'

'Gofal pia hi 'te, os am osgoi storom dân.'

Agorodd Ifor ei geg ond cyn i'r geiriau gael cyfle i ddianc, canodd ffôn Mari am yr eildro.

'Haia! 'Yt ti'n 'y nghlywed i'n well nawr?' gofynnodd Michael.

'Fel cloch. Rhaid bod ni'n pasio trwy un o'r tylle du 'na pan ffonest ti'r tro cynta. Mae'n galondid gwbod nage dim ond cefn gwlad Cymru sy'n diodde o dylle du.'

'Ble y'ch chi 'te?'

'Yn y car ar ein ffordd i Toledo. Newydd fynd i weld meline gwynt La Mancha y'n ni. O Michael, maen nhw'n ffantastig. Maen nhw mor eiconig. O'dd hi fel bod mewn ffilm. Ti'n gyrru am hydoedd drwy'r gwastadedde mawr 'ma – ti'n gwbod, Sbaen o waed coch cyfan, neu o win coch cyfan dylen i weud – ac yn sydyn reit, dyna lle maen nhw'n sefyll fel lleianod mewn rhes ar hyd y grib 'ma yn y pellter. *Oh my God*! O'n i fel Don Quixote a Sancho Panza, myn yffarn i! Aethon ni i fwy nag un safle i' gweld nhw ond yn Consuegra mae'r rhan fwya. A ti'n gallu mynd reit lan atyn nhw yn y car, felly o'dd dim rhaid i fi boeni am gerdded yn bell. A ti'n gwbod beth, ni o'dd yr unig dwristiaid yno nes i'r pâr bach neis 'ma o Tsieina gyrraedd a gofyn inni dynnu eu llun nhw. Felly gofynnon ni iddyn nhw dynnu ein llun ni hefyd a . . .'

'Mari, stopa! Ti'n swno fel 'set ti ar sbîd,' torrodd Michael ar ei thraws.

'Sori, odw i'n siarad gormod? Ond o'n nhw mor wych, Michael. A beth sy'n rhyfedd yw 'mod i'n cofio dim o'r tro cynta weles i nhw dri deg mlynedd yn ôl. O'n i'n sôn wrth Ifor ddoe taw'r unig beth o'n i'n gallu cofio bryd hynny o'dd y gwres a'r ffaith bo fi'n trio cadw'n hunan a thair merch fach yn fyw achos bod ni'n ffilu anadlu am nag o'dd system awyru yn y car 'da ni.'

'Wrth gwrs, wnes i anghofio fod ti wedi bod yno o'r bla'n,' oedd unig sylw Michael ar ben arall y ffôn.

Taflodd Mari gip sydyn ar Ifor a gwgu, ond cadw ei lygaid ar y ffordd fel cynt a wnâi hwnnw. Pe gallai dynnu ei geiriau diwethaf yn ôl, byddai wedi gwneud hynny'n llawen. Yn sydyn, gallai weld wyneb ei gŵr yng Nghaerdydd. Gallai ddychmygu ei argyfwng, a gwingodd.

'Ond dyna ddigon amdana i. Shwd 'yt *ti*, cariad? Shwd mae dy ben-glin?'

Byddai tacteg o'r fath wastad yn llwyddo i dawelu un o'r merched a'u tynnu o afael sesiwn anodd o'r pwds. Osgoi gwrthdaro trwy newid y pwnc. Symud ymlaen. Argyfwng drosodd. Ond dyn yn ei oed a'i amser oedd Michael, a'r eiliad honno roedd e ar ei ben ei hun.

'Mae'n gwella'n ara deg. Ces i sesiwn arall 'da'r ffisio ddoe.'

'Da iawn, a shwt a'th honno?'

'Poenus ond o leia mae'r ferch sy gyda fi'n amyneddgar. Mae hi'n llawn cydymdeimlad, whare teg. Wedodd hi y dylen i ddechre gweld gwahaniaeth ymhen ychydig ddyddie ond i ddisgwyl poen yn gynta.'

'*No pain, no gain*, Michael bach. Wel cofia gadw at y rhaglen mae wedi'i pharatoi ar dy gyfer di.'

'Iawn miss.'

'Shwt 'yt ti'n cyrraedd yno?'

'Ces i dacsi ddoe, ond mae Alys wedi addo mynd â fi yn y car i'r sesiwn nesa.'

'Unrhyw newyddion am y merched? Ody Manon wedi ffono?'

'Ody, mae'r tair yn ffono'n gyson, whare teg. Maen nhw'n hala'u cofion atoch chi.'

'Shwd 'yt ti'n dod i ben o ran bwyd?'

'Fel pawb arall – wy'n ei goginio fe! Mari, fy mhen-glin sy'n ddiffygiol nage 'ngallu i neud bwyd. Nawr, gad dy ffysan.'

'Pam 'set ti'n rhoi trêt i dy hunan a chael *takeaway* heno?'

''Na'n gwmws beth wy'n bwriadu neud fel mae'n digwydd, ond diolch 'run peth am ei awgrymu. Mae Jeff yn dod draw i ga'l siâr ac i wylio'r rygbi gyda fi ar S4C. Beth amdanat ti? 'Yt ti'n ymdopi? Smo ti'n gor-wneud hi, gobitho?'

'Nagw.'

'Addo?'

'Addo. Nawr cer i ordro dy *takeaway* tra fod ti'n gallu fforddio un. Mae'r alwad ffôn 'ma siŵr o fod yn costi ffortiwn.'

'Nag yw, wy wedi taro bargen 'da'r cwmni ffôn. Reit, siarada i â ti eto cyn diwedd yr wthnos.'

'Ocê cariad. Pob hwyl gyda'r ffisio.'

'Joiwch Toledo a chofia fi at Ifor.'

Diffoddodd Mari'r ffôn a'i gadw yn ei llaw.

'Ody e'n oreit?' gofynnodd Ifor a thaflu cip arni.

Nodio'i phen i gadarnhau wnaeth Mari a gwenu'n wan. Trodd ei hwyneb i edrych trwy'r ffenest ar y caeau melynfrown, sych, ar ambell winllan yma a thraw ac ar ambell gastell llym o oes fwy rhyfelgar yn eistedd ar ben rhyw fryn unig, ond ni welodd yr un o'r rhain. Y cyfan a allai ei weld oedd wyneb ei gŵr a hwnnw'n holi pryd y trodd eu perthynas yn un mor ganol oed.

∾

Yn fwy na dim, roedd Toledo wedi codi'i wrychyn, sylweddolodd Ifor. Ar ôl addo cymaint, roedd wedi'i siomi a'i adael yn llawn rhwystredigaeth. Roedd hi wedi cymryd noson o gwsg mewn dinas arall iddo ddeall hynny'n iawn, ond dyna a deimlai.

O edrych yn ôl, efallai mai camgymeriad oedd dychwelyd wedi bwlch o ddeng mlynedd ar hugain. Pa dda ceisio ail-greu perffeithrwydd? Roedd hi'r un fath gyda ffilmiau. Os oedd ffilm mor wych fel y gellid ystyried gwneud fersiwn newydd ohoni, oni olygai nad oedd angen gwneud hynny mewn gwirionedd am nad oedd modd gwella ar rywbeth a oedd eisoes yn berffaith? Roedd yr ymweliad cyntaf â Toledo fel ffilm wych. Cofiodd sut yr aeth e a Mari a'r plant yn wyllt, gan anwybyddu'r trysorau hanesyddol i ddechrau a'r ffaith bod y ddinas gyfan yn un amgueddfa fawr. Gwell ganddyn nhw swyn y siopau hufen iâ a'r caffis. Ar ôl oriau'n croesi'r gwastadeddau sych mewn car a oedd yn debycach i ffwrn, roedd Toledo fel gwerddon. Ond gwnaethon nhw eu siâr o grwydro hefyd fel pererinion twristaidd, da. Picio i mewn ac allan o'r eglwysi a'r synagogau hynafol, cyfrin. Rhyfeddu at y bensaernïaeth Mudéjar. Cwrso'r plant trwy'r strydoedd coblog, cul a dringo, dringo nes cyrraedd y sgwâr fawr â'r enw egsotig, a honno'n goron ar y cyfan. Chwerthin wedyn am ben wynebau syfrdan y merched wrth iddyn nhw gael eu swyno gan y *señoras* dosbarth canol, segur yn fflicio'u ffans ar agor wrth y bwrdd nesaf, pob blewyn ar eu pennau yn ei le a chlec eu tafodau'n fwy miniog na chastanéts.

Ond ddoe roedd Toledo ar gau. Gwelson nhw hynny o fewn awr i gyrraedd y noson cynt, achos prin oedd y bwytai a groesawai'r ymwelwyr trwy eu drysau a hithau'n ganol mis Hydref. Erbyn y bore, daeth mwy o gadarnhad bod y tymor gwyliau ar ben. Ac roedd Mari hithau ar gau, wedi'i dal rhwng dau fyd. A oedd hi, fel yntau, wedi disgwyl mwy a difaru'n syth eu bod nhw wedi dod yn ôl? Doedd dim byd tebyg i siom disgwyliadau a oedd yn seiliedig ar rywbeth mor simsan â'r cof. Efallai fod cysgodion y gorffennol yn rhy drwm wrth iddyn nhw droedio'r strydoedd coblog, cul. Cysgod o'r hyn a fu oedd y sgwâr fawr â'r enw egsotig, a lle bu'r *señoras* segur roedd byrddau gwag a segurdod o fath gwahanol bellach. Doedd gan y dirwasgiad economaidd ddim mwy o barch at safleodd Treftadaeth y Byd yn Toledo nag at eu cymrodyr yng Nghaernarfon neu Flaenafon.

Mari ddywedodd e. Hi awgrymodd y dylen nhw godi eu pac a mynd. O fewn yr awr, roedden nhw'n gwibio ar draws gwlad a Salamanca'n galw. O'r funud y cyrhaeddon nhw, roedd hi fel menyw ailanedig. Ni allai Ifor benderfynu beth oedd i gyfrif am y newid dramatig yn ei hwyliau, ond roedd hi'n ifanc eto. Efallai fod presenoldeb miloedd ar filoedd o fyfyrwyr ym mhob man wedi'i gorfodi i ddiosg ei thrymder, er ei gwaethaf. Neu efallai fod galwad ffôn Michael wedi cael amser i ymdoddi i'r tes. Do, fe welodd e'r newid ynddi yr eiliad y diffoddodd ei ffôn, ond cadwodd ei lygaid ar y ffordd o'u blaen a chadwodd ei geg ar gau. Dim ond dwysáu'r amheuon wnaeth Toledo. Ond hwrê i Salamanca! Pan welodd Mari lle roedd y gwesty ar y Plaza Mayor, fe sgrechiodd fel plentyn a thaflu ei breichiau am ei wddf.

Edrychodd Ifor trwy ffenest bwyty'r gwesty a gwylio'r mynd a dod di-baid yn y sgwâr baróc. Doedd dim syndod ei bod hi wedi sgrechian, meddyliodd. Ni allai ddychmygu godidocach golygfa mewn unrhyw ddinas yn Ewrop gyfan i fwynhau brecwast. Taflodd gip ar ei ffôn a gweld ei bod hi'n hanner awr wedi naw. Ble roedd hi? Pan gnociodd ar ei drws i ddweud ei fod e'n mynd am ei fwyd, gwaeddodd hi na fyddai fawr o dro a'i annog i fynd yn ei flaen hebddi. Gwthiodd e'r ffôn yn ôl i'w boced ac edrych yn freuddwydiol trwy'r ffenest ar y sgwâr fel cynt.

'¡Señor, venga, venga! Su esposa se ha caído!'

Bu bron i Ifor chwerthin pan welodd e'r dyn bach crwn yn rhedeg tuag ato gan amneidio arno i'w ddilyn ar frys allan i'r cyntedd. Syllodd arno mewn anghrediniaeth, gan geisio dehongli'r Sbaeneg cyflym. Gwraig? Doedd ganddo ddim gwraig! Cododd o'i gadair yn awtomatig, gan ildio i daerineb y dyn, a rhuthro am y cyntedd yn unol â'i gais.

'Beth ddiawl ti wedi neud?' gofynnodd pan welodd e Mari'n dabo'i thalcen â hances bapur tra'n eistedd ar soffa ledr wrth ochr clamp o gactws pigog.

'Wy'n iawn, wy'n iawn,' meddai gan osgoi edrych i fyw ei lygaid.

'Nag wyt ddim. Ti'n gwaedu!'

'Mae'n edrych yn wa'th na beth yw e.'

'Ond beth ddigwyddodd? Wedodd y boi 'ma fod ti wedi cwmpo.'

'Do, cwmpes i wrth ddod mas o'r lifft. Sa i'n gwbod beth ddigwyddodd. O'dd y cyfan drosodd mewn eiliad a dyna lle o'n i'n gorwedd ar y llawr gyda hwn fan hyn yn trio 'nhynnu'n ôl ar 'y nhra'd.'

Drwy gydol yr esboniad, roedd y dyn arall heb symud o'r fan. Bu'n gwrando, heb ddeall, ar yr iaith anghyfarwydd, ond nawr dechreuodd gyffroi unwaith eto wrth synhwyro bod 'na gyfeirio ato fe.

'*Voy a llamar al médico,*' meddai a dechrau brysio at ddesg hir y dderbynfa.

Deallodd Mari ddigon i'w atal rhag bwrw ymlaen â'i fwriad.

'Sdim eisie meddyg arna i, wir. Gwêd wrtho fe 'mod i'n iawn. Sa i'n bwriadu dwyn achos llys yn ei erbyn e na'i westy.'

'*La señora dice que está bien. Gracias, pero no necesita el médico.*'

Stopiodd y dyn ar hanner ei dasg arfaethedig ac edrych ar Ifor ac yna ar Mari. Roedd y rhyddhad ar ei wyneb yn gymysg â siom am fod argyfwng, a chanddo'r posibilrwydd o fod yn fawr, heb gael cyfle i dyfu i'w lawn dwf a'i achub rhag diwrnod diflas arall wrth y dderbynfa. Yr eiliad nesaf, aeth yn ôl at ei waith y tu ôl i'r ddesg ac anghofiodd am y ddau ymwelydd rhyfedd.

'Mae wedi dechre, Ifor,' oedd unig sylw Mari.

Nodiodd Ifor ei ben a gwenu'n wan. Gwelodd y cymylau yn ei llygaid a rhoddodd ei freichiau amdani a'i thynnu tuag ato.

'Yr hen dro'd whith 'ma. Mae'n llusgo'n wa'th nag erio'd. Wy wedi llwyddo i ddod i ben mor dda tan nawr,' meddai fel petai'n ceisio'i hargyhoeddi ei hun.

'Wyt, rwyt ti wedi bod yn hollol blydi wych,' ategodd Ifor a thynnu ei phen yn dyner i orffwys ar ei ysgwydd rhag iddi weld y cymylau yn ei lygaid ei hun. 'Pam 'set ti wedi dod â dy ffon?'

'Achos 'mod i'n ei chasáu. A paid ti â trio gweud y byddet ti'n wahanol achos fyddet ti ddim.'

'Wy ddim yn gweud llai, ond heddi 'yt ti angen claddu dy falchder os 'yt ti'n bwriadu gweld Salamanca. Ble mae dy allwedd? Af i lan i dy stafell i' hôl hi. Aros di fan hyn.'

Camodd Ifor i mewn i'r lifft a llwyddo i gael cip sydyn arni cyn i'r drysau dur gau a'i dileu o'i olwg. Siglodd ei ben yn ddiamynedd. Roedd e wedi danto gweld rhyw arwyddocâd barddonllyd bob tro y byddai drws yn cau. Brasgamodd ar hyd y coridor nes cyrraedd ei hystafell. Hwpodd y cerdyn i mewn i'r rhigol ac agor y drws fel petai'n codi arian o beiriant twll yn y wal. Cydiodd yn y ffon ac aeth yn ôl at Mari, ei fryd ar ochrgamu trymder o unrhyw fath.

Pan gyrhaeddodd e'r cyntedd, gwelodd ei bod hi wedi codi ar ei thraed ac yn sefyll â'i chefn at ddrws gwydr y bwyty.

''Yn ni wedi colli brecwast, yn anffodus. Maen nhw newydd gau'r drws,' meddai a chymryd ei ffon oddi arno. 'Trueni hefyd achos o'n i'n edrych mla'n at wylio'r byd yn mynd hibo yn y sgwâr tra'n stwffo *croissant* i 'ngheg.'

'Fe gei di neud o hyd. Pam edrych mas ar y sgwâr drwy ffenest bwyty'r gwesty? Dere, awn ni i ga'l brecwast *yn* y blydi sgwâr ac aros yno drwy'r dydd os ti'n moyn. Caiff eraill ein gwylio *ni*!

'Wna i byth anghofio dy wyneb tra bydda i byw, Ifor Llwyd! O'dd shwt olwg anghrediniol arnat ti'n sefyll o fla'n y fenyw 'na a dy geg ar agor fel rhyw froga, a tithe'n wafo'r tocynne dan ei thrwyn.'

'Wel, o'n i newydd roi deuddeg ewro iddi amdanyn nhw ac o'n i'n dishgwl ca'l mynd i weld yr eglwys gadeiriol. O'dd hi'n edrych fel eglwys gadeiriol o'r tu fas. Oeddet *ti*'n gwbod ble o'n ni 'te?'

'Nag o'n i, ond dy ddilyn di ydw i. Ti yw'r arbenigwr . . . i fod.' Chwarddodd Mari'n uchel a throdd ambell un o'r twristiaid eraill i'w chyfeiriad yn lled feirniadol. 'O'dd dy wyneb di'n bictiwr.'

'O'dd mae'n debyg. Fel ti wedi sôn fwy nag unwaith. Wy'n falch fod ti'n gweld y peth mor ddoniol.'

'Ac i feddwl fod ti wedi paratoi mor ofalus i ofyn iddi yn dy Sbaeneg gore ble o'dd y fynedfa, ac a fydde hi'n iawn i dynnu llunie miwn tu fiwn. Welest ti'r ffordd edrychodd hi arnat ti? Ac amser wedodd hi bod ni yn yr adeilad rong . . . taw yn y brifysgol o'n ni, o'n i'n meddwl bo fi'n mynd i ga'l damwain!' Parhaodd Mari i forio chwerthin ac ni welodd yr anfodlonrwydd cynyddol o du ei chydymwelwyr. 'Beth sy'n wa'th yw bod *dwy* eglwys gadeiriol 'ma a ffilest ti ffindo'r fynedfa i'r un ohonyn nhw!'

'Ha blydi ha!'

'O, mae Ifor yn pwdu!' heriodd Mari a phlethu ei braich am ei fraich yntau. ''Yt ti'n werth y byd, Ifor Llwyd, ac wy'n dwlu arnat ti.'

Eisteddai'r ddau wrth ochr ei gilydd ar un o'r meinciau hynafol, garw yn ystafell ddosbarth Fray Luis de León.

'Wel, yn bersonol, wy'n falch ta beth taw i'r brifysgol daethon ni yn hytrach nag eglwys gadeiriol arall. Wy wedi dechre ca'l llond bola ar Sbaen Babyddol. Dim ond hyn a hyn o euogrwydd mae rhywun yn gallu ei ddiodde. Ar ôl sbel, maen nhw i gyd yn edrych yr un peth. Mae cyfoeth yr eglwysi'n anfoesol,' meddai Mari.

'O'u hanturiaethe yn Ne America mae llawer o'r cyfoeth yn dod.'

'Ie, ar ôl anrheithio Periw a Bolifia yn enw'r Iesu. Achub y paganiaid rhag eu duwie bach eilradd a hala tunelli o aur nôl i'r famwlad cyn iddyn nhw allu gweud Machu Picchu. Swno'n gyfarwydd?'

'Mae'n anodd credu bod myfyrwyr bach nwydus yn arfer astudio yn y dosbarth yma gannoedd o flynyddoedd yn ôl,' meddai Ifor a throi ei ben i edrych o gwmpas yr ystafell hynafol.

'Shwt 'yt ti'n gwbod bod nhw'n nwydus?'

'Oreit, sbotiog 'te. Yn ôl hwn, mae prifysgol wedi bod 'ma ers 1134,' ychwanegodd, gan gyfeirio at y pamffledyn sgleiniog yn ei law.

'A beth o'n ni'n neud yng Nghymru yn 1134? Amddiffyn ein hunain rhag y blydi Saeson . . . neu'r Normaniaid neu bwy bynnag o'n nhw.'

'Wy'n siŵr bod Salamanca wedi gweld ei siâr o ryfeloedd hefyd.'

'Ond mae'n amlwg bod hi ddim wedi gorfod brwydro am ei heinioes fel ni'r Cymry. Dychmyga beth allen ni fod wedi'i gyflawni 'sen ni wedi ca'l llonydd. Nag o'dd Glyndŵr yn mynd i adeiladu prifysgol?'

'Walle'i bod hi'n fendith fod yr hen Ows heb ga'l cyfle i wireddu'r freuddwyd arbennig honno achos bydde hi'n llawn myfyrwyr o bant erbyn hyn, fel pob prifysgol arall yng Nghymru.'

'Beth yw e amdanon ni'r Cymry, Ifor? Pam 'yn ni mor slo i weld beth sy'n digwydd i ni? Sdim digon o hunan-barch gyda ni. D'yn ni ddim fel gwledydd normal.'

'Beth yw "normal"?'

'Ti'n gwbod yn nêt beth wy'n feddwl. Paid â bod mor bryfoclyd.'

'Yn 'y mhrofiad i, mae unrhyw un sy'n honni bod yn normal yn diodde o dwtsh o annormalrwydd neu fydde fe ddim yn gorfod mynd i'r drafferth o weud ei fod e'n normal yn y lle cynta.'

'Ocê, Llwyd, mae'n bryd inni fynd. Ti'n dechrau siarad trwy dwll dy din. Dere, mae'n amser *siesta*.'

Cododd Mari a cherdded i ddiwedd y rhes, gan bwyso ar ei ffon.

'Ti'n iawn, mae'n anhygoel meddwl bod myfyrwyr bach eiddgar yn arfer astudio fan hyn gannoedd o flynydde'n ôl,' meddai hi'n ddidaro.

'Yr Hen Lyfrgell on i'n lico,' meddai Ifor. 'Welest ti'r paneli pren a'r holl silffoedd yn mynd reit rownd y stafell? Rhaid bod miloedd ar filoedd o lyfre yno. A'r glôb 'na yn y canol . . .'

Cerddodd y ddau fraich ym mraich drwy'r cloestr gosgeiddig a dechrau ymbaratoi i fynd allan i'r haul drachefn.

''Yt ti'n mynd i weud wrth dy ffrind newydd gymaint wnest ti fwynhau dy ymweliad â'r eglwys gadeiriol?' cellweiriodd Mari pan gyrhaeddon nhw'r allanfa a gweld bod yr un fenyw'n edrych arnyn nhw trwy gil ei llygad tra'n rhwygo stribed o docynnau i grŵp o dwristiaid swnllyd.

'Un gair arall wrthot ti ac fe ddwga i dy blydi ffon a rhedeg bant,' atebodd Ifor.

Wrth i belydrau olaf yr haul ddiflannu y tu ôl i doeau'r Plaza Mayor, cododd Mari ei sbectol dywyll oddi ar ei thrwyn a'i rhoi i gadw yn ei bag lledr, main. Roedd y rhan o'r sgwâr lle'r eisteddai yn y cysgod bellach, felly tynnodd ei chardigan ysgafn oddi ar gefn ei chadair a'i hongian am ei hysgwyddau cyn pwyso'n ôl fel cynt. Llyncodd lymaid arall o'i G & T ac edrychodd yn freuddwydiol ar yr olygfa o'i blaen, a honno'n dal yn fôr o oleuni euraid. Awr yn ôl, roedd y sgwâr anferth yn gymharol dawel wrth i'r ymwelwyr a'r trigolion lleol fel ei gilydd ymdaclu ac ymbincio ar gyfer y sioe bobl nosweithiol. Erbyn hyn, roedd y sioe honno ar ei hanterth gyda chyplau'n cerdded yn ôl ac ymlaen ar hyd yr un llinell syth o un pen i'r llall, wedi ymgolli mewn sgwrs. Eisteddai eraill, myfyrwyr a thwristiaid ifanc yn bennaf, mewn grwpiau bach a grwpiau mawr ar y cerrig llyfn, gan chwerthin a mwynhau'r foment.

'Gallen i aros fan hyn am byth bythoedd,' meddai hi a chadw ei llygaid ar y prysurdeb cyson. 'Os byth bydda i'n troedio'r hen ddaear 'ma 'to, wy'n moyn byw yn Salamanca. Mae jest gweud yr enw'n ddigon: Salamanca. Mae'n llesmeiriol.'

Chwarddodd Ifor yn dawel ac yfed dracht o'i gwrw.

'Ody, mae'n eitha agos at berffeithrwydd, on'd yw hi?'

'Ond 'co rheina hwnt man'na â'u penne yn eu cyfrifiaduron. Beth maen nhw'n neud, er mwyn dyn? Nag yw hyn oll yn ddigon iddyn nhw heb orfod mynd i whilo am fwy yn eu hen fyd seiber?'

'Rwyt ti'n dangos dy oedran nawr. Siarad ar Skype maen nhw. Edrych ar honna'n dala'i *laptop* lan. Mae hi'n dangos i bwy bynnag sy'n sgwrsio â hi yng Nghwm Sgwt ei bod hi ym mharadwys.'

'Ifor bach, mae mor wahanol i pan est ti a fi ar dramp trwy Iwgoslafia a Gwlad Groeg yn eu hoedran nhw. O'dd dim dwy geiniog gyda ni i' rhwto 'da'i gilydd heb sôn am Skype. Cysgu ar y tra'th ac ar drene i safio arian o'dd hi bryd 'ny.'

'Ond o leia o'dd gyda ni swyddi pan ddaethon ni adre a modd i dalu'n dyledion. Mae mwy na hanner pobol ifanc Sbaen yn ddi-waith a byddan nhw ar y clwt am flynydde. Y genhedlaeth goll. Mae'n ddifrifol iawn, ti'n gwbod. Mae'n hawdd i ni anghofio hynny tra'n sipian ein G & T wrth fwrdd bach i ddou. Wy'n synnu atat ti, Mrs Benjamin!'

'Sori, o'dd e'n beth diog i' weud. O'n i ddim yn ei feddwl e,' ildiodd Mari a gwenu'n amddiffynnol.

Eisteddai'r ddau mewn tawelwch, gan wylio'r sioe ddynol oedd yn newid yn barhaus. I'r sawl na wyddai'n wahanol, gallen nhw fod yn bâr priod arall ar wyliau, fel y degau o barau yn y caffi hwnnw'n unig, yn mwynhau eu hamser arbennig nawr bod ganddyn nhw nyth wag ac arian yn y banc. Lledwenodd Ifor wrth ystyried hyn. Petai rhywun wedi dweud wrtho chwe mis yn ôl y byddai'n eistedd gyda'i gyn-wraig wrth fwrdd caffi crand yn Salamanca tra'n gadael i'r byd o'u cwmpas dybio eu bod nhw'n bâr priod, byddai wedi chwerthin.

'Wy'n falch bod y tair sy gyda ni wedi setlo,' meddai Mari ymhen tipyn.

'Sori?' Crychodd Ifor ei drwyn ac edrych arni heb ddeall.

'Y merched. Maen nhw wedi neud yn dda, whare teg. Maen nhw'n fwy lwcus na llawer o'r rhain fan hyn. Dechreuon nhw ar eu gyrfa jest cyn i bethe droi'n ddrwg.'

'Ti'n iawn, maen nhw wedi neud yn dda.'

'Licen i feddwl bod ni'n dou wedi whare rhyw ran yn eu llwyddiant, cofia,' ychwanegodd Mari'n ddidaro.

'Ti falle. Alla i ddim hawlio'r un lefel o ymrwymiad â ti.'

'Ti wedi neud dy siâr,' mynnodd hi a throi i graffu arno.

Doedd Ifor erioed wedi gadael i hunanganmoliaeth ddod yn rhan o'i eirfa wrth drafod magwraeth ei blant. Roedd yn air rhy hir yn un peth. Felly, roedd clywed Mari'n awgrymu hynny nawr – yn ei ddweud e i bob pwrpas – yn ddigon i'w anesmwytho. Doedd e ddim yn haeddu'r fath glod. Ceisiodd ailafael yn ei brawddegau diwethaf a'u hailchwarae yn ei ben. Roedd e'n awyddus i geisio dehongli unrhyw negeseuon cudd a ddeuai oddi wrthi. Os oedd e wedi'i deall yn iawn, roedd hi'n dechrau paratoi. Roedd hi'n tacluso cyn pryd; yn trefnu ei fersiwn hi o'r gorffennol fel y gallai ollwng ei gafael â'i chydwybod yn glir. Yn sydyn, fe'i llenwyd â'r arswyd mwyaf dwys. Sawl noson dros y misoedd diwethaf roedd e wedi ystyried dyfodol heb Mari? Sawl awr a gollwyd yn yr oriau mân?

Roedd clywed prif gymeriad y drasiedi fodern yn rhoi llais i'w pharatoadau nawr yn ddigon i'w lorio.

'Ody Gwenno wedi clywed mwy am y job 'na ym Mhen-y-bont?' gofynnodd mewn ymgais i lywio'r sgwrs i gyfeiriad ei ferch ac i ffwrdd oddi wrth y fenyw wrth ei ochr.

'Bydda i'n siomedig iawn drosti os na chaiff ei galw am gyfweliad.'

'Beth am anfon tecst ati?'

'Nawr?'

'Pam lai?

Cyn i Mari gael cyfle i wrthwynebu, tynnodd Ifor ei ffôn

o'i boced a'i ddal hyd braich i ffwrdd. Closiodd ati nes bod ei ben yn cyffwrdd â'i phen hithau.

'Gwena!'

'Be ti'n neud?'

'Sdim Skype 'da ni ond sdim byd yn stopo ni rhag hala llun ati er mwyn iddi weld bod ei mam a'i thad yn gwbod shwt i joio bywyd. Dyna fydd yr abwyd. Bydd hi'n siŵr o decsto'n ôl.'

Eiliadau'n ddiweddarach, gwasgodd y botymau ar ei ffôn i anfon y neges. Clic! Roedd hi wedi mynd.

'Ifor, ti'n wa'th na'r pethe ifanc draw fan 'na, wir. Maen nhw'n ffilu neud dim byd heb ei gofnodi fe mewn llun.'

Chwarddodd Ifor.

'*You gotta be down wiv da kids*, Mari!'

'Ti ddim yn gall,' meddai a gwenu.

'Dyna un bert i siarad!'

Yfodd Ifor ddracht arall o'i gwrw a phwyso'n ôl yn ei gadair. Roedd e ar ben ei ddigon. Ar hynny, canodd ei ffôn.

'Beth wedes i? O'n i'n gwbod y bydde hi'n ffono. *Hola*, Ms Llwyd, shwd 'yt ti?'

'Beth ddiawl o'dd y llun 'na? Chi'n edrych yn *pissed*, y ddou ohonoch chi.'

'Dyna beth neis i' weud am dy fam a dy dad! Ble mae dy barch at dy rieni? Ta beth, ti heb ateb 'y nghwestiwn. Shwd 'yt ti?'

'Iawn, ond 'mod i wedi danto ar y tywydd 'ma. Wir i ti, dyw hi ddim wedi stopid bwrw ers dros wthnos.'

'Gwych, dyna beth wy eisie glywed.' Trodd Ifor at Mari wrth ei ochr. 'Yn ôl Gwenno, dyw hi ddim wedi stopid bwrw yng Nghaerdydd ers dros wthnos,' meddai. Yna, trodd ei sylw yn ôl at ei ferch ar ben arall y ffôn. 'Mae fel canol haf o hyd fan hyn.'

'Diolch yn dwlpe, Dad. Wy'n teimlo lot yn well ar ôl clywed 'na! Dere i fi ga'l siarad â Mam yn lle bo fi'n gorfod godde un o'r sgyrsie tair ffordd 'na gyda tithe'n ailadrodd popeth iddi. Byddwn ni 'ma tan ddyfodiad y clêr.'

Chwarddodd Gwenno a disgwyl llais ei mam.

'Fe glywes i'n iawn beth wedest ti am y llun 'na, madam! Wy'n ishte reit ar bwys dy dad iti ga'l gwbod.'

'Wel, mae'n wir! Mae golwg *pissed* arnoch chi.'

''Yt ti wedi clywed am y job 'na ym Mhen-y-bont eto?'

'Mae cyfweliad 'da fi wthnos nesa.'

'O ffantastig, cariad!' Trodd Mari at Ifor yn wên o glust i glust. 'Mae cyfweliad gyda hi wthnos nesa.'

'Mam, o's raid i'r ddou ohonoch chi ailadrodd popeth?'

'Ond dyna sy'n rhoi pleser i ni – clywed am lwyddiant ein plant,' protestiodd Mari.

'Gwranda, dim ond cyfweliad yw e. Dy'n nhw ddim wedi cynnig y job i fi 'to. A ta beth, mae'n swno i fi fel 'sech chi'ch dou ddim yn gorfod dibynnu ar eich plant i ga'l eich pleser. Chi'n ca'l mwy na'ch siâr o hynny wrth chwyddo elw pob caffi yn Sbaen, os ti'n gofyn i fi. 'Na gyd chi'n neud!'

'O, Gwenno, byddet ti'n dwlu ar Salamanca. Anghofia am Ben-y-bont yn y glaw. Dere i whilo am Sbaenwr nwydwyllt draw fan hyn!'

'Ti'n ofnadw! Ti a fe. On i'n iawn, chi *wedi* cael gormod i' yfed.'

'Gwêd wrtha i, 'yt ti wedi bod i weld Michael yn ddiweddar?'

'O'n i gyda fe ryw awr yn ôl iti ga'l gwbod. Es i lan ar ôl gwaith i neud te iddo fe.'

'Rhwbeth gastronomaidd ar dost 'te, ife?' meddai Mari a chwerthin.

'Mam!'

'A shwd mae fe?'

'Mae e lot yn well ac yn dechre cerdded heb y ffyn bagle nawr. Mae e'n bygwth dod mas atoch chi. Dim ond jocan . . . ond, ody, mae e lot yn well.'

'Diolch byth am hynny. Mae'n eironig . . . dyma Michael yn ca'l gwared â'i ffon yntau a finne'n gorfod defnyddio fy un i bob dydd nawr. Am bâr!'

'Ti'n ocê, Mam, 'yt ti?' gofynnodd Gwenno, ei llais yn difrifoli.

'Odw, wy'n iawn, cariad. 'Na fe 'te, well i fi fynd. Ti'n moyn gweud ta-ta wrth dy dad?'

Estynnodd Mari'r ffôn i Ifor.

'Tara! Pob hwyl 'da'r cyfweliad, cariad. Gwenno? Mae 'di mynd,' meddai Ifor a rhoi'r ffôn yn ôl yn ei boced.

''Na sbarcen yw honna. Dyna beth o'dd Mam wastad yn gweud amdani,' meddai Mari.

'Ond dyw hi'n colli dim, ti'n gwbod. Mae 'na weld mawr yn Gwenno ni.'

'Wnei di addo edrych ar eu hôl nhw, Ifor . . . ti'n gwbod . . . pan fydda i . . .'

'Mari, fi yw eu tad nhw!'

Gwenodd Mari'n lletchwith ac edrych ar ei dwylo'n gorffwys ar y bwrdd o'i blaen.

'Reit, ble ni'n mynd ar gyfer ein pryd ola yn Salamanca? Wy'n starfo,' meddai Ifor mewn ymgais i'w thynnu'n ôl o'i meddyliau.

'Dewis di ond sa i'n moyn pryd mawr. Fydde ots 'da ti 'sen ni'n mynd am rwbeth bach cyflym . . . tapas walle?'

'Tapas amdani. Sylwes i fod 'na le bach neis lawr ar bwys y Casa de las Conchas . . . ti'n gwbod . . . yr adeilad 'na gyda'r holl gregyn drosto fe. Ody e'n rhy bell i ti?'

'Ddim os awn ni gan bwyll bach. Wnest ti dalu, do?' gofynnodd Mari a chodi ar ei thraed.

'Do.'

'Mae'n dechre troi'n oer yn sydyn reit,' ychwanegodd hi a chrynu.

Camodd Ifor tuag ati a'i helpu i roi ei breichiau trwy lewysau ei chardigan. Cerddon nhw fraich ym mraich ar draws y sgwâr fywiog nes cyrraedd y rhes o adeiladau bwaog yr ochr draw. Wrth fynd am yr allanfa, stopiodd Mari'n sydyn ac edrych yn ôl wysg ei chefn. Roedd y goleuni euraid, naturiol fu'n llenwi'r sgwâr yn ystod yr awr ddiwethaf wedi dechrau ildio'i le i oleuadau'r caffis a'r bwytai wrth i fwy o selogion gyrraedd i swpera a chymdeithasu. Ar y cerrig llyfn tua'r canol, mewn cylch mwy o faint na'r lleill, roedd grŵp o bobl ifanc: rhai'n eistedd a smygu ac eraill yn gorweddian gyda'u pennau'n gorffwys ar draws coesau eu cariadon dros dro. Roedd un ohonyn nhw'n chwarae'r gitâr. Rhythodd Mari ar yr olygfa ryfeddol a chaeodd ei llygaid er mwyn storio'r llun yn ei chof am byth.

ॐ

Chwarddodd Mari wrth wylio perfformiad hyderus Ifor drwy ffenest agored y car. Roedd e wedi'i barcio ar lain o dir llychlyd yng nghysgod y ddyfrbont Rufeinig, gan adael i'r injan droi tra aeth yntau i holi grŵp o heddweision a safai'n ddioglyd yn eu lifrai mursennaidd a'u sbectolau haul drud. Wrth eu golwg, doedd ganddyn nhw ddim byd amlwg i'w wneud am ddau o'r gloch y prynhawn. Pan welson nhw Ifor yn nesáu, eu hymateb cyntaf oedd ei anwybyddu a pharhau i fwynhau eu sgwrs a sigarét, ond roedd Ifor wedi dewis ei brae o'r eiliad y camodd e o'r car a mynd yn syth amdano. Nawr, siaradai â hwnnw heb dalu fawr o sylw i'r lleill ac, o osgo'r ddau, roedd y plismon yn fwy na pharod i roi ei holl sylw iddo yntau. Gwenodd Mari am ben ei hyfdra. Roedd Ifor Llwyd yn hen law ar ddeall y natur ddynol, neu natur rhai dynion o leiaf.

Roedden nhw wedi treulio hanner awr yn barod yn gyrru o gwmpas cyrion Segovia heb lwyddo i weld ffordd i mewn i'r ardal hynafol lle roedd eu gwesty. Bob tro y daethon nhw o fewn cyrraedd, byddai rhyw arwydd neu ddargyfeiriad yn eu hanfon i'r cyfeiriad arall ar yr eiliad olaf un. Roedden nhw eisoes wedi gyrru dan y ddyfrbont Rufeinig ddwywaith, gan ddod yn boenus o agos, a dyna pryd y penderfynodd Mari mai digon oedd digon.

Yn sydyn, dyma Ifor yn dechrau cerdded yn ôl at y car a dyma'r grŵp o heddweision yn gwasgaru fel haid o beunod hunanbwysig i'w cerbydau hwythau.

'Ti'n *outrageous*,' meddai Mari pan gaeodd e'r drws a chlicio'i wregys diogelwch i'w le.

'Be ti'n feddwl?'

'Ti'n gwbod yn nêt beth wy'n feddwl . . . ti a'r plisman pert 'na.'

'Wy'n ffilu help fod e'n 'y myta i â'i lygaid,' atebodd Ifor yn ffug-ddiniwed.

'*In your dreams*, Tad-cu! A ta beth, o't ti'n ffilu gweld ei lygaid. O'dd e'n gwisgo sbectol haul!'

'Wel, beth bynnag o'dd e'n neud â nhw, fe lwyddes i i' doddi fe, achos y'n ni'n ca'l ein hebrwng i ddrws y gwesty gan neb llai na Guardia Civil Segovia. Triniaeth VIP!'

Ar hynny, gyrrodd Ifor ar draws y llain o dir llychlyd tuag at y ddau gar heddlu a oedd yn disgwyl amdano, eu goleuadau glas eisoes yn fflachio. Tynnodd y car cyntaf i ffwrdd ac amneidiodd yr heddwas toddedig ar Ifor i'w ddilyn. Eiliad yn ddiweddarach, ymunodd yr ail gar heddlu y tu ôl iddyn nhw, a tharanodd y modurgad byrfyfyr ar gyflymdra anghysurus drwy'r strydoedd cul.

'Shgwl! Wy'n crynu,' protestiodd Mari pan ddaeth y car i stop o flaen eu gwesty yn y Plaza Mayor bum munud yn ddiweddarach.

Chwerthin wnaeth Ifor a chodi'i law i ddiolch i'r heddwas am ei gymwynasgarwch cyn i hwnnw a'i gydswyddogion yrru i ffwrdd am awr arall o sefyllian di-ddim.

'Mae'r Guardia Civil yn sifil iawn, whare teg iddyn nhw.'

'Maen nhw'n gyrru'n glou! O'n i'n grediniol bod y ddou ohonon ni'n mynd i gwrdd â'r Plisman Traffig Mawr yn y nef cyn pryd,' parhaodd Mari a phwyntio at yr awyr drwy ffenest flaen y car.

''Na beth *bourgeois* i' weud. Ti heb fyw os nag 'yt ti wedi sgrialu drwy Segovia yn nwylo saff hanner dwsin o blismyn cyhyrog!'

Gwthiodd Mari'r drws ar agor a mynd i sefyll ar gerrig anwastad y sgwâr, gan edrych o'i chwmpas. Agorodd Ifor gist y car a thynnu eu bagiau o'r cefn.

'Bydd hi'n iawn i' adel e fan hyn am bum munud tra bo ni'n tsieco miwn,' meddai.

Roedd cyntedd y gwesty'n syndod o fach a chartrefol, meddyliodd Mari, wrth iddi eistedd ar un o'r cadeiriau blodeuog a gadael i Ifor fynd trwy ei bethau gyda'r swyddog wrth y ddesg. Roedd hi'n fwy blinedig nag arfer heddiw, ac edrychai ymlaen at fynd i orwedd ar ei gwely diweddaraf. Roedd y *siesta* feunyddiol wedi dod yn rhan o'i phatrwm ymhell cyn iddi adael Cymru, ond yma yn Sbaen doedd dim eisiau iddi esgus wrth neb; roedd yn un o'r campau cenedlaethol yn y wlad hon. Ystwyriodd Mari yn ei chadair ac, wrth wneud, cwympodd ei ffon i'r llawr rhwng eu bagiau, ond ni thrafferthodd ei chodi. Gadawodd iddi orwedd lle y glaniodd, o'r golwg. Yn ogystal â'r blinder a'i plagiai'r eiliad honno, roedd hi'n ddi-hwyl. Roedd hi'n eithaf siŵr nad oedd Ifor wedi sylwi, am iddi gau ei llygaid a ffugio pendwmpian am dalp mawr o'r siwrnai rhwng Salamanca a fan hyn a, thrwy hynny, osgoi sgwrsio a lladd ei hynawsedd. Os nad esgus oedd hynny, beth felly oedd e? Eto, swniai'n well na hunan-dwyll. Dechreuodd ei hiselder ddod drosti pan syrthiodd yn swp ar y gwely neithiwr a hithau wedi gorfod brwydro i gerdded yn ôl i'r gwesty wedi'r tapas. Er ei bod hi wedi ymlâdd, arhosodd ar ddi-hun am oriau wrth i symffoni o ddelweddau ac ofnau ymgymysgu'n aflafar yn ei phen. Doedd yr un ofn yn fwy ofnadwy nag ofn yr oriau mân.

Ni sylwodd fod Ifor wedi dod i sefyll yn ei hymyl a phan glywodd ei lais, edrychodd hi arno'n syn, heb ddeall.

'Sori,' meddai hi.

'Wy'n gwbod,' meddai Ifor a chrychu ei drwyn yn ymddiheurol.

'Na, sori achos wnes i ddim clywed beth wedest ti.'

'O, reit . . . wel, mae 'na broblem gyda'r stafelloedd, neu gyda'r *stafell* dylwn i weud, achos dim ond un sy gyda nhw ar ôl.'

'A . . . fi'n gweld,' meddai Mari heb edrych arno.

'Mae'n debyg bod pwy bynnag newidiodd y trefniade ar gyfer y gwestai eraill wedi anghofio am Segovia. Y'n ni lawr yn eu cyfrifiadur fel Señor y Señora Benjamin.'

Chwarddodd Mari'n uchel, cymaint felly fel bod y dyn pen moel wrth y ddesg wedi codi'i olygon ac edrych arni dros rimyn ei sbectol. Chwarddodd Mari'n uwch a phlygodd i estyn ei ffon o'r llawr.

'O wel, dyna pwy fyddwn ni 'te.'

'Mari, wy'n gobitho nag 'yt ti'n meddwl . . .'

'Cer i weu'tho fe bod hi'n iawn. Wedi'r cwbwl, do's 'da fi ddim byd ti heb ei weld o'r bla'n.'

Cododd Mari ar ei thraed ac aeth Ifor yn ôl â'i neges at y dyn wrth y ddesg. Funudau'n ddiweddarach, roedden nhw'n gwibio i'r trydydd llawr yn y lifft a oedd mor fach fel nad oedd lle i neb newid ei feddwl.

Chwarae teg iddi, meddyliodd Ifor, wrth ymlwybro ar ei ben ei hun ar hyd y lôn a arweiniai'n ôl oddi wrth yr Alcázar i gyfeiriad yr hen dref. Gwnaeth hi ei gorau glas i osgoi unrhyw annifyrrwch pan gyrhaeddon nhw'r ystafell. Aeth yn syth i orwedd ar y gwely ac esgus ei bod hi wedi blino'n lân tra dadbaciodd yntau ambell ddilledyn dethol a diflannu i'r ystafell ymolchi am gawod. Beth bynnag oedd yn mynd trwy ei meddwl wrth iddi glywed y dŵr yn tasgu'n erbyn y teils gwyn am y pared â hi, cadwodd y cyfan iddi ei hun.

Pan ailymddangosodd, ei drwch o wallt gwlyb wedi'i sgubo'n ôl oddi ar ei dalcen a'i wyneb yr un lliw â bricyllen, y cyfan a ddywedodd hi oedd ei bod yn barod am ei *siesta* ac y dylai fe fynd i grwydro ar ei ben ei hun rhag gwastraffu gweddill y prynhawn. A dyna a wnaeth.

Nawr, fodd bynnag, roedd e'n llai parod i fynd yn ôl ati rhag iddo ddeffro bwganod y gorffennol, rhag iddo ysgwyd y cydbwysedd brau.

Pwysai Mari ar reilin haearn y balconi cul ac edrych i lawr ar y llif diddiwedd o bobl yn cerdded ar hyd y stryd gyfyng a arweiniai at y sgwâr. Doedd dim angen cloc arni i wybod bod y *siesta* drosodd. Yr un fyddai'r patrwm bob dydd: tawelwch llethol am deirawr cyn y ffrwydrad dynol am bump o'r gloch, a hwnnw'n para tan berfedd nos. Pan ddaeth hi i Sbaen gyntaf, flynyddoedd mawr yn ôl, arferai synnu gweld plant a hen bobl ar eu traed am un a dau o'r gloch y bore ond, gydag amser, daethai i ddeall pam. Nid mater o adennill oriau coll y *siesta*'n unig oedd e chwaith. Daethai i ddeall apêl yr oriau tywyll a chymaint yn well oedd eu rhannu ag eraill dros ddiod neu glonc. Byddai wedi hoffi gwneud hynny neithiwr yn lle gorwedd ar ddi-hun mewn gwely ar ei phen ei hun a gadael i'r arswyd ei difa.

Glaniodd ei llygaid ar fenyw â gwallt du a gerddai'n gynt na phawb arall yn y stryd islaw. Gwisgai siaced gwta, goch a sgert dynn, ddu, ac am ei thraed roedd esgidiau sodlau amhosib o uchel o'r un lliw. Cawsai Mari ei denu ati'n wreiddiol oherwydd ei rhwyddineb wrth dorri trwy'r dorf. Roedd hon ar frys. Ni allai roi'r gorau i'w dilyn â'i llygaid wrth iddi groesi'r Plaza Mayor i gyfeiriad yr eglwys gadeiriol chwerthinllyd o fawr. Ai rhuthro yno i ofyn maddeuant oedd hi ar ôl treulio teirawr ym mreichiau ei chariad dirgel cyn mynd adref at ei gŵr a'i phlant? Efallai taw ar ei ffordd i ryw *liaison* debyg roedd hi'r eiliad honno, wedi'i dadebru gan y *siesta* a'r cyffro o wybod ei bod ar fin gwneud rhywbeth drwg. Profi ffrwyth gwaharddedig, profi ei bod yn fyw. Chwarddodd Mari wrth gofio sut y byddai Michael yn tynnu arni am ei gallu hael i greu bywydau lliwgar i bobl eraill yn ôl yng Nghaerdydd, er nad oedd hi'n eu hadnabod. Roedd hi wedi treulio aml i brynhawn yn dychmygu bywyd newydd iddo yntau'n ddiweddar.

Yn sydyn, diflannodd y fenyw yn yr esgidiau sodlau uchel, du a throdd Mari i fynd yn ôl i mewn i'r ystafell led dywyll a gorwedd ar y gwely fel cynt. Roedd gorffwys y ddwyawr ddiwethaf heb ei bywiogi fel yr arferai wneud. Cyn hir, deuai Ifor yn ôl â'i fryd ar fynd am goctel yn un o'r caffis ar y sgwâr cyn crwydro strydoedd yr hen dref i chwilio am rywle eiconaidd i gael pryd o fwyd, ond doedd dim hwyl arni heddiw. Doedd arni ddim hwyl. Caeodd ei llygaid a'u hagor yn syth wrth i'r panig ffrydio trwy'r düwch. Ai'r un panig oedd yn gafael mewn carcharorion condemniedig wrth iddyn nhw aros am yr alwad? Yn wahanol iddyn nhw, doedd pardwn munud olaf ddim yn bosibilrwydd. Trodd ar ei hochr a gwylio'r llenni gwawnaidd yn ysgwyd y mymryn lleiaf wrth i'r awel ysgafn anadlu drwy'r ffenest agored ac, o dipyn i beth, gadawodd iddi ei hun suddo i ryw fan niwlog rywle rhwng cwsg ac effro.

Clic y clo a glywodd hi'n gyntaf ac yna sŵn ei esgidiau ar y teils. Agorodd Mari ei llygaid yn araf a llyncu ei phoer. Clywodd hi Ifor yn gwneud ei orau i gau'r drws yn dawel rhag tarfu arni, ond trodd hi'n ôl ar ei chefn er mwyn dangos iddo nad cysgu roedd hi.

'Sori,' sibrydodd e.

'Sdim eisie iti fod. Dim ond cysgu ci bwtsiwr o'n i. Gest ti amser da?'

'Do . . . wel ti'n gwbod. Mwy o adeilade anhygoel o hardd, mwy o haul.'

Gwenodd Mari'n wan.

'Ble est ti?'

'Cerddes i at yr Alcázar ond es i ddim i mewn. Jest crwydro wedyn, a mynd ar goll.'

Aeth Ifor i eistedd wrth droed y gwely a throdd ei gorff tuag ati.

'Ti'n ocê?' gofynnodd e.

Nid atebodd Mari. Edrychodd arno ac, am na ddaeth y geiriau, edrychodd i ffwrdd. Gostyngodd Ifor ei lygaid a syllu ar y cwrlid tenau a hwnnw'n llawn crychion lle roedd hi wedi rholio i'w ochr yntau o'r gwely yn ystod y prynhawn. Gallai deimlo'i stumog yn tynhau. Hon oedd y foment y bu'n ei hofni ers iddyn nhw gyrraedd Sbaen. Ar ôl mynd heibio iddi, doedd dim troi'n ôl.

'Beth alla i neud, Mari? Gwêd wrtha i beth alla i neud.'

'Dere i orwedd gyda fi,' meddai ac estyn ei llaw fodrwyog iddo. 'Dal fi'n dynn.'

Closiodd Ifor ati a llithro'i fraich o dan ei gwegil. Teimlodd ei chorff yn meddalu wrth iddi droi tuag ato, gan adael i chwarter canrif o hunanreolaeth gyndyn ddiflannu ar amrantiad. Plethodd ei fysedd am ei bysedd hithau a gwrandawodd ar eu cydanadlu rhythmig. Cusanodd ei gwallt yn ysgafn â hyder llanc a wyddai ei fod yn cael gwneud, a gwasgodd Mari ei law. Gorweddon nhw felly hyd nes iddi nosi; gyda'i gilydd ond yn eu bydoedd ar wahân.

Mari dorrodd y mudandod yn y diwedd, ei geiriau'n atalnodi pennod ac yn agor un newydd ar yr un pryd.

'Mae'n bryd inni fynd sha thre,' meddai.

'Ody, mae'n debyg.'

Trodd Ifor ei wyneb tuag ati a'i chusanu ar ei gwefusau fel cariad bodlon.

'Mae'r teithio ar ben.'

'Ond ceson ni amser da, on'd do fe, Mari?'

Edrychodd hi arno fel y ferch a roddodd ei chalon iddo unwaith, a gwenodd.

'Amser da iawn, Ifor Llwyd. Wy wedi ca'l modd i fyw.'

2012

Ar drothwy pen-blwydd Mari yn 60 oed

SAFAI MICHAEL ym mynedfa Canolfan Dewi Sant yn gwylio'r glaw di-baid yn chwipio llawr palmantog Heol y Frenhines. Cododd goler ei got wlyb a chau'r botwm cyntaf. Roedd e'n oer. Taflodd gip ar ei oriawr a gweld ei bod hi'n chwarter wedi un yn barod. Ble roedd hi? Edrychodd yn ddifater ar y siopwyr a'r gweithwyr swyddfa'n rhuthro trwy ddilyw'r brifddinas ar eu ffordd i brynu brechdan amser cinio neu i godi arian o beiriant twll yn y wal, a dyheai am fod yn rhywle twym. Diwedd Mawrth oedd hi o hyd ond roedd hi fel canol gaeaf, a phe caen nhw haf arall tebyg i un y llynedd fe âi'n wallgof, meddyliodd. Edrychodd ar ei oriawr am yr eildro o fewn munud ac yntau'n grediniol bod gwneud y fath beth yn sicr o'i phrysuro i ymddangos, ac yna fe'i gwelodd. Hanner rhedai ar hyd y stryd byllog, ei hymbrelo'n chwifio uwch ei phen wrth iddi ochrgamu'r siopwyr eraill, llai sionc. Gwenodd Michael. Gallai'n hawdd fod yn olygfa o un o ffilmiau'r don newydd yn Ffrainc yn chwedegau'r ganrif o'r blaen, meddyliodd: menyw ganol oed, hardd yn hastu trwy Baris lawog er mwyn ei thaflu ei hun i freichiau ei chariad dirgel ar ddechrau prynhawn o garu nwydwyllt mewn rhyw westy stryd gefn yn y Marais. Diolchai bob dydd iddo lwyddo i fachu gwraig fel Mari.

'Sori, sori! 'Yt ti wedi bod 'ma'n hir?' gofynnodd wrth gau ei hymbrelo a'i ysgwyd yn egnïol cyn plannu cusan ar foch ei gŵr.

'Ers un o'r gloch, yn ôl y trefniant,' atebodd Michael a gwenu.

'Am ddiwrnod ofnadw! Mae llifogydd lan ym Mhontcanna, ti'n gwbod. Mae'r hewl fawr i gyd dan ddŵr ac . . .'

'Haisht! Gad i fi gwpla dy esboniad lliwgar . . . o'dd rhaid iti rwyfo ar hyd Cathedral Road mewn cwch achos taw dyna'r unig ffordd o'dd gyda ti i gyrraedd y dre yn y diwedd!'

'Wel os taw fel' na ti'n mynd i fod, wy'n difaru 'mod i wedi boddran gadel y tŷ ar ddiwrnod mor ffiaidd. 'Se hi wedi bod yn well 'sen i wedi aros ga'tre,' meddai Mari gan ffugio cael ei brifo.

'Ti fydde wedi bod ar dy golled, wedi 'ny. Dod i ga'l syniade am anrheg ben-blwydd i ti ydyn ni, cofia. Ti'n chwe deg ddydd Sadwrn a sa i wedi prynu dim byd i ti 'to. Wy angen dy help i awgrymu rhwbeth. Dere, mae gyda ni awr ar y mwya a wedyn bydda i'n gorfod mynd nôl i'r gwaith. Fydd dim ots gyda nhw 'mod i bach yn hwyr.'

'Gallen i feddwl 'ny, wir. Ti yw'r bòs. Ti wedi gwitho'n ddigon caled i'r lle 'na ar hyd dy o's.'

'Mae'n hawdd i bobol fel ti anghofio bod rheiny ohonon ni sy'n dal i witho'n gorfod cadw at y rheole. Fe wnest ti riteiro'n gynnar, Mari Benjamin. Ond erbyn meddwl, smo ti erio'd wedi bod â llawer o barch at reole, hyd y gwela i.'

'Ond mae'n fwy cyffrous fel 'na – byw ar ymyl y dibyn.'

'Ddim i'r pwr dab sy'n gorfod cliro'r stecs ar dy ôl di neu aros amdanat ti yn y glaw!'

'Wel, wy 'ma nawr. Ble awn ni gynta? Wy'n moyn iti roi dy farn onest ar ffrog weles i wthnos dwetha, ond sa i'n siŵr ody hi'n siwto . . . ti'n gwbod, rownd ffor' hyn,' meddai a phasio'i llaw'n gyflym dros ei phen-ôl cyn cofio ei bod hi'n cerdded trwy fôr o siopwyr eraill, a'r rheiny'n wlyb at eu crwyn, yn y ganolfan siopa dan do.

'Ffindest ti le i barco?' gofynnodd Michael.

'Do, o'dd digon o le ar bwys yr Amgueddfa.'

''Yt ti wedi clywed wrth Manon? Mae'n dechre mynd yn hwyr inni neud trefniade terfynol.'

'Ffonodd hi bore 'ma i weud bod nhw'n meddwl aros dros nos yn lle gyrru'n ôl i Lanelli ar ôl y parti,' meddai Mari.

'O, da iawn. Fe helpa i ti i ga'l y stafell wely'n barod. All y pedwar gysgu yn yr un stafell ti'n meddwl, neu 'yt ti'n moyn i Lili a Noa fynd miwn gyda'i gilydd yn stafell Gwenno?'

'Beth am eu rhoi nhw yn stafell Gwenno, ife? Fe gân nhw fwy o sbort wrth eu hunain.'

'Pryd maen nhw'n cyrraedd?'

'Yn gynnar brynhawn dydd Sadwrn a mynd nôl amser cinio dydd Sul, medde Manon.'

'Mae croeso iddyn nhw ddod nos Wener a threulio penwthnos cyfan gyda ni.'

''Na beth wedes i wrthi, ond ti'n gwbod shwt un yw Manon. Mae wastod hanner dwsin o drefniade erill gyda hi . . . neu hanner dwsin o esgusodion. Wy'n teimlo bod ni byth yn gweld y plant bach 'na. Byddan nhw'n colli nabod arnon ni.'

'Pryd awn ni i siopa am fwyd ar gyfer y parti? Nos yfory?'

'Ie, mae digon o amser gyda ni. Mae cwpwl o bethe gyda ni'n barod.'

'Sawl un fyddwn ni?'

'Dere weld: ti a fi, Manon, Iestyn a'r plant, Alys a Gwenno . . . ac wy wedi gofyn i Ifor ddod hefyd,' cyhoeddodd Mari heb droi i edrych arno.

Ni ddaeth ymateb gan Michael, a cherddodd y ddau yn eu blaenau mewn mudandod. Roedd e'n hen gyfarwydd â phresenoldeb Ifor Llwyd ar yr aelwyd dros y blynyddoedd, yn enwedig y blynyddoedd diwethaf, ac roedd e wedi dysgu llyncu ei eiriau a'i wrthwynebiad, gan farnu nad oedd hi werth gwneud môr a mynydd o rywbeth nad oedd, wedi'r cyfan, yn ddim byd mwy na thân siafins. Byddai wedi bod yn braf, er hynny, gallu edrych ymlaen at ddathlu pen-blwydd mawr ei wraig heb gysgod y dyn a arferai fod yn briod â hi. Roedd cyd-dynnu er mwyn y merched yn un peth, ond roedd hyn yn mynd dros ben llestri. Byddai'n meddwl weithiau ei fod e'n haeddu cael ei ddyrchafu'n sant. Gwenodd wrtho'i hun a chodi'i aeliau'n rhwystredig cyn plethu ei fraich am fraich Mari.

'O'n i'n meddwl fod e ar wylie dramor,' meddai ymhen ychydig, yn y gobaith gwan y byddai hi'n ategu hynny ac yn cywiro eiliad anghofus. 'Wedest ti fod e wedi mynd i Amsterdam . . . neu Ferlin neu rwle, os wy'n cofio'n iawn?'

'Do, ond mae e'n dod nôl fory.'

'O 'na fe 'te.'

'Mae eisie i ti a fi fynd bant cyn bo hir,' cyhoeddodd Mari a stopio i edrych yn frysiog yn ffenest rhyw siop wyliau. 'Edrych ar rhain. Shgwl! Bryste, Bryste, Bryste yw bron popeth. Ti'n ffilu mynd i unman teidi o Faes Awyr Caerdydd.

Pwy ddiawl sy'n moyn mynd ar wylie i Aberdeen neu Zürich, gwêd? Mae eisie iddyn nhw dynnu'u bys mas.'

'Mae'n gweud cyfrole amdanon ni fel cenedl fod yr unig faes awyr rhyngwladol sy gyda ni'n ffilu cynnig gwasanaeth gwerthchweil i'r filiwn a mwy sy'n byw ar ei stepen drws. Sdim blydi siâp arnyn nhw.'

'Gallen ni fynd i rwle ym mis Mehefin walle. Ble ti'n ffansïo?' gofynnodd Mari a pharhau i astudio'r hysbysebion lliwgar yn y ffenest.

'Rhwle twym a heulog. Dyna o'dd yn mynd trwy 'mhen i pan o'n i'n aros amdanat ti gynne . . . ac yn sythu!'

'Mae'n bosib galwa i'n ôl 'ma wedyn neu af i ar-lein i whilo, ond wy'n moyn iti weld y ffrog 'ma gynta. Dere!'

Ar hynny, dadfachodd ei braich oddi wrth ei fraich yntau a brasgamu trwy ddrysau llydan y siop adrannol drws nesaf, ei bryd ar drafod pethau amgenach na gwyliau yn yr haul am y tro.

❧

Suddodd Mari i'r sedd hir o ledr ffug, brown gan ddiolch ei bod hi wedi llwyddo i gadw ei *cappuccino* yn y cwpan a'i atal rhag gorlifo i'r soser wrth ei ddodi ar y ford fach o'i blaen. Rhoddodd ei bag llaw a'r cwdyn mawr a ddaliai ei ffrog newydd ar y fainc wrth ei hochr a'i lygadu'n fodlon. Roedd hi'n fodlon am sawl rheswm yr eiliad honno. Roedd hi'n fodlon bod ganddi ŵr a oedd yn ddigon call i roi ei farn yn ddiplomyddol, os nad yn gwbl onest, ac roedd hi'n fodlon oherwydd y byddai'n rhannu ei phen-blwydd mawr â llond tŷ o'r bobl bwysicaf yn ei bywyd ymhen ychydig ddyddiau.

Bu'n gyndyn o ildio i'r garreg filltir fawr hyd yma ond, wrth i'r dyddiad gorgyfarwydd ddod yn nes bob dydd, sylweddolodd nad oedd dim amdani ond mynd gyda'r llif. Trigain oed fyddai hi wedi'r cyfan, er na theimlai ddiwrnod dros ei hanner cant. Gwenodd wrth gydnabod ei hunan-dwyll. Onid oherwydd ei choesau blinedig yr eisteddai yn y caffi hwn nawr, am iddi fethu mynd heibio'r drws heb bicio i mewn i gael hoe a chwistrelliad o gaffîn? Cymerodd lymaid o'r coffi braf a gwgu'n ddiamynedd pan welodd y pwll bach tywyll yn gorwedd yn y soser wrth i'w llaw siglo'n afreolus tra'n rhoi'r cwpan yn ei ôl. Chwiliodd yn ei phoced am neisied bapur er mwyn sychu'r llanast. Henaint, ys dywedodd rhywun, ni ddaw ei hunan. Roedd yn wir bob gair, meddyliodd hi. Yr hen law chwith oedd y broblem fwyaf. Ni allai ddeall beth oedd yn bod, ond yn ddiweddar roedd fel petai rhyw wendid yn dod i mewn i'r ddwy law ac ar hyd un fraich. Roedd e'n dechrau mynd yn bla.

Yfodd Mari ragor o'i choffi a rhoi ei phenelinoedd i bwyso ar y ford. Gwelsai olwg flinedig ar Michael gynnau. Y gwir amdani oedd bod y ddau ohonyn nhw'n mynd yn hŷn, meddyliodd, er nad oedden nhw'n barod i gydnabod hynny. Roedd e'n gwneud llawer gormod yn y swyddfa 'na. Roedd yn bryd iddo ystyried gweithio llai o ddyddiau: ymddeol hyd yn oed. Pan soniodd hi wrtho am hynny ddechrau'r flwyddyn, chwerthin wnaeth e a diystyru'r awgrym yn ei ffordd ddihafal ei hun, ond gwyddai taw hi oedd yn iawn. Roedd e wedi gweithio'n galed ar hyd ei oes, a doedden nhw ddim yn brin o geiniog neu ddwy, yn enwedig ar ôl gwerthu'r tŷ ym Mhontardawe. Penderfynodd Mari ei bod hi'n bryd iddi fynd i'r afael â'i gŵr styfnig unwaith eto ar ôl y parti.

Crwydrodd ei meddwl yn ôl at yr hysbysebion yn ffenest y siop wyliau awr ynghynt. Wythnos fach yng Nghroatia fyddai'n braf. Clywsai sawl un yn canmol yr ynysoedd. Gallen nhw fynd ddechrau mis Mehefin cyn i wres llethol canol haf ddifetha unrhyw bosibilrwydd o lolian wrth ochr pwll nofio am oriau mawr. Haul, hwyl a dogn o ddiwylliant. Sut y gallai Michael ddadlau â chynnig o'r fath? Ni fyddai'n rhaid iddo wybod dim, erbyn meddwl. Âi ati'r wythnos nesaf i ffonio Arwyn neu Stella yn y gwaith er mwyn cynllwynio y tu ôl i'w gefn. Nid dyma fyddai'r tro cyntaf i Stella ei helpu i gadw dyddiadur ei bòs yn rhydd o unrhyw gyfarfodydd er mwyn iddyn nhw allu codi eu pac a mynd am wythnos yn yr haul. Gwenodd wrth gofio'i wyneb y noson y daeth adref, dair blynedd yn ôl, a chlywed ei chyhoeddiad eu bod nhw'n hedfan i Bortiwgal y bore wedyn, a bod y cyfan wedi'i drefnu. Doedd dim rheswm i feddwl na fyddai ar ben ei ddigon eto'r tro hwn. Efallai y câi flas ar ei ryddid newydd a gweld sens. Byddai hi'n grac â hi ei hun pe bai e'n dal i weithio'n llawn amser ymhen blwyddyn, meddyliodd Mari.

Casglodd ei phethau ynghyd a gadawodd y caffi bach tywyll yn yr arcêd ar frys. Roedd ganddi lwyth o bethau i'w gwneud o hyd rhwng nawr a'r diwrnod mawr. Roedd hi heb siarad ag Alys a Gwenno ers dyddiau, a sylweddolodd y dylai eu hatgoffa ynglŷn â'u cynnig brwd i helpu i baratoi'r bwyd fore Sadwrn. Penderfynodd ffonio'r ddwy'n syth ar ôl cyrraedd adref rhag ofn i'w brwdfrydedd gael ei ailgyfeirio at achos llai haeddiannol diolch i ryw chwiw funud olaf, gan adael y cyfan o'r gwaith iddi hi a Michael. Nid dyna fyddai'r tro cyntaf! Ffoniai Ifor hefyd a gadael neges i ddweud faint o'r gloch, fel y byddai yno'n ei ddisgwyl ar y peiriant ateb erbyn iddo ddod yn ôl o'i grwydro.

Stopiodd wrth fynedfa'r arcêd er mwyn agor ei hymbrelo. Tynnodd y cwdyn a ddaliai'r ffrog newydd yn nes at ei chorff rhag iddo wlychu, a mentrodd allan i'r glaw a oedd yn dal i arllwys o'r awyr lwyd, isel. Hanner rhedodd ar hyd y pafin pyllog o flaen y castell a rhuthrodd heibio i gerflun Aneurin Bevan gan atgoffa'i hunan i ysgrifennu llythyr at rywun i gwyno am y ffaith mai uniaith Saesneg o hyd oedd yr arysgrif wrth ei draed. Doedd dim diwedd ar ddiffyg sensitifrwydd y sawl a godai'r fath gerfluniau, meddyliodd, yn enwedig yr un yma. Onid oedd y Gwasanaeth Iechyd Gwladol i fod i gyffwrdd â phawb, yn siaradwyr Cymraeg a di-Gymraeg fel ei gilydd? Roedd hi'n amlwg i Mari fod teyrngarwch plwyfol i blaid yn drech nag unrhyw awydd i rannu arwyr prin â gweddill y genedl. Un ai hynny neu roedden nhw'n dwp. Torrodd drwodd wrth y Principality a cherdded nerth ei thraed gwlyb ar hyd y stryd fach gysgodol i gyfeiriad y twnnel o dan y ffordd fawr o flaen Neuadd y Ddinas. Pan gyrhaeddodd y twnnel, arhosodd i gael ei gwynt ati. Ar ôl rhuthro bob cam o ganol y siopau, yn sydyn, roedd hi wedi blino'n shwps. Crychodd ei thalcen yn ddiamynedd wrth ystyried ei diffyg egni a bwriodd yn ei blaen am y car heb oedi rhagor, yn benderfynol o brofi nad oedd trigain mlwydd oed namyn ychydig ddyddiau'n golygu bod yn rhaid iddi ddechrau arafu. Roedd ganddi ormod o gynlluniau i blygu glin i arafwch. Gwasgodd y botwm ar ei theclyn llaw er mwyn datgloi'r car a rhoddodd y cwdyn a ddaliai'r ffrog newydd ar y sedd gefn. Tynnodd ei chot, ysgwyd ei hymbrelo a thanio'r injan.

Âi adref heibio i Gabalfa, meddyliodd, rhag ofn bod y llifogydd ym Mhontcanna'n waeth. Trodd y llyw i ddechrau gadael y lle parcio wrth ochr yr hewl, ond pallodd yr injan yn ddirybudd gan adael y car ar ganol y ffordd. Fe'i taniodd eilwaith a cheisiodd droi'r llyw er mwyn sythu trwyn y car, ond doedd ganddi fawr o nerth a methodd yr injan eto fyth. Canodd rhywun gorn y tu ôl iddi a bu bron i Mari agor y ffenest a chodi dau fys. Beth oedd yn bod ar bobl? Beth oedd yn bod arni hi, o ran hynny? Gwibiodd ei llygaid at y brêc llaw a gwelodd nad oedd hi wedi'i ryddhau'n llawn. Cychwynnodd hi'r car o'r newydd, trodd i'r chwith y tu ôl i Neuadd y Ddinas ac yna i'r dde a gyrrodd ar hyd y ffordd lydan heibio'r adeiladau ysblennydd i ben pellaf Parc Cathays cyn ymuno â'r ffordd fawr tua'r gogledd. Gwenodd bob hyn a hyn wrth gofio am y ffrog newydd ar y sedd gefn. Chwarae teg i Michael am gefnogi ei dewis. Dyn da oedd ei gŵr. Gobeithiai yn ei chalon nad oedd hi wedi'i frifo gynnau pan soniodd hi am wahodd Ifor i'r parti. Dylai fod wedi'i rybuddio a thrafod y mater yn lle gollwng y newyddion yn ei gôl fel *fait accompli*. Roedd hi'n gallu bod yn ddifeddwl weithiau. Trodd y radio ymlaen fel dargyfeiriad cyfleus, a chanodd nerth ei phen i gyfeiliant Injaroc yr holl ffordd adref, gan adael i'r gorffennol lifo drosti'n ddigydwybod.

Erbyn iddi lywio'r car dros y graean lliw mêl a dod i stop o flaen y tŷ, roedd y glaw trwm wedi troi'n fwy o law mân. Diffoddodd Mari'r injan a throi i estyn am y cwdyn ar y sedd gefn. Gafaelodd yn ei bag llaw, ei chot a'i hymbrelo a chloi'r car. Roedd hi'n awyddus i fwrw iddi am fod cymaint i'w wneud. Ers iddi brynu'r ffrog ac awgrymu ambell bosibilrwydd i Michael o ran anrheg ben-blwydd, roedd hi'n edrych ymlaen fwyfwy at ei diwrnod mawr. Aeth i roi'r allwedd yng nghlo drws y ffrynt ond bob tro y ceisiodd ei hwpo i mewn i'r twll bach, methu wnaeth hi. Syllodd ar ei llaw sigledig fel petai'n perthyn i rywun arall. Yn y diwedd, sadiodd hi'r crynu gyda chymorth ei llaw arall a gwthiodd hi'r drws ar agor. Panig drosodd. Ond rhywle'n ddwfn yn ei henaid, arhosodd yr anniddigrwydd lleiaf: digon i bylu ei chyffro am ei phen-blwydd yn drigain oed.

2013

Y golau gwyrdd

CAMODD MICHAEL ar y ramp a orchuddiai'r grisiau cerrig o flaen y tŷ a synnu at y sŵn a gadwai ei esgidiau wrth daro yn erbyn y metel dan ei draed. Doedd bosib ei fod e wedi anghofio'r sŵn yn barod wedi cwta bedwar diwrnod oddi cartref. Pan gyrhaeddodd e'r top, ni allai ymatal rhag troi'n ôl i edrych arno'n gyhuddgar. Craffodd ar y dail marw a lynai wrtho ac ar y gwadnau bach igam-ogam a gywasgwyd ar hyd iddo i geisio atal y sawl a wthiai'r gadair olwyn rhag llithro. Yna gwibiodd ei lygaid at y canllaw alwminiwm a ychwanegwyd i gynorthwyo'r sawl oedd ar eu deudroed o hyd. Edrychai'r cyfan yn anghydnaws o ymarferol, yn ddiolwg o ymarferol, fel petai rhywun wedi'i adael yno ar gam. Gwelsai bethau mwy cain o lawer y tu allan i'r feddygfa neu o flaen siopau DIY ar gyrion y ddinas. Dim rhyfedd bod Mari wedi'i gasáu o'r dechrau'n deg. Roedd cydnawsedd esthetaidd wastad wedi bod yn beth mawr yn ei golwg. Chwiliodd ym mhoced ei siaced am ei allwedd a phan ddaeth o hyd iddi, arhosodd am ennyd cyn ei rhoi yn nhwll y clo. Hon oedd yr eiliad y bu'n ei hofni yn ei galon drwy gydol y daith hir adref. Syllodd ar ei law a thynnu anadl ddofn. Yna trodd yr allwedd a gwthio'r drws ar agor. Daeth y gwacter i'w daro ar ei foch cyn iddo symud o'r fan. Camodd dros y trothwy, gan adael i'w fag syrthio ar y llawr *parquet* ger y ffôn, a phlygodd i godi ambell lythyr cyn cau'r drws â'i droed. Cerddodd ar hyd y cyntedd golau ac i mewn i'r gegin a wyntai fel pob cegin a oedd wedi bod ynghau ers dyddiau. Agorodd y ffenest fach i ryddhau'r drycsawr ac adennill rhyw wedd ar normalrwydd. Doedd ganddo ddim llaeth i wneud dysglaid o de, felly crwydrodd yn beiriannol at y sinc a rhedeg y tap dŵr oer. Llenwodd wydryn tal ac yfodd y dŵr claear ar ei ben.

Roedd e'n falch na ddaethai'r merched i gwrdd ag e yn y maes awyr. Byddai wedi bod yn rhy gyhoeddus, yn rhy gignoeth. Fe'u ffoniai nhw yn y man. Fe ffoniai'r heddlu rywbryd hefyd, ond ddim eto. Yr eiliad honno, roedd angen llonydd arno. Dyna a chwenychai'n fwy na dim: llonydd i ddygymod â thrawma'r dyddiau diwethaf. Llonydd i bwyso a mesur ei ran yntau yn y weithred. Oedd 'na enw i ddisgrifio rhywun fel fe? Roedd siŵr o fod sawl un. Nid nawr oedd yr amser am labeli cyfleus er mwyn pecynnu gweithred eithriadol a'i chyflwyno i weddill y byd yn enw tosturi. Y gwir amdani oedd ei fod e wedi ymlâdd.

Crwydrodd ei lygaid o'r naill wrthrych i'r llall yn y gegin fodern – y *Manhattan* yn ôl llyfryn sgleiniog y cwmni ceginau. Gwenodd yn wan wrth gofio sut roedd e a Mari wedi chwerthin yn ddilornus am ben y fath enw masnachol, tsiêp cyn sobri pan welson nhw nad oedd dim byd tsiêp ynghylch y pris. Y cwmni ceginau chwarddodd yn y diwedd, a hynny bob cam o'r ffordd i'r banc. Roedd Michael yn grediniol bod y penderfyniad sinigaidd i alw'r model yn *Manhattan* wedi ychwanegu o leiaf mil o bunnau at y bil terfynol. Go brin y byddai'r *Cardiff* wedi dod â'r un elw i goffrau'r cwmni. Delwedd oedd popeth, waeth pa mor arwynebol ac Eingl-Americanaidd. Cofiodd yr anhrefn pan dynnwyd yr hen gegin yn ddarnau a'r boddhad pan orffennodd y gweithwyr a'u gadael ill dau i edmygu'r peiriannau a chypyrddau a chelfi newydd sbon. 'I'r diawl â'r gost', meddai Mari; roedd yn fuddsoddiad i'r dyfodol. Hi lywiodd y cyfan a'i stamp hi oedd ar bopeth heblaw'r peiriant coffi. Mynnodd e gadw'r hen un, ac fe gafodd ei ddymuniad am ei fod e'n fwy o arbenigwr na hi ar wneud paned dda. Yn ystod y misoedd diwethaf, daethai'n arbenigwr ar lawer o bethau o gwmpas y tŷ am nad oedd fawr o ddewis ganddo.

Gadawodd e'r gwydryn gwag yn y sinc a mynd drwodd i'r lolfa, theatr sawl drama yn ystod y flwyddyn ddiwethaf. Yma hefyd roedd yr aer yn drwm. Gwynt sur salwch. Agorodd ddrws y patio led y pen a gwylio'r llenni'n ysgwyd yn yr awel ysgafn. Roedd y naws ddrwg wedi ymdreiddio i'r *voile* patrymog, geometrig ac i ddefnydd y celfi meddal er gwaethaf ei holl ymdrechion i gadw tŷ glân. Doedd gan ddirywiad corfforol ddim parch at neb na dim, ac fe ddirywiodd Mari'n gyflym yn fuan ar ôl dod adref o Sbaen. Ar ôl glynu gyhyd wrth ei breuddwydion gerfydd ei bysedd da i ddim, gollyngodd ei gafael yn frawychus o sydyn fel dringwr ar drengi a wyddai'n ddigamsyniol nad oedd modd dala ymlaen rhagor. Sylwodd y merched ar yr argyfwng a thynnu ynghyd i helpu tra ei fod yntau'n cryfhau bob dydd ac yn dod yn ôl ar ei draed wedi'r ddamwain ar ei ben-glin. Erbyn diwedd mis Tachwedd, cyrhaeddodd y gadair olwyn ac wythnos wedi hynny daeth y ramp. Fe barodd Mari fis arall cyn gorfod ildio i oruchafiaeth y grisiau, ei dibyniaeth ar eraill yn gyflawn, ei hurddas ar dorri. Caeodd Michael ei lygaid wrth gofio'r diwrnod mawr ddechrau mis Ionawr. Roedd sawl diwrnod mawr wedi dod ac wedi mynd ers yr un hwnnw, gan ei orfodi i wthio'i chyhoeddiad moel yn ddwfn i grombil ei gof a'i barcio yno gyda'r lleill, ond nawr llifodd y cyfan yn ôl am fod ganddo'r amser i bwyso a mesur, a sylweddolodd Michael fod y diwrnod mawr hwnnw'n un o'r mwyaf oll.

'Alla i ddim mynd lan llofft rhagor. Fan hyn fydda i o hyn mla'n.'

Gorweddai Mari ar y soffa fawr a blanced wlân Melin Tregwynt a gawsai'n anrheg Nadolig gan Manon yn cuddio'i choesau. Edrychodd Michael arni dros ymyl ei bapur newydd cyn tynnu ei sbectol ddarllen a'i gosod ar ben y papur agored ar ei arffed. Daethai ei geiriau o ganol unman a nawr roedden nhw'n hofran yn yr awyr rhyngddyn nhw eu dau. Ychydig iawn o eiriau a lefarwyd pan gyrhaeddodd y gadair olwyn a'r ramp am fod eu presenoldeb yn boenus o amlwg. Bu cytundeb ers tro ymhlith aelodau'r teulu i osgoi ffugio o unrhyw fath, ond peth arall oedd cadw'n dawel yn wyneb yr amlwg.

'Dere, sdim eisie meddwl fel 'na, Mari fach. Wedodd Samantha o'r gymdeithas MND fod pob math o help ar ga'l, dim ond inni ofyn. Gallwn ni roi lifft miwn i fynd â ti lan a lawr fel nad o's . . .'

'Fel sached o datws, ti'n feddwl? Na, mae'n eitha reit. Fan hyn wy am fod.'

Ac felly y bu. Gwrthododd hi'r lifft a doedd dim perswâd arni i newid ei meddwl. Yn wahanol i'r gegin newydd, dadleuodd hi, doedd fawr o fuddsoddiad i'r dyfodol i'w gael mewn lifft. Drannoeth, symudwyd gwely Gwenno i'r lolfa

nes i un mwy cymwys gael ei roi ar fenthyg gan y Gwasnaeth
Iechyd Gwladol. Edrychodd Michael ar y gwely hwnnw nawr,
y tro cyntaf iddo feiddio gadael i'w lygaid grwydro draw i'r
rhan honno o'r ystafell ers iddo ddod trwy'r drws. Mor fach
yr edrychai. Arferai feddwl ei fod yn fawr ac yn estron ac yn
hyll, ond doedd hynny ddim yn wir o gwbl, fe sylweddolodd.
Syllodd ar y matras gwag, gwyn ac ar y fframyn metel o'r
un lliw. Roedd 'na rywbeth eiconaidd yn ei gylch. Eto i
gyd, mewn ward ysbyty y perthynai, nid lolfa mewn tŷ
swbwrbaidd yng Nghaerdydd. Lledwenodd Michael ac wfftio
at y fath ystyriaeth ffuantus yn syth, cyn iddi gydio a throi'n
bwnc trafod diog mewn sgwrs ryw ddydd. Gwyddai'n well na
neb fod afiechyd terfynol yn barod i guro ar unrhyw ddrws,
ble bynnag y gwelai gyfle.

Cyrhaeddodd gwely newydd Mari yr un diwrnod ag
y gadawodd yntau ei waith am y tro olaf. Byddai wastad
yn rhyfeddu at archwaeth dihysbydd bywyd am eironi,
meddyliodd. Wedi deng mlynedd ar hugain o wasanaeth
ffyddlon, a phwysig ar adegau, i adran gynllunio'r ddinas,
dyma fe'n newid gyrfa dros nos. Yn dair a thrigain oed, trodd
Michael Benjamin, y cyn-gynlluniwr a phennaeth isadran,
yn ofalwr llawn amser. Roedd e heb gynllunio hynny! Roedd
Arwyn â'i fryd ar gynnal parti mawr i nodi ymddeoliad
cynnar ei fòs wedi gyrfa hir a disglair, ond diolch i'r drefn
am sensitifrwydd Stella; rhuthrodd ei gydweithwraig graff i'r
adwy a'i achub rhag y sbloet meddwol, arferol. Yn y diwedd,
setlodd pawb ar gyflwyniad digon syber yn y swyddfa gyda
dogn priodol o ddagrau a dymuniadau da, a setlodd Michael
yn ei ddyletswyddau newydd. Bellach roedd y dyletswyddau
hynny ar ben.

Yn sydyn, ymchwyddodd yr ofn mwyaf enbyd yn ei frest fel y gwnaethai sawl tro'n barod dros y dyddiau diwethaf. Cydiodd ynddo o rywle'n ddwfn yng ngwaelod ei fod, a'i rewi. Yr unigrwydd: dyna a ofnai fwyaf. Y gwacter. Y galaru hir, annileadwy. Y dyfodol heb Mari. Daethai'r cyfan ugain mlynedd yn rhy gynnar. Ddechrau'r gwanwyn, a'i gallu i sgwrsio'n hollol glir yn dal yn bosib bryd hynny, fe soniodd e wrthi am ei ofn, ond cellwair wnaeth hi a haeru y byddai ganddo fenyw arall cyn pen deuddeg mis. Cawsai ei frifo i gychwyn am iddi wneud yn fach o'i bryderon, yn ymddangosiadol o leiaf, ond pan welodd hi'r cysgod ar ei wyneb, gorfododd ei hun i godi'i braich a'i gorffwys ar draws ei gorff wrth i'r ddau gydorwedd ar y gwely benthyg. Arhosodd e wrth ei hochr nes iddi nosi, a phan gododd o'r diwedd, bu'n rhaid newid y clustogau gwlyb cyn iddo fynd lan i'w wely ei hun.

Y cydorwedd dagreuol hwnnw oedd y trobwynt i raddau helaeth. Gwyddai hynny bellach. Pan ddaeth Mari adref o Sbaen, roedd rhyw bellter yn ei chylch, fel petai wedi gadael talp ohoni ei hun yno. Ychydig a soniodd hi am ei hamser yn yr haul a beth bynnag oedd yn mynd trwy ei chof yn y dyddiau cynnar ar ôl dychwelyd, dewisodd gadw bron y cyfan iddi hi ei hun. Wrth iddi wylio'i hannibyniaeth yn cilio gyda dyfodiad pob teclyn newydd i leddfu ei hanabledd cynyddol, ymgiliodd hithau fwyfwy i'w chragen a gwthiwyd yntau i'w gragen ei hun. Cofiodd warafun iddi ei hunandosturi. Onid oedd pawb yn y teulu'n suddo? Ond addasu roedd hi; dod i delerau â'r anorfod. Addasu roedd pawb. O dipyn i beth, trodd ei ddicter yn ofn ac, ar ôl iddo'i rannu, fe ddaeth Mari'n ôl o'i chrwydro.

Cododd Michael ac aeth drwodd i'r gegin drachefn. Estynnodd am wydryn glân ac arllwysodd fesur hael o Penderyn iddo. Stwffiodd y corcyn yn ôl i geg y botel ac yfodd joch o'i hoff wisgi. Aeth yn ôl i'r lolfa ac eistedd ar y soffa fel cynt, gan fagu ei ddiod yn ei law. Dechreuodd wenu wrth gofio'i gorchymyn un tro.

'Paid ti â mentro troi'n blydi alci ar ôl i fi fynd!'

Eistedd wrth ymyl y clogwyn yn Rhosili roedden nhw, gan edrych draw i gyfeiriad Pen Pyrod, a hwnnw'n gorwedd yn y môr fel rhyw anghenfil cyntefig, cysglyd.

'Beth?'

'Fe glywest ti'n nêt, Michael Benjamin. Wy'n moyn iti addo pido yfed dy hunan i ebargofiant ar dy ben dy hun y tu ôl i ddryse caeëdig. 'Yt ti'n well na 'na.'

Fe oedd wedi digwydd sôn yn ddidaro ei fod yn edrych ymlaen at wisgi bach ar ôl cyrraedd adref am fod yr oerfel wedi treiddio hyd at fêr ei esgyrn.

'Sa i'n mynd i addo dim byd o'r fath. Dyw e'n ddim o dy fusnes di *beth* wy'n neud ar ôl iti fynd.'

'O, wela i. Ar ôl i'r hen fitsh farw, bydd y gwidwer llon yn dechre byw, ife?'

'Rhwbeth fel 'na. Fydda i ddim yn aros yn llonydd yn hir,' pryfociodd e.

Gwyrodd Michael draw tuag ati o ymyl y fainc lle'r eisteddai a rhoi ei law i orffwys ar y garthen wlân a guddiai ei choesau.

Diwrnod braf, prin ym mis Ebrill oedd hi, yn oer ond yn heulog a modd gweld yn glir am filltiroedd.

'Os 'yt ti mor awyddus i ga'l gwared â fi, gwna fe nawr. Cer mla'n. Sneb yn dishgwl. Dim ond eisie rhyddhau'r brêc sy, a

bydden i'n rholo dros y dibyn. Byddet ti'n neud cymwynas
â fi.'

Gwenodd Mari'n herfeiddiol a gwenodd e'n ôl.

'Paid â 'nhemtio!'

'Gwranda, wnelen i byth hynny i ti. Sa i'n moyn i ti bydru
yn y carchar am weddill dy o's achos fi. Wy'n moyn i ti fyw a
bod gyda'r teulu . . . gwylio Lili a Noa'n tyfu.'

'Dere. Awn ni nôl at y car?'

'Mewn munud. Edrych, Michael. Edrych ar yr olygfa. O's
'na well golygfa yn y byd i gyd?'

Wrth iddo wthio'r gadair olwyn ar hyd y llwybr yn ôl at y
car, bu'n rhaid iddo dynnu ei law oddi arni bob hyn a hyn er
mwyn sychu'r lleithder am ei lygaid.

Ar y ffordd adref, dywedodd Mari y dylai pawb orfod
wynebu o leiaf un argyfwng mawr yn ystod ei oes er mwyn
hogi'r synhwyrau. Roedd gormod o bobl, meddai, yn cysgu
byw. Pan glywodd e hynny, doedd e ddim yn siŵr a oedd
e'n cytuno â'i hathroniaeth eithafol, felly cadwodd ei geg ar
gau a'i lygaid ar y ffordd, gan farnu nad oedd ganddo hawl
tynnu'n groes am nad oedd e yn yr un man â hi. Pwy oedd
e i ddweud beth oedd yn iawn? Erbyn hyn, fodd bynnag,
tueddai i feddwl nad oedd ei gweledigaeth mor eithafol
wedi'r cyfan. Am bedwar mis – pump efallai – daethon nhw
i ddarganfod Cymru a darganfod ei gilydd o'r newydd, fel
cariadon ifanc yn ymgolli yn y wefr o ddysgu sut i gyd-fyw.
Wrth yrru trwy'r Bannau neu wrth fynd am dro yn y car i
wylio'r haul yn machlud dros Drwyn Larnog, roedd modd
anghofio weithiau fod anghenfil yn eistedd yn y sedd gefn.
Ond byddai pwl annisgwyl o dagu, poen waeth nag arfer yn
ei hysgwyddau neu anhawster i lyncu ei bwyd yn ffrwydro'r

swigen yn yfflon rhacs, a byddai realiti'n ffrydio'n ôl. Prin bod diweddglo hapus yn bodoli y tu hwnt i straeon tylwyth teg.

Y tagu: dyna a ofnai Mari'n fwy na dim. Cofiodd Michael sut y byddai pob pwl yn ei llenwi ag arswyd. Wedi un o'r rhai mwyaf brawychus y gollyngodd hi'r daranfollt a siglodd ei fyd hyd at ei seiliau, ac yntau'n meddwl bod y seiliau hynny eisoes yn deilchion mân. Roedd e wedi mynd i chwarae snwcer gyda Jeff ar ôl i Alys a Gwenno gynnig gwarchod eu mam er mwyn iddo gael hoe. Roedd y nyrs wedi bod i'w batho a rhoi'r feddyginiaeth ac roedd y dillad gwely'n troi yn y peiriant golchi, felly gadawodd Michael y tŷ â'i feddwl yn dawel. Pan ddaeth e adref ddiwedd y prynhawn, roedd Gwenno yn ei dagrau ac Alys yn sefyll wrth y gwely, gan dynnu ei llaw trwy wallt ei mam mewn ymgais i'w thawelu. Trodd Alys tuag ato a dal ei mynegfys o flaen ei cheg. Gwelodd e fod llygaid Mari ynghau, a munudau'n ddiweddarach roedd hi'n cysgu.

'O'n i'n meddwl bod ni'n ei cholli hi,' meddai Gwenno a phwyso'i phen yn erbyn ysgwydd Michael.

Daliodd Michael hi yn erbyn ei gorff, ac estynnodd ei fraich arall er mwyn tynnu Alys hithau tuag ato. Safai'r tri ar ganol llawr y lolfa, gan wrando ar anadlu rheolaidd Mari yn y gwely gerllaw.

Pan ddihunodd hi, ryw ddwyawr yn ddiweddarach, eisteddai Michael wrth erchwyn y gwely, ei feddwl yn bell. Gwenodd Mari arno a gwenodd e'n ôl.

'Ble mae'r merched?' gofynnodd hi.

'Maen nhw wedi mynd, cariad.'

'Wy'n credu 'mod i wedi hala ofan arnyn nhw. Odyn nhw'n iawn?'

'Odyn.'

Nodiodd Michael ei ben i ategu ei ateb a chydiodd yn ei llaw. Craffodd ar ei hwyneb gwelw ac ar y croen a oedd wedi colli'i sglein. Chwiliodd am y wraig a briododd bron i chwarter canrif ynghynt.

'Michael,' meddai hi, 'wy wedi ca'l digon. Sa i'n moyn mynd mla'n fel hyn.'

Gwasgodd Michael ei llaw a gwenu'n wan am na wyddai beth arall i'w wneud.

'Dere di. Fe gest ti ofan, 'na gyd. Ond wy 'ma nawr, a wna i ddim dy adel di byth eto. Addo.'

'Smo ti'n gwrando, Michael. Sa i'n moyn cario mla'n fel hyn.'

Ond roedd Michael yn gwrando ar bob gair ac yn teimlo'i gwewyr i'r byw. Edrychodd i fyw ei llygaid ac, yn sydyn, daeth o hyd i'r fenyw y bu'n chwilio amdani'n gynt. Oedd, roedd ei chroen wedi colli'i sglein ac roedd ei phen yn gorwedd yn gam yn erbyn y glustog, ond yn y llygaid hynny roedd y penderfyniad a welsai ar hyd y blynyddoedd: yr un grym a oedd wedi cadw'r teulu ynghyd.

'Mae'r boen yn anniodd . . . yn annioddefol withe. Fydden nhw ddim yn gadel i gi fynd trwy hyn. Smo nhw'n gwitho, Michael . . . y tabledi. Smo nhw'n lladd y boen. Yn 'yn sgwydde a 'ngwddwg. Mae popeth yn c'uad lawr, a sa i'n moyn tagu. Sa i'n moyn tagu.'

Llyncodd Michael ei boer ac edrych i ffwrdd. Roedd e wedi dychmygu'r sgwrs hon sawl gwaith tra gorweddai ar ddi-hun tan berfedd nos. Roedd e wedi mynd trwy bob senario yn ei ben nes cael ei orfodi i'w wthio'i hun ar ei eistedd yn y gwely mawr, yn chwys drabŵd, er mwyn atal yr olygfa rhag cyrraedd ei llawn dwf: ei diweddglo rhesymegol. Ond partneriaid digon brith oedd rhesymeg ac emosiwn.

'Beth 'yt ti'n moyn i fi neud?'

'Helpa fi, Michael. Ti yw'r unig un all neud.'

Tynnodd Michael ei law oddi wrth ei llaw hithau a chododd ar ei draed, ei galon yn pwnio fel piston yn erbyn ei frest. Cerddodd draw at y ffenest a syllu'n ddi-weld ar yr ardd o'i flaen. Claddodd ei wyneb yn ei ddwylo a cheisiodd brosesu difrifoldeb ei chais. Trwy gydol ei holl hunllefau, wnaeth e erioed gredu y gofynnai hyn. Rhwtodd ei ên arw a gwthio'i law drwy ei wallt. Anadlai'n ddwfn. Pan gerddodd e'n ôl i eistedd gyda hi o'r diwedd, gwyddai ei fod e wedi croesi i ryw fan lle na fu erioed o'r blaen.

Mari siaradodd gyntaf ac roedd ei llais yn gryfach nag y bu ers dyddiau.

'Wy angen dy help i fynd â fi i'r Swistir . . . i Zürich.'

Syllodd Michael arni, gan deimlo'i geiriau'n ei rwygo. Nid dyna roedd e wedi'i ddisgwyl. Roedd e wedi ymbaratoi at lawer gwaeth. Chwaraeodd yr enw drosodd a throsodd yn ei ben. Swniai'n gras. Yn yddfol. Eto, roedd yn ddiniwed hefyd, yn anhynod hyd yn oed. Ond o hyn ymlaen, byddai Zürich yn hongian gydag Aberfan, Lockerbie ac Auschwitz yn ei oriel o enwau llefydd anfarwol. Dyna oedd tynged rhai llefydd; roedden nhw'n fwy nag enwau ar fap. Nodiodd ei gadarnhad yn araf heb dynnu ei lygaid oddi arni.

Ceisiodd Mari symud ei llaw tuag ato, ond ofer fu ei hymdrech. Gwenodd hi arno a gwelodd e straen misoedd lawer yn diflannu oddi ar ei hwyneb, yn union fel petai'r haul newydd ymddangos o'r tu ôl i gwmwl mawr, gan lenwi'r ardd â rhyw nerth iachusol. Ond gwyddai Michael nad golygfa yn un o ffilmiau Hollywood mo hon. Byddai Hollywood wedi newid y diweddglo.

'Wy wedi trafod y cyfan gyda Dignitas yn barod. Wy'n aelod ers tro. Fi sy'n dewis hyn, ond wy angen dy help i' wireddu fe . . . i ga'l y golau gwyrdd.'

Gwrandawodd Michael ar ei geiriau heb ddatgelu unrhyw arwyddion amlwg. Ymddangosai'r cyfan yn dwyllodrus o drefnus, meddyliodd, fel gwahoddiad trwy'r post gan y banc iddo ymestyn terfyn ei ddyled neu i gael cerdyn credyd tipyn mwy hyblyg gydag addewid y byddai ei gais yn sicr o gael ei dderbyn, dim ond iddo lofnodi gwaelod y ffurflen amgaeëdig. Roedden nhw eisoes wedi'i llenwi drosto a gallai fentro'i fywyd ei fod yn benderfyniad call. Cawsai ei ddewis ymlaen llaw oherwydd ei hanes dilychwin ar hyd y blynyddoedd. Gwyddai Michael fod ei ffyddlondeb fel gŵr yn gryfach o lawer na'i ffyddlondeb fel cleient, a dyna'n rhannol pam y byddai wedi hoffi cael ei gynnwys yn ei threfniadau ynghynt.

'Pam 'set ti wedi gweud wrtha i cyn nawr?' oedd ei unig brotest yn y diwedd.

Daeth ei hateb yn ddiymdroi, fel petai hi wedi'i ymarfer lawer gwaith yn ei meddwl, yn barod i fygu unrhyw feirniadaeth anodd.

'O'n i'n gorfod bod yn sicr y byddet ti'n helpu, achos 'mod i'n gofyn shwt gymaint. 'Sen i wedi sôn flwyddyn yn ôl, o'dd peryg y byddet ti wedi trio 'mherswadio i adel llonydd i syniad mor iasol. Pam dewis mynd yn gynnar pan mae amser eisoes yn brin? Ond nawr 'yt ti'n gweld pa mor ddrwg mae pethe arna i. I rai pobol, ymestyn bywyd gyhyd ag y gallan nhw sy bwysica, a sa i'n cwestiynu eu hawl i goleddu hynny, ond nage pawb sy'n moyn byw ar unrhyw gyfri.'

Yn sydyn, caeodd Mari ei cheg ac anadlodd yn ddwfn ac yn araf trwy ei thrwyn. Edrychodd Michael ar ei brest yn codi ac yn disgyn dan y cynfasau gwyn. Edrychai mor fach yn erbyn y gwely mawr: mor hawdd ei chlwyfo, meddyliodd. Rhedodd hi ei thafod ar hyd ei gwefusau sych a llyncodd ei phoer.

'Dŵr?' cynigiodd e.

'Diferyn bach.'

Estynnodd Michael am y cwpan plastig ar y cwpwrdd wrth ochr y gwely a'i ddal yn erbyn ei gên. Agorodd Mari ei cheg fel babi a llwyddo i symud ei phen ymlaen y mymryn lleiaf, digon i dderbyn y gwelltyn. Sugnodd hi arno gan edrych i fyw ei lygaid drwy gydol y weithred syml. Yna, stopiodd a suddodd ei phen yn ôl yn erbyn y glustog fel cynt. Sychodd Michael gorneli ei cheg â hances bapur cyn rhoi'r cwpan yn ôl yn ei le ar y cwpwrdd bach.

'Tua blwyddyn yn ôl, cyn mynd i Sbaen, pan o'dd 'y nwylo a 'nghoese'n dal i witho, pan o'n i'n gallu dala cwpan at 'y ngheg heb orfod gofyn am help, dechreues i baratoi. Treulies i orie bwygilydd ar y cyfrifiadur amser o't ti yn y swyddfa . . . ac wrth ddarllen mwy a mwy am y cyflwr, da'th hi'n amlwg nad o'dd diwedd rhwydd yn mynd i fod. A dyna pryd gwnes i'r dewis. Ti'n gweld, wy'n moyn marwolaeth dda, gyhyd ag sy'n bosib. Wy'n grediniol bod gyda pob un ohonon ni'r hawl i ddishgwl marwolaeth dda. Ac wy ddim yn mynd i ga'l yr hawl 'na gan y gyfraith fel ag y mae.'

Gwenodd Mari a chodi'i haeliau, fel petai'n derbyn ei ffawd yn anfoddog. Arhosodd yn dawel, ei llygaid yn crwydro'r ystafell.

'Beth sy?' gofynnodd Michael ymhen ychydig a gwasgu ei llaw.

'O, dim byd. Fi o'dd jest yn meddwl tybed a fydde pethe'n wahanol tase gyda ni yng Nghymru ein system gyfreithiol ein hun.'

'Wy'n ame'n fawr, Mari fach.'

'Na, ti'n iawn . . . ond ti byth yn gwbod. Ry'n ni'n fwy goleuedig na'n cymdogion dros y ffin ar lot o bethe, dim ond inni ga'l yr hawl. 'Co busnes yr organe. Mae'n gwleidyddion yn brolio byth a beunydd taw cenedl flaengar y'n ni. Wy'n credu bod ni'n neisach i'n gilydd.'

'Yn fwy dynol falle.'

'Gallwn i fod wedi dod â'r cyfan i ben fisoedd yn ôl . . . neud e ar 'y mhen 'yn hunan . . . tabledi . . . ond o'n i ddim yn barod. O'dd hi'n rhy gynnar. Ti'n cofio beth wedes i wrthot ti yn Rhosili? O'n i'n ei feddwl e. Fydden i byth yn gofyn i ti neud dim byd fydde'n dy roi di mewn cell. Dyna pam troies i at Dignitas. Fi fydd yn neud e. Fi. Mae'r llythyr yn barod . . . a'r dystiolaeth feddygol er mwyn neud y cais, ond wy angen dy help di i hala popeth bant.'

'I ga'l y golau gwyrdd?'

'Ie, gobitho . . . i ga'l y golau gwyrdd.'

Yfodd Michael lymaid go fawr o'i Penderyn a rhythodd ar y gwely gwag yng nghornel yr ystafell. Mor bell yn ôl y teimlai'r sgwrs honno bellach, ond yna sylweddolodd mai'r gwrthwyneb oedd yn wir. Prin saith wythnos oedd wedi bod ers iddi ollwng ei tharanfollt. Saith wythnos a dau ddiwrnod o wallgofrwydd a chyfrinachau llechwraidd wrth i nyrsus a meddygon fynd a dod ac wrth i Mari ddirywio ychydig yn fwy gyda phob un o'u gwenau anogol. Saith wythnos o drefnu, cynllwynio a gohebu cyfrwys, gan bendilio rhwng yr afreal a'r anghredadwy, a thrwy'r cyfan, ymgaledu i fwgan y dyddiad penodedig, a hwnnw'n chwyrlïo tuag atyn nhw fel trên heb yrrwr â'i fryd ar rwygo trwy'r golau gwyrdd. Achos fe gafodd Mari'r golau gwyrdd, ac fe dorrodd hi'n rhydd.

Pan oedd e'n fachgen, arferai Michael fynd i'r eglwys a chanu yn y côr. Dyna oedd uchelgais ei rieni iddo a dyna a wnaethai ei dad a'i dad-cu o'i flaen. I rai fel ei rieni, roedd parhad a sicrwydd ac awydd i ddilyn y drefn gyfarwydd yn bwysicach na thorri eu cwys eu hun, yn enwedig mewn byd oedd yn newid ar garlam o'u cwmpas. Ond plentyn y byd newydd hwnnw oedd Michael, a phan gyrhaeddodd e ganol ei arddegau, dechreuodd gwestiynu llawer o'r hyn a dderbyniwyd fel efengyl cyn hynny, gan farnu nad oedd mor addas mwyach. Roedd ganddo'r rhyddid i ddewis ac roedd yr apêl yn feddwol. Dim rhyfedd felly, erbyn iddo dyfu'n ŵr, ei fod e wedi rhoi heibio nifer fawr o ddaliadau ei fam a'i dad. Wnaeth e erioed rwto'u trwynau yn y baw; nid dyna'i ffordd, ond fe luniodd ei safonau ei hun, er hynny: ei gyfreithiau personol, ei reolau moesol. Roedd y rheolau hynny wastad wedi'i wasanaethu'n iawn, hyd y gwyddai, am eu bod wedi'u gwreiddio'n ddwfn yn y gred y dylai wneud ei orau i barchu ei gyd-ddyn.

Cofiodd glywed rhywun yn siarad ar y radio unwaith, gan ddweud taw rhodd gan Dduw oedd bywyd a dim ond Duw allai ei gymryd yn ôl. Swniai'r dyn yn garedig ac yn ddiffuant a doedd gan Michael ddim amheuaeth nad oedd e'n ddyn da. Roedd hi'n anodd dadlau â geiriau rhywun da, ond buon nhw'n ei drwblu am ddyddiau, gan fynd rownd a rownd yn ei ben. Yn y diwedd, daeth Michael i'r casgliad bod haeriad canolog y dyn yn ddibynnol ar gydnabod bodolaeth

Duw. Fel arall, doedd e ddim yn dal dŵr. Ac os nad oedd rhywun yn credu yn Nuw, a oedd hynny'n ei eithrio rhag y ddadl grefyddol?

Cododd Michael a mynd drwodd i'r gegin unwaith eto. Agorodd y botel whisgi ac arllwys joch arall i'w wydryn. Pam lai? Doedd ei droed ddim yn agos at y llethr lithrig fondigrybwyll, beth bynnag oedd honno. Roedd ei gydwybod yn glir. Roedd gormod o lygaid cariadus yn ei wylio i'w atal rhag cymryd mantais o'r botel.

Pan ddychwelodd i'r lolfa, tynnodd e ddrws y patio ynghau a chrydiodd. Roedd e heb sylwi ei bod hi'n nosi. Roedd hi wedi dechrau troi'n oer. Fel arfer, un o'r merched fyddai'r cyntaf i gwyno am yr oerfel. Arferai Mari dynnu arnyn nhw'n ddidrugaredd a beio'i hunan am roi gormod o faldod iddyn nhw pan oedden nhw'n fach. Plant y gwres canolog oedden nhw, yn wahanol iddi hi. Ond os bu unrhyw effeithiau maldodus yn dal i lercian ynddyn nhw ddechrau'r flwyddyn, roedd y tair wedi'u diosg bellach, reit i wala. Nid chwarae plant mo golygfeydd y misoedd diwethaf. Pan soniodd Mari wrthyn nhw am ei bwriad i fynd i Dignitas, derbyn ei phenderfyniad ag urddas wnaethon nhw. Roedd y merched, fel yntau, wedi dod i gredu mai dyna oedd ei hawl.

Cydiodd Michael yn ei ffôn a dechrau gwasgu'r botymau. Prin ei fod e wedi yngan mwy na hanner dwsin o eiriau ers iddo ymadael â'r Swistir y bore hwnnw, ond nawr roedd e am siarad â'i deulu. Roedd e am glywed ei lais ei hun, a bore 'fory, yn syth ar ôl brecwast, âi draw yn y car i ysgwyd llaw Ifor Llwyd.

DIWEDD

Gan yr un awdur . . .